月亮的孩子

Ghost Boy

伊恩·勞倫斯——著
余國芳——譯

Iain Lawrence

獻給母親

1

這是一年裡最熱的一天。只有鬼仔走在大太陽底下，只有鬼仔和他的狗。他們倆慢慢吞吞的走在自由市的大街上，陣陣的灰塵在他們腳邊飛揚旋轉，彷彿地球都熱得冒煙了。

還不到中午，氣溫已經達到三十八度。鬼仔卻還戴著他的毛皮頭盔，一頂飛行員的安全帽，這是從兩年前的一場戰爭留下來的。頭盔壓著他的眉毛，蓋住他的耳朵；帽子的扣帶在他脖子兩邊晃啊晃的。

他是個瘦男孩，白得像支粉筆，一個穿著大衣裳的石膏男孩。戴著一副黑色鏡片的小圓眼鏡，看起來就像在眼睛上畫了兩枚硬幣。他隔著這副墨鏡看到的世界老是模模糊糊的，有時還會上下左右的跳動。從腳底到頭頂，他的皮膚就像一塊濃濃的白巧克力，連一顆雀斑都沒有。甚至連他的眼睛都是很淺很淺的藍色，淺到幾乎透明，像雨滴，也像顫動的露珠。

他只稍微抬頭看了一眼。西邊已經飄起一陣煙霧。鬼仔並不著急；他從來不著急。在這一百多個星期六的時間裡，他從沒錯過一班火車。

他在藥妝店門口轉彎，蜂蜜色的老狗跟在他後面。他們沿著鐵道來到小車站，這車站原本是鮮亮的紅色，現在被陽光曬得像在出麻疹。離正午還差三分鐘，他坐在長板凳上，月台空空蕩蕩，老狗趴在椅子底下的陰影裡。

鬼仔放下木棒和罐子，輕輕擦了擦沿著頭盔邊緣淌下來的汗水。頭盔頂上整個汗濕了，黑黑的一個圓圈，就像一整塊頭皮。

散漫的煙霧接近了。逐漸轉變成奶黃色的煙氣。火車在巴茲福特的田野上呼嘯著，它會從這裡轉個大彎經過自由市開往響尾蛇鎮。鬼仔抬起頭，兩片慘白的薄嘴唇抿成一條線，看不出這是在生氣還是在微笑。

「它會停的，」他對那狗說，「一定會。」

又黑又大的火塞嘶嘶冒著蒸汽，引擎斜斜靠上彎道。火車喘呼呼的拖著一台郵務車和一個單節車廂，車輪發出尖銳的吼聲，把車站的窗戶震得唏哩嘩啦作響，隔板上的灰塵全部都被驚動了。長板凳在金屬腳架上抖個不停。

「我知道它會停下來的。」鬼仔說。

可是沒有。火車噴出一陣蒸汽呼嘯而過，強勁的熱風把頭盔的扣帶刮到他的臉上。七月的這個星期六，就跟記憶中的每一個星期六一樣，哈洛鬼仔對著鐵道眨著眼，輕輕的吐出一聲傷心的嘆息。他拾起木棒和罐子，走向響尾蛇河。

木棒是他的魚竿，他把它扛在肩膀上。捲成一圈的魚線垂在身子後面，一支木頭浮標不斷在兩個膝蓋邊上晃著。老狗從陰影底下鑽出來緊緊跟著他，跟得太近了，浮標敲上她的腦袋，小小的鏗了一聲。老狗不在意；只要跟在主人身邊，她什麼都願意忍受。

他們蹭回大街，辛苦的繼續往東邊走，經過一些披滿塵土的違章建築。那裡的窗戶是孩子們塗鴉的黑板，上面畫滿了基爾勞埃❶的卡通面孔和一顆顆歪七扭八寫著名字的心：鮑比愛貝蒂；貝蒂愛喬治；沒人愛哈洛。在阿梅快餐店正面的大窗戶上鬼畫符似的寫了幾行詩：

他又醜又蠢
他笨到不行
他是超級大怪咖
他是哈洛鬼仔

窗戶底下的暗影裡，一個腿細瘦的女人坐在椅子上，邊上，一個也是腿細瘦，眼睛都已經半瞎的老男人坐在搖椅上。哈洛朝他們瞥了一眼，聽見那女人的聲音從對街清楚的傳過來。「他來了，」她說，「瞧他這副慘象。」

他聽不見老男人在問什麼，只聽見那女人的回答。「是啊，就是那個得白化症的小可憐啊。」老男人不知說了什麼；她像隻鵝似的呱呱叫起來。「啊呀！他當然是去河邊啦。到浸信會教徒去的地方。就是他們把自己往水潭裡扔的那個地方。」

哈洛垂著頭，磨蹭著靴子，他離開小城走向大草原。身後的那些建築物漸漸縮小，縮到最後只剩下黃白色的一個小土堆。在這一片廣大平坦的土地上，他只是一個小不點男孩，後面跟了一隻小不點狗兒。他走得很慢很慢，一球風滾草超越了他，儘管天氣晴朗又無風。走了一小時，他來到響尾蛇河。

說實在，稱它是『河』就好像稱這裡是『市』一樣彆扭。響尾蛇河不是穿過大草原；而是吃

❶ Kilroy，美軍虛構的一個士兵，二次大戰期間和之後，這個人物在世界各地都留下 "Kilroy was here"（基爾勞埃到此一遊）的印記。

力的爬過去，就像一隻老得不能再老的老狗走在一條彎彎的小徑上，隨時都想停下來找個地方遮蔭。這卻是哈洛．克萊恩這輩子見過唯一的一條河，他覺得它好偉大。他踩著河水向前走，走了大約四分之一哩路，到了他最喜愛的位置，這裡的河岸平順，草又多。他坐下來，老狗躺在他身邊。他把蟲子鉤在魚鉤上，把浮標擲出去。浮標往下一沉，再彈上來，斜斜的豎著，就像一個忽然發現河水太冷的小潛水夫。一對水蠅竄過來瞄它一眼，又竄開了。

那狗一下子就睡著了。她一整年也跑不到一米路，現在竟做起了奔跑的夢，兩條腿不斷的在抽動。

「妳去了哪裡？」哈洛鬼仔問著。他的聲音輕柔得像煙。「一定是去了奧勒岡，我知道。妳在森林裡跑，對嗎？妳正在陰涼又舒服的樹林裡跑著，可憐的老傢伙。」他抬頭看太陽，太陽在他的眼鏡上變成了一個炙熱的白色污點。

那狗跟著哈洛到東到西。所以很自然的，他以為她也會在夢裡夢見他嚮往的地方。

「我們會到那兒去的，」他往後靠著說。這草地和河水還有藍天調和成了一種愉悅的顏色圍繞著他，說不出的舒暢。「大衛也許就在下一班火車上。或者再下一班。他就會來帶我們走的。一定會。」

太陽好像是漂浮在響尾蛇河面上一顆被樹枝和樹葉搗碎的小白球。哈洛斜睇著眼看見浮標忽然沉入水中。他扯動釣線，沒有反抗的拉力，收起釣線才發現魚鉤上的蟲子已經不見了。

他從罐子裡再摸出一條蟲子，他很不願意看到那蟲子觸著魚鉤時候扭動掙扎的樣子。他哥哥說蟲子也會感覺疼痛。「別擔心，哈洛，」他說，「他們沒有腦子沒有心，其他的東西都沒有。」

但是魚鉤戳進去那嘎吱的聲音還是令鬼仔心驚肉跳。「對不起。」他對蟲子說。他讓蟲子稍微平靜一些再把牠投進水裡。

他低頭看，一時間水坑裡似乎漂浮著兩個太陽，他發現另外那個是自己的臉，魚鉤泛起的漣漪把水裡的臉碎成了一道道的白紋。

他驚嚇的看著自己；他從來不照鏡子。他從來不看窗玻璃，不看亮晃晃的鍋子，任何會顯現出他白化程度的東西他統統不看。

「噢，天哪！」他猛地把頭轉開。水中的映像立刻從水面竄開。他把浮標放進水裡，兩隻手也跟著進去；在水面下划著。

河水夾雜著大草原的泥土，黃黃的，給他的皮膚染上一層金棕色的光澤。他看著自己的手指，因為光線的折射顯得腫脹變形，那顏色卻是他從來沒有見過的美麗，他希望自己真的就像這樣。他把手臂再往水裡伸，伸得更深，更深，直到整個袖子脹得鼓鼓的浮上來，幾乎浮上了他的肩膀。他掬起幾把黃褐色的河水往自己身上潑；他潑腿潑頭，潑到頭盔也濕透了，水滴滴的流到臉上，眼鏡裡冒出了彩虹。

他沒有聽見策馬過來的騎士。馬蹄踏在草地上的聲音好輕，甚至連那狗也沒驚醒。人和馬踩進水裡，馬兒低下頭喝著響尾蛇河的水。

「洗不掉的。」騎士說。

哈洛站直了，河水從他身上淌下來。那馬兒是栗子色的，馬腿上套著及膝的白襪套，騎在馬背上的騎士晃動著紅黑色的波紋。為了看得更清楚，哈洛把頭側向一邊；因為如果用正眼看，所有的東西都會變形。

「你生來就是這樣，」騎士說，「有些事情是沒辦法改變的。」

那是個印地安人，又老又皺。他的臉孔都被陽光曬裂了。他戴了拖著一條長尾巴的羽毛頭飾，長尾巴從馬背上垂下來。他坐的不是馬鞍，而是一條毛毯，兩條腿裹著鹿皮，腳上一雙串珠子的鹿皮軟靴。他手裡握著一柄八呎的長矛，矛頭上用深紅色羊毛紮住的一束黑頭髮和尖端呈白色的鷹羽。他很像自由客棧櫃台上方那一幅卡士特最後戰役❷圖片裡走出來的人。他很有可能就是個古人。

「你是誰？」哈洛問。他的狗還在睡。

「我叫雷打醒，」老印地安說。他微微笑著。「有些人叫我包伯。」

「你從哪裡來？」

「誰知道誰從哪裡來？」他問。

「那你要去哪裡？」

「我跟著馬戲團走。」

哈洛皺起眉頭。他不記得有哪個馬戲團在自由市停留過。「什麼馬戲團？」他問。

「亨特阿綠，」老印地安說，「亨特阿綠旅行馬戲團。」

「可是馬戲團還沒來啊。」

「有時候我會打前鋒，」老印地安說。他傾身向前，手肘支在他兩腿中間的一大捆東西上。

「魚來了，孩子。」

浮標有一大半沉到水裡，只露出一點點尖端，歪歪斜斜的橫過水面。哈洛摸索魚線，用兩隻手抓牢了，斜睇著眼對著水裡反射的陽光，一把一把的往上拽。一大條胭脂魚掛在魚鉤上，張著怪怪的嘴巴。哈洛把牠拉到草地上。老狗終於醒了，嗅著那條魚。哈洛抬起頭，老印地安已經走了。

他爬上岸，朝大草原的東邊望，再轉向西邊，遠遠的，隱約望見那一條古老的篷車道。老印地安就走在那條幾乎消失的小路上，一個拖拖拉拉，戴著羽毛和頭皮的身影。栗子色的馬兒大步的踏過草地，白色的護腿套閃閃發光。

那車道有一百年了。哈洛可以順著這條車道走，他知道，一路走到奧勒岡，經過田野和城市，攀過山嶺，再穿過松樹林。他凝望著老印地安，興起了一股悲傷又渴望的感覺。

❷ Custer's Last Stand＝The Battle of the Little Bighorn，一八七六年的小大角之役，美國騎兵隊長卡士特和印地安酋長瘋馬在小大角河的著名戰役。

2

那天下午，有歌聲傳進哈洛的耳朵。歌聲飄過大草原飄入響尾蛇河谷，他登上河岸仔細的聽。

那是汽笛風琴的樂聲，模糊的一首歌，帶著口哨的聲音，一首很快樂的馬戲團之歌。這首歌像風笛似的召喚著他，也召喚著鄉間的每一個孩子。

哈洛收拾起他的魚和木棒，還有裝蟲的罐子，狗也站了起來。他們倆一起走向奧勒岡老車道，走進微風裡，那歌聲就在陣陣的草波浪裡吹送。

隔得很遠，他已經看見巴茲福特野地上的馬戲團帳篷了。他們搭了許多城堡，有彩色的尖錐，和好多金色和紅色的旗幟。看在哈洛眼裡，那好像是一座從草叢中突然冒出來的新城市，那麼燦爛那麼歡樂，相形之下，在它邊上的自由市簡直難看到了極點。

他拖著沉重的步伐繼續走，走進了棉花糖和蜜蘋果的味道，走進鋸木屑和馬匹的味道，走進玉蜀黍的味道。這些味道隨著和風拂弄著他，其中還夾雜著一些他從來沒聽過的聲音：賽璐珞做的小鳥拍翅膀的聲音，帆布帳篷被風吹得劈啪作響的聲音，一頭大象驚人的吼叫聲音。而蓋過所有這些聲音的，就是汽笛風琴的樂音，不停的用它獨特的氣音吹奏著馬戲團進行曲。

他的嘴唇咧出了一個笑容，淚汪汪的眼睛在圓鏡片後面亮了起來。他走向一排巨大無比的老舊軍用卡車，有些車子仍舊罩著卡其布篷和白色的星星，另外一些漆上了俗麗的色彩，所有的車子都蒙著一層土塵。有福特牌的，有通用牌的，還有一台超大的鑽石牌載卡多，和一台銀色的流線型拖車屋，然後——也是最後——是一輛鮮黃色的吉普車。哈洛走過車隊，來到了帳篷區。在空地上，幾個孩子發現了他。大家像狼群圍著一頭小鹿似的圍著他。

「是個白鬼！」其中一個說。「嘿，白蛆！」另外一個叫著。接著三個人一起大喊，「我猜他要表演怪物秀！」

哈洛不吭聲。這確實是他的不對，他知道，這樣闖進來確實太魯莽了。他低下頭盯著自己的靴子；他蹣跚的繼續向前走，一群灰頭土臉的孩子湧上來跟著他。他們發出怪異的叫聲，偷偷摸摸的逼近他的臉，圍著他身邊打轉。「鬼仔，」他們喊著，「哈洛鬼仔。」有一個孩子跳上去拽掉他的頭盔；一個取走他裝蟲子的小罐。他們又喊又笑，不停從後面推他，把他推到表演雜耍的帳篷區。狗跟著他，夾著尾巴，驚恐的睜著一雙無神的大眼。哈洛覺得木棒也被奪走了。有人在扯他肩膀上的那條魚。他一轉身，鉤住了魚線，兩隻腳纏到一塊，人往前一撲，摔趴在地上，引得那群孩子笑得更樂，叫得更大聲。

這一整段時間裡他始終不吭一聲，臉上的表情也始終不變。我是鬼仔，他告訴自己，我是哈洛鬼仔。他想盡辦法要讓自己變小變到看不見，讓自己在人群中徹底消失。他重複的哼著自己編的小曲，兩隻眼睛在墨鏡後面緊緊的閉著。

沒有人看得到我，沒有人傷得到我。他們說的話沒辦法傷害我。

然後，就像八月天裡的一陣暴雨，突然間就停了，那群孩子不見了。哈洛一個人躺在泥草地上，躺在一個雜耍篷的亮麗陰影裡。帳篷高高的豎著，帳篷頂像裙子似的伸展在周圍的柱架上，就像一片陽光可以穿透的帆布牆。狗用鼻子摩著他，他由著她用熱呼呼濕答答的舌頭舔著他的鼻子，他撿起頭盔和小圓眼鏡，重新戴上。他不知道為什麼忽然只剩下自己一個人，他看著帆布上的陰影。

陰影很大，而且凹凸不平，看上去不像人，倒像是一頭野獸。兩隻毛茸茸的手臂橫在帆布上，那一大塊褪色的舊布料因此皺出了一個個尖銳的小孔，彷彿這怪物有的不是手指而是爪子。太陽光就從這些小針孔裡透出來閃耀著，陰影從一邊移到另外一邊，就像卡通電影裡在帳篷上閃來閃去的鬼影一樣。

那顆頭大到驚人，滿頭亂髮。它壓著帆布篷，遮住了針孔。狗大聲的吠著。哈洛揪住她的頸圈。「過來，」他小聲的說。「我們該走了。」他沿著帳篷走，陰影跟著他，亦步亦趨的。哈洛步子加快；陰影也加快。忽然它蹦到他前頭，消失在兩倍厚的門簾裡。帆布鼓脹起來，一隻手臂從布縫裡探出來。這怪物果然長滿了毛。它的手指果然是爪子，爪子扣住了哈洛的肩膀，把他拖進了帳篷。

3

哈洛只看到幢幢的鬼影，他的眼睛在鏡片後面猛眨。他後面，怪物用手肘托著他。他的狗在帆布牆外發了瘋似的吼著。

「哎，你嚇著人家孩子了，」角落裡有個女人說，「放開他，你這個傻大個。」

怪物從他身後繞過來，哈洛看見那肩膀寬得像大門口，手和腳上的黑毛厚到像是蓋了一層獸毛。怪物掃開布門簾，蜜糖膽小的踩進來。

「哎，」女人說，「真是一隻好狗。嘿，小狗狗，過來。」

「她不會過來的，」哈洛說，「除了我，她誰都不理的。」

那狗瑟縮的走過怪物，用力朝著哈洛的方向蹦過來，哈洛伸出兩手準備接住她。她在跑步，他親眼看見了，這麼多年這是頭一次，她真的在跑步。她直接的跑過他，跑向角落的女人。

「沒錯，他真是好耶，」女人說，「啊，你真是隻漂亮狗狗。好棒。」

哈洛摘下墨鏡，摺攏起來拿在手裡。這帳篷幾乎一大半是隻獸籠。但門卻是開著的，好像這頭野獸剛才溜了出去似的。門的那一邊，在陰影更暗的那個角落裡，立著一座垂著絨布的講台。講台中間有一把小椅子，椅子上坐著一個跟洋娃娃一般大小的小女人。她傾身向前，她的腦袋跟那狗的腦袋一般高，她的小拳頭埋進了狗毛。

哈洛揉揉眼睛。他不敢相信這是真的，一個那麼小的女人。她的臉只有小孩子的臉那麼大，長相卻是個大人。看著她覺得很不舒服，可是不看又不行。

「你叫他什麼？」她問。

「她是女生，不是男生，」哈洛說，「她的名字叫蜜糖。」

小女人哈哈大笑。「看哪，」她說，「她連顏色都很蜜糖耶。」她笑呵呵的看著哈洛。「你真聰明。要是我，我會叫她莫菲。」

哈洛聳聳肩。令他困擾的是那狗居然跑去她那邊，而不是奔向他。「蜜糖，」他伸出手。「過來，過來啊，糖糖。」可是那狗不動。

「我喜歡狗，」小女人說，「不像那個山繆。」以她的個子來說，她算是相當肥胖的，那件黑衣裳從肩膀以下鼓得像個黑色的小氣球。忽然，她拉高了嗓門。「哎，山繆，你的禮貌到哪去啦？像根街燈柱子似的杵在那兒，真是個傻大個。你不會給人家孩子拿瓶可樂嗎？」

那個毛茸茸的大怪物搖搖晃晃的走去帳篷盡頭。他背朝著哈洛，在一堆盒子裡翻找。一陣叮咚咚瓶子互碰的聲響；然後他站直了，轉過身。

哈洛抽了一口氣。那人簡直不像人類。他有著超大的兩道濃眉，跟黑猩猩一樣的塌鼻子，醜到極點的臉上蓋滿了粗得像線頭似的長毛。他把可樂瓶子放進嘴裡，夾在兩排又彎又尖的牙齒中間。小小的啪一聲，瓶蓋咬開了，可樂氣泡從他嘴裡噴出來，聚成褐色的泡沫流到他的臉頰和鬍子上。他把瓶子塞給哈洛。

要不是怪物擋著去路，哈洛早就逃出帳篷了。可樂瓶停在他們兩人中間。

「拿著，」小女人說，「你不拿會傷他的心。」

哈洛拿著；應該說抓著。他的手刮到山繆手指頭上的毛，令他一陣噁心，那感覺就像一把又粗又硬的毛刷。他不想喝可樂；看到可樂瓶子——有三分之二的長度——都進了這怪物的嘴巴之後，他連一滴也吞不下去。

山繆垂下黑色的小眼睛看著他。這時，也是第一次，他開口說話了。他說：「恐怕不夠涼。這裡太熱了；這麼熱的地方任何東西都涼快不了。」

這是一個很小很哀傷的聲音，尤其面對的是這樣一個半人半猩猩的龐然怪物，哈洛簡直驚訝到了極點。他仰看著那張陰森恐怖的臉，努力的想要弄清楚這到底是怎麼一回事。可是山繆已經轉身倒在一只圓形的小枕頭上了。

「你有沒有教你狗狗什麼把戲啊？」小女人問。

「一點點。」可樂還在往瓶口外面冒，沾在他的手指上又溫又黏。

「來給我表演一下。」

他坐在講台邊緣，叫那狗表演握手。她就跟那個小女人握手。「唱歌。」他說，但蜜糖只是看著他。

「唱歌。」小女人說，蜜糖把腦袋往後仰，開始嗚嚎。

小女人哈哈大笑。「真棒，」她說，「哎，山繆，像這樣一隻狗你會喜歡吧？」

山繆哼了一聲。「不會。」他說。

「唉呀，真是。那，你的狗還會些什麼，孩子？」

「很多。」哈洛說。可是他不想現給她看了。他害怕那狗只肯為那小女人表演把戲。「我可以走了嗎？」他問。

小女人對他微微笑著。「想走就走吧。」

「走吧，蜜糖。」他打響手指。那狗看看他卻更加的挨緊了小女人，小女人的小胖手捏著蜜糖的耳朵。

「哎，」小女人說，「我們剛剛聽到叫鬧的聲音。是針對你嗎？」

哈洛點點頭。

「我想也是，」她說，「很不好受吧？我們知道與眾不同的那種感覺。」

他沒有那麼不同吧，他想。至少他不是三吋丁；至少他不是半人猿。

「也許你應該跟我們走才對，」她說，「你和你的狗。」

大野獸哼了一聲。「不要亂說，」他說，「他有家，有媽媽和爸爸。不要給他亂出主意。」

「你別聽他的，」她對哈洛說，「他只是一個大頭阿呆。我們是往西邊走，如果你願意跟我們一起。」

「去奧勒岡嗎？」哈洛問。

「當然。我們每年都去那兒。」

「你們看過森林嗎？」

「啊，那還用說嗎！森林多到一輩子都看不完。」

「還有大高山？」

「那麼高那麼大！」她用力撐開兩隻小臂膀。「整個夏天山上都蓋滿了白雪。還有海洋！啊呀，千萬別讓我開始，這一開始就說不完了。」

「已經來不及了。」大野獸說。

「我就是要去那裡，」哈洛說，「奧勒岡。」

小女人笑了。「是嗎？」

「當然是，」他說，「等我哥哥回來的時候，他會買幾匹馬，我們要騎著馬一起去奧勒岡。我們要像高山族人那樣生活，釣鱒魚，獵鹿。」他忘我的對著可樂瓶子喝了一口。「他現在在軍中，有人說他不會回來了，可是他一定會的。」

「當然會的，孩子。」

她不相信他；從她的眼睛他看得出來。她移開視線，投向大野獸。「我們就帶著他吧，山繆？亨特先生那邊我去跟他說。」

這一刻哈洛真的很開心。他似乎看見長長的卡車隊伍朝著西邊前進，一輛輛銀色的大型拖車。他看見自己在一個窗口，經過了大草原，轉入了森林，再轉上高山。他看見自己駛過無數的大都市，成千上萬的孩子站在那裡看他，向他揮手——向哈洛鬼仔，向著這個白石粉男孩揮手。這些景象慢慢化掉了。他看著小女人像隻鳥似的歇在講台上。他轉過頭，看見山繆搭在枕頭上，用那對獸眼直勾勾的盯著他。

「不，」他說，「不行。我不要跟怪物雜耍班子走。」

「唉呀，孩子，我不是那個意思。」

他把可樂瓶子擺在地上。「如果我現在離開，」他說著朝山繆點一點頭，「他會不會阻止我？」

「當然不會。」她說。

他站起來。「蜜糖，過來，」他說。那狗不動。「蜜糖，拜託。」

小女人把手從狗身上挪開，蜜糖卻仍舊不動，只是歪著腦袋看著他。哈洛覺得眼淚快要流出來了。他轉身奔向門簾。

4

他的大皮靴帶著他走過野地，走過砂礫，走上塵土飛揚的大街。風熱得發燙，灰塵像鬼魅似的在他眼前迴旋，模糊了窗戶上的字跡。牆上釘著一塊翹起來的招牌，克萊恩父子，哈洛鬼仔走向招牌底下的店門。

在戰爭開始前的那段日子，他父親經常粉刷油漆，把這棟屋子保持得非常乾淨。黃色的門面在陽光下明亮耀眼，這家克萊恩父子的布店當時是這一帶最醒目的一棟建築。可是現在，它卻是大街上最髒最礙眼的屋子，破敗得就像一個空心老南瓜。哈洛把手穿過原來是窗子的洞孔，轉一下黃銅門把，進入屋裡。

店裡很暖但不熱，乾燥的空氣裡瀰漫濃濃的一股舊報紙和木頭的氣味。蜘蛛在牆壁上，在每個角落，每個架子上都結了網。老鼠利用帳本、一些黃的、白的、綠的碎紙堆蓋了好多大窩。屋子四處都是牆上剝落的石灰塊，牆壁裡面的木條架一根根像骨頭似的露在外面。

有一段時間，哈洛總以為他父親仍在顧店，還在這一片靜寂和陰影當中做著生意。他似乎看見他的人形站在櫃台後面，也似乎聽見他走路的腳步聲，還聽見他吹著輕快的小曲，一遍又一遍。

現在只是一個傷感的地方，一個用悲傷把他層層包裹起來的地方。他坐在地上，面對著大街。他坐了很久很久。灰濛濛的窗戶上多了一圈太陽，再往下，在那一小方格的太陽中間有個男人，正在玻璃上抹著。是豪巴郎．約翰，拐著一條腿，左手握著一捆東西，右手拿著塊布。他隔著窗戶張望一會，走到門口，對著已經沒有窗格子的門說話。

「我不知道你在裡面，」他說，「要是知道，我就會先問一聲了。」

「問什麼？」哈洛說。他走到門口。

「海報啊，」豪巴郎說著，舉起那捆東西。他拎了好幾紮用繩子綁起來的紙捲，哈洛開門的時候，他吃力的讓開一步。「我在窗戶上貼海報。」

哈洛出來站在他旁邊。

「你的狗呢？」豪巴郎．約翰往屋子裡看。「那狗不都跟著你的嗎，你在哪那狗就在哪。就像太陽出來，你鐵定不會沒有影子。」

「她在馬戲團裡。」哈洛說。

「我想也是，大家都在那裡，」豪巴郎搔著腦袋瓜。「他們給工作，就像富樂刷公司[3]的人給刷子一樣。他們叫我貼海報，你看到了嗎？」他抽出一張海報，海報順著風勢展開。

亨特阿綠旅行馬戲團，海報的頂端橫著一行字。畫面是一頭背上坐著十幾個孩子的大象，站在旁邊的一個男人只搆得到大象的膝蓋。

「真是一頭大畜牲啊。」豪巴郎．約翰說。哈洛斜睇著眼看著。

「我知道你爸不會介意我在他窗戶上貼這個的。」

哈洛聳聳肩。「沒關係。」

豪巴郎貼上海報，兩個人一起退後一步看著它，哈洛稍微歪著頭。他可以看見大象背後還有一個馬戲團的帳篷和一排排的篷車。遠方是大山，遠遠的，只顯出一點高低起伏的藍色。

「我要是年輕個幾歲，一定會跟著馬戲團去旅行，」豪巴郎說，「如果我有條好腿，我一定會去走鋼索，你看。」他指著海報。大象的鼻子底下，有個小到哈洛幾乎看不太見的人形，穿著緊身衣站在一條細得像針線似的繩子上。

「都是該死的戰爭，」豪巴郎說，「該死的東西。」

「你沒去打過仗啊。」哈洛說。

豪巴郎瞇細了眼睛。「我是想到你。你看看這場戰爭把你整得。帶走了你爸，害死了他。帶走了你哥哥大衛，從此再沒見他回來。」

「他會回來的。」哈洛說。

「這還用說嗎？」豪巴郎收拾起海報、抹布，和擱在窗子底下的小桶漿糊。「喏，他現在說不定就坐在東京，考慮著該用什麼辦法回家呢。」他用一根蘸著漿糊的手指戳著海報。「你不覺得這個人很像他嗎？這個穿緊身衣的小傢伙？」

哈洛儘量湊近圖片，近到鼻子都快貼上去了。那個走鋼索的人，他看見了，真的很像大衛，高高瘦瘦的一個肌肉男。他盯著那人形，想起了那些他生怕會忘記的事情；跟大衛一起涉水走過響尾蛇河，抓著柵欄盪鞦韆，大搖大擺的走在街上，自以為神氣的就像銀幕上的大俠賈利・古柏。有大衛在他身邊，誰也不敢欺負他。

❸ Fuller Brush Company，加拿大商人Alfred Carl Fuller在一九〇六年創立的刷子公司。

「你還從他們那裡拿了些什麼？」哈洛問。

「我帶你去看。」他們兩個沿著大街往回走，每扇窗戶上都貼了一張海報。還有一些歪歪斜斜的掛在門口，或是裹在電線桿上。圖片上有小丑。有盪高空鞦韆的，有耍雜耍的，還有表演騎無鞍馬的。

「看這張。」豪巴郎來到信用合作社前面。

那張海報特別大，海報最頂端寫著畸形真人秀。照片中就是那個小女人和被她稱作山繆的那個醜陋巨人。迷你琴公主，海報上寫著；她是歐洲的皇族。在這行字邊上：化石人！他是大猩猩還是人？他是消失的猿人，一個直接從黑暗非洲來的活化石！

「我見過他們。」哈洛說。

「真的假的？你見過活化石？」

「真的。」哈洛說。

「那你有沒有見到吃人王？」

「誰？」

「國王啊！吃人王！」他用剩下的一條好腿跳起來。「來，快看，哈洛。」

豪巴郎·約翰雖然跛腳，可還是比哈洛走得快。他一拐一拐的跑在前頭，等了一會兒，再一拐一拐的跑到藥妝店的轉角處。「喏，你的狗來了，」他喊著，「她跟上你了，就像豬仔跟著餿水桶準沒錯。」

她轉過街角，可是哈洛沒停下腳步。他不要理她了，他心裡想著；隨便她跟不跟來他都不在乎。他回頭看一眼，他要表現出他的不在乎，蜜糖趴在地上兩隻腳爪護著鼻子。

「哎呀，走啊。」他說，她立刻小跑步的跟上來走在他身邊。他彎下身子搔了搔她頭頂心的毛，再用她喜歡的方式拍拍她的肋骨。

「她頸圈上戴了什麼東西啊？」豪巴郎說，「看見沒有？她的頸圈上塞了一樣東西。」

那是一張摺了三褶的白紙，裡面包著一張馬戲團的入場券。哈洛一手拿著入場券，一手拿著白紙，讀著上面錯誤百出又潦草的字跡。

給支由市的男孩
七愛的男孩
這張票只是小意思不用放心上。我們在這裡只呆一個晚。如果你喜歡就來看我們。我們望你來。

你的朋友
山繆和提娜

「嗨，今天真是你的幸運日啊，」豪巴郎說，「這下你可以見到他了。」

「誰？」哈洛說。

「吃人王啊！你過來看。」

他們幾乎走完整棟建築，豪巴郎才停下來。那張海報非常貼近地面，他得意的笑著，就好像這幅畫不只是他貼的，而且也是他親手畫的。

「看到沒？」豪巴郎．約翰說。

哈洛點頭。

「他跟你真像。」

「是啊。」哈洛說。

吃人王是個白子。

他的皮膚很白很白，一頭乾稻草似的頭髮，就像夏天裡羽毛狀的雲朵。這朵雲可了不得！聳得像個大雷雨包，陣仗嚇人，真是不得了的一堆白髮。他的眉毛也是如此，還有他的手，就像兩大塊象牙。

「你看見上面怎麼寫的嗎？」豪巴郎說。他指著海報，大聲朗讀著上面的文字。「他是來自一個奇異部落的奇異國王——叢林裡的石頭族人，在太平洋的一個小島上。他們獵取的食物是人類，他們吃人！他們把不幸的死者煮熟，再把人頭縮小當成戰利品！現在他來了，烏拉布拉曼波國的吃人王，有史以來第一次露臉出巡！」

豪巴郎移開手指。「天啊！」他說，「我不知道會有誰長得跟你這麼像的。一個也沒見過。」

「確實沒有。」哈洛說。他這輩子一直是孤單一個人。

「你一定要去見見這個傢伙，哈洛。非去不可。」

「這個烏拉布拉曼波國不知道在哪裡？」

「喔，總有好幾哩路遠吧，」豪巴郎說，「也許他會帶你去。」他忽然眉頭一皺。「你想他真的會吃人嗎？」

「如果這上面寫說是真的，那就是真的，」哈洛說，「不然就不會這麼寫了。」

「我想也是。」豪巴郎說。

「不過他不會一天到晚都在吃人吧。」哈洛看著邊上的骨頭和縮小的人頭。要不要去這個烏拉布拉曼波國，他還不太能確定。但有一件事非常確定：他一定要去見見這位吃人王。

5

畢斯理太太，哈洛的母親，就像一隻四健會❹的豬，又大又亮。她坐在大門口台階的正中央，拿著《自由新聞報》當扇子搧著。

「你去哪裡了？」哈洛走過來的時候她問。

「釣魚，」他說，「我釣到一條胭脂魚，媽。」

「釣你個頭，」她不搧風了。「我怎麼跟你說的？出去得先告訴我們一聲？嗯？害你爸四處去找你。」

哈洛停在上台階的地方。「他不是我爸爸。」他說。

「他很努力的在試，」畢斯理太太說，「只要你肯給他半點機會，你就會發現他是個好人。」

但是哈洛根本看不出他好在哪裡。他坐的是哈洛父親的椅子，睡的是他父親的床，用的是他父親的刀叉。一個風吹就要倒的瘦竹竿，華特白天在銀行上班，晚上在家收集郵票。他趴在一堆七零八落的郵票上，一趴就是好幾個小時，那些郵票在哈洛看起來都長一個樣，他在整理郵票的時候不許他們出一點聲音。

「他的心地很善良的。」畢斯理太太說。

哈洛看著地面。他靜靜的問：「那為什麼爸爸從來不喜歡他？」

「啊呀！」她說，「啊呀！你今天的嘴巴還真利啊。」她拿報紙拚命的搧。「那你告訴我，利嘴先生，你說去釣魚，你的魚竿呢？啊？如果你真去釣魚了，那你釣的那條赫赫有名的胭脂魚呢？」

「我搞丟了。」哈洛說。他揉著眼睛不讓自己哭出來。他討厭回家。

「你哪次出去不搞丟東西。」她搖著頭，撇著嘴。「你以為鈔票就長在樹上啊，買什麼給你都不當回事。」

「那只不過是一根舊木棍。」他說。

「那是怎樣？啊？」畢斯理太太扯了扯自己的衣裳；汗濕的衣裳都黏在台階上了。「因為你把好東西都掉光了。你搞丟了線圈、小刀子還有漁網。」她扳著手指數，一面拿報紙拍著自己的手。「兩雙鞋子，八雙冬天的連指手套。它們都去哪啦？啊？它們都去哪啦？」

哈洛聳一聳肩。「我不知道。」他說。這不是謊話。她說的每一樣東西都被人搶走了；他真的不知道它們去哪了。

「你知道過什麼了，」她說，「我應該像農夫老賀對他那輛東貼西補的破老爺車那樣，把你給送走。」

他再也忍不住了。他哭了出來，淚水從他的小墨鏡底下滾滾的落下。他太想念他的父親了，他的父親和他的哥哥。他們從來不會對他大小聲的叫罵，在那個時候他母親也不會。豪巴郎・約翰說得對；戰爭毀了一切，戰爭把她逼瘋了。

❹ 4-H Club＝Head, Hands, Heart, Health，四健會。

「你手裡拿的是什麼？」她問。

哈洛看著那張紙，就好像從來沒看過似的看著它。「一張入場券，」他說，「馬戲團的。」

「哈呀！」她大叫一聲。「你大概又是在釣魚的時候撿到的吧。」

「是人家給我的。」他說。

「喏，如果你想去看馬戲團，那可就大錯特錯了，」畢斯理太太說，「你父親不會贊成的。」

哈洛固執的說：「他不是我父親。」說完這句，他登上台階，直接從他母親身邊走過，穿過屋子，走進廚房。蜜糖始終跟在他後面。

天花板上垂掛著一條條褐色的膠帶，上面黏著許多蒼蠅的屍體，隨著窗簾透過來的熱風徐徐的轉動著。哈洛幫蜜糖的碟子裡加了些水，看著她喝了一會。然後他打開冰箱，找到一壺上面漂著幾片檸檬的冰茶。

「我就看你要多久才會發現這壺東西，」畢斯理太太突然堵在門口。「你給我離這個冰櫃遠一點，聽見沒。」

「這是冰箱，媽。」

「是啊！」她說，「你不許碰那個，這冰茶是給你父親的，聽見沒？他熱壞了，累壞了，因為他得在這個熱死人的時候出去掃街找你。」

哈洛不回答。他用屁股頂上冰箱的門。

「他回來了，」她聽見前門廊出現他的腳步聲。她連忙整了整衣裳，摸了摸糾結的頭髮，臉上忽然也有了笑容。「啊，好吧，」她說，「你可以喝一杯。一小杯，記住。再拿杯大的去給你父親。」

華特．畢斯理兩腳起了水泡，褲子上沾著一團帶刺的芒草。「我一直走到響尾蛇河那邊，」他說，「把整條河全走完了。」

「你累壞了。」畢斯理太太說。她扶他坐上那張大大的扶手椅，椅子邊上就是他放集郵簿和郵票的小桌几。她跪在地上，替他解開皮鞋的鞋帶。

他往後一靠，真的累壞了。他只能勉強的舉起手臂接下哈洛端來的水杯。「還好，孩子回來了，」他說，「看起來沒出什麼事。」

「他說他在釣魚，」畢斯理太太說。她幫他脫下皮鞋，把鞋子整齊的放在椅子旁邊。「他說他就在響尾蛇河那邊。」

「在這種大熱天？太陽像個火球的時候？」

畢斯理太太點點頭。「他說他在釣魚，」她再說一遍。「可是帶回來的卻是一張馬戲團的入場券。他才回來半個小時，滿口說的全是去看馬戲團的事。」

哈洛站在那裡看著這兩個人不停的在說著他，感覺上就好像他不在場，壓根沒他這個人似的。

「我對馬戲團的情形略知一二，」華特．畢斯理說，「那裡面很亂的。」華特把那杯冰茶貼在額頭上。「是吉卜賽人聚集的老巢。」

「你跟他說。」畢斯理太太說。

華特把冰茶杯在眉頭上來來回回的轉著。「我對吉卜賽人的事也略知一二。那種地方實在乏善可陳。」他的腳趾在薄薄的黑色短襪裡勾了一下。「不好，馬戲團不是你這樣的小孩合適去的地方。容易上當。」

哈洛覺得自己變得好渺小。小到沒分量回話。

畢斯理太太瞪著他。她的肥手指在華特的兩隻腳上推拿。「你聽見沒有？」她說，「你父親已經做了決定了。」

「還有，別曬太陽，」華特說。他豎起一根細細的手指向哈洛搖了搖。「像你這樣的小孩，你跟其他孩子不同。那太陽會要了你的命，你不知道嗎？它會像燒乾草堆似的把你燒掉。不必到二十一歲你就成瞎子了。」

畢斯理太太笑了。「明白吧？」她得意的說，「絕對不可以再去釣魚。絕對不可以再去鄉下地方瞎晃。」

哈洛只覺得自己愈來愈小，愈來愈小。

「我真的很努力，」華特．畢斯理說，「老天知道我有多麼的努力。」他兩眼往上翻，望著天花板。「我一直希望能讓你對集郵，對書，對會計這些方面產生興趣，像你這樣的孩子應該往這些方面發展。我對白化症也略知一二，我老實的告訴你吧：他們習慣不出門的。他們不會出來到處亂晃。」

哈洛想著吃人王。國王在作第一次世界性的出巡。

「你不是一個正常的小孩，」華特．畢斯理說，「你跟別的孩子不一樣，他們在外面隨便玩多久都可以。你是——」他忽然提高了音量。「我跟你說話的時候看著我。」

哈洛偏著頭，好不容易把焦距對準他的繼父。

「看著我！」華特咆哮。

「我辦不到。」哈洛哭叫著奔進了他的房間。

他從窗口看著太陽漸漸西下。他看著天空變幻的顏色，盼望著黑暗的降臨。他覺得幽暗比光亮好得多，涼爽也比炎熱好得多。華特說的其實很有道理；太陽對他的皮膚很不好，更讓他的眼睛痛得像火在燒。

周遭的陰暗愈發濃重了。大草原的地平線從紫色轉成了黑色。哈洛靜靜的坐著，在這一片帶著壓迫感的靜寂裡，他聽見樓下滴答的鐘聲和華特．畢斯理那張摺疊桌子發出來的吱嘎聲。

他望著窗外，望過車站的屋頂，望見馬戲團鮮豔明亮的大頂篷。然後，很模糊的，幾乎聽不太見的，傳來幾個汽笛風琴的音符。很愉快的一首歌，就像以前他父親在克萊恩父子的店鋪裡，在那些貨架中間吹的口哨一樣。樂聲愈來愈響亮，一群螢火蟲從庭園裡竄起來，在悠揚的樂聲中閃啊閃。不一會，人們開始湧向巴茲福特的郊野，他看著望著，小孩子們拉著父母的手，隨著汽笛風琴的樂聲走向馬戲團。

6

哈洛躺在床上，仰看著那一排參差不齊的棒球小旗幟。他旁邊是一個槍托，托著的不是來福槍而是路易士威爾的棒球好手。再往旁邊是一個二．四公尺長的板架，上面擠滿了紀念品和獎品，一只捕手的面罩裡塞著捕手手套、一隻外野手套和一個超大的、塗了紅黃兩色的軟式棒球綁在一起。

這些都是大衛的東西；所有的一切都是大衛的。「別為了我要走而哭，」上戰場那天早上他對哈洛說，「鬼仔從來不哭的。」他輕輕的捶著哈落的手臂說。

「我好害怕，」哈洛說，「我好怕你不會回來了。」

大衛哈哈大笑。「我當然會回來。我們買幾匹馬，沿著爸爸常常說的那條奧勒岡馬道走，我們去看大海。」

「還有大山？」

「還有森林。」大衛說。

「我們就可以像高山族人那樣生活？」

「沒錯。」大衛又一次開懷大笑。「週末假日我們去海邊騎馬。」

大衛戴上軍帽，提起行軍袋。「好好照顧媽媽，」他說，「別亂動我那些垃圾玩意啊。」哈洛從來沒動過。每個星期他都為它們除塵，用很大的雞毛撢子輕輕撢著那些旗幟和獎品，非常仔細的呵護著每一樣東西。

只有一樣東西不見了：雙層床的上舖。一年多以前母親把它拆除了，到現在哈洛都還不習慣，那種直接看到天花板卻看不到哥哥上舖的感覺好怪。

「他走了。」他母親說。也就從那時候起，她變了，變胖，變瘋。

「他沒有，」他說，「他只是失蹤。只是在出任務的時候失蹤了。」

「他不會回來了，」她告訴他說，「你應該要面對事實。」說完這句話之後她就把床拆個精光，因為哈洛不肯幫忙——床頭板和床尾板，全部靠她一個人乒乒乓乓的拖下樓去。

哈洛凝望著那些三角旗幟。他看著它們在他超級弱視的眼睛上面飄舞。他在等待，等待著汽笛風琴的樂聲再出現。

十點，門廳發出很大的響聲，他母親準備上床了。十一點，華特也去睡了。

哈洛起床。他把枕頭從布套裡抽出來，再把衣服全部塞進布套裡。他一面小小聲的忙著，一面不時的瞥看蜜糖，發現她並沒驚醒。他就在她周圍來來回回的走動，找出沒有破洞的襪子，像樣的襯衫，乾淨的內衣褲。他從架子上取了外野手套，他知道大衛不會介意；哈洛戴這副手套的次數不下於他的哥哥。「我成不了大器，」大衛說過，「可是你行，哈洛。你是天生好手。」

天生好手。即便在那個時候他也知道他絕對不是。大衛想辦法找來一顆最大的球——一顆壘球，很娘的球❺——還漆成像向日葵的黃色。他又在黃色上面添上紅色的條紋，這樣一來就算弱

❺壘球比棒球大而軟，球棒也較輕，被稱為女孩球，一九九六～二〇〇八年世運會比賽項目，只設女子組。

視的哈洛都能清楚的看見。然後他花很多很多時間慢慢的投球——從來不取笑，從來不生氣——直到哈洛跟其他人一樣學會接球和打擊為止。

現在球上的漆已經斑駁，壘球原來的白色從黃漆下顯現出來。它窩在那隻手套裡，就像一顆即將破開的彩蛋。拿去吧，大衛的聲音在說，這是你的。只管拿去吧。

哈洛把球和手套一起塞進枕頭袋裡。他用力往下壓了一把，再拉起兩邊的袋角打個結，裝了這許多東西的布套，掂掂分量恐怕有半噸重了。他再次跨過蜜糖，從牆上取下一支球棒穿過枕頭袋的結當作提把。他站在門口，回頭看他的狗。她捲成一球的睡著，腦袋搭在爪子上。一條後腿像青蛙腿似的拐在後面，不過在哈洛的記憶當中她一直就是這副睡相。他看著她的呼吸，她的眼皮抖啊抖的。他對她微微的笑著，好想過去再摸摸她。「再會了，老姑娘，」他說，「要乖乖的啊，聽見嗎？」他很慢很慢的轉動門把，仔細聽著母親的房間裡有無動靜。小小的喀一聲，門閂彈了開來。

蜜糖醒了。

她纏在毯子裡的腳刮著地板。也許是看見那支球棒使她又青春活力起來；也許只是因為開門，感受到門外傳來模糊的——像蟋蟀在窸窣的——鼓樂聲。她像隻小小狗似的蹦過來衝撞哈洛，一面激動的放聲大吠。

門廊那頭傳來彈簧床板吱嘎的聲音。

「噓！」哈洛說。他用腿堵住門，她又開始吠。「噢，蜜糖，」他壓低聲音，「別叫啊。」

「怎麼回事？」華特．畢斯理在臥室裡問。

「沒事。」哈洛說。他的人一半在門口一半在房間裡，枕頭袋子擱在腳邊，球棒橫在套子上。蜜糖嗅著嗚著，抬起頭。

「不要叫。」哈洛小小聲的說。

她的下巴在抖。他打她。

這是他有生以來第一次打她，當他的手落在她的鼻子上時，他聽見她的牙齒互撞的聲音。她連著退後好幾步，彷彿他是用大鐵鎚在打，她拿頭去撞門。門鍊喀啦喀啦的響，她又開始吠，大聲的吠。畢斯理太太半睡半醒的說：「把那隻跳蚤窩塞回床上去！」

「天哪，」他說，「天哪，我只是嚇到了。」他趴在地上，趴得跟蜜糖一般高。他把手臂橫過她的背；把臉頰貼著她的鼻子。「我非走不可，」他好小聲的說，「我一定要走，可是我沒辦法帶著妳。我很想，真的，可是不能啊，可憐的老姑娘。」

蜜糖在他手膀底下抖著，嗚咽著，幾乎像個小嬰兒。

「啊，別哭，」他說，「別為了我要走而哭。」

他揉遍了她平常最喜歡被揉摸的位置。他告訴她說他一定會回來，他說大衛也會回來，到時候他們會一起前往奧勒岡。但是他心裡有數，這很可能是最後一次見到她了。

她的口鼻部位已經花白。她的眼角已經起了厚厚的膜。腳爪上粉紅色的肉瘤愈長愈多，一個月接一個月的，已經從腳上蔓延到了背部和肩膀。她抬起頭注視著他。他眨了眨眼；替她攏好毯子，圍成一個枕頭的形狀，好讓她把下巴舒服的擱在上面。

「我愛妳，蜜糖，」他輕聲細語的說著，再拍拍他。「要乖乖的，聽見嗎？」

他吸吸鼻子；拿袖子擦了一下。「別亂動我那些垃圾玩意啊。」

他不再回頭。走到房門口，他用腳把枕頭袋先推出去。他靜靜的聽一會，母親——在床上——的呼吸聲幾乎跟打鼾沒兩樣。他原本就希望不聲不響的走掉，不要說什麼再見，現在卻好想說一聲再見。

他關上臥室的門，輕手輕腳的下樓梯，穿過客廳，走向門廊和夏天的夜晚。

白白的，戴著頭盔的哈洛鬼仔沒入了黑暗。他急匆匆的走過一棟又一棟的房子，走過圍牆柵欄和樹籬。球棒扛在肩膀上，枕頭袋貼在背上，他邁向大街和街邊的樓房。

他停下腳步仔細聽。聽不見汽笛風琴的聲音，也沒有鬧哄哄的人聲。

大草原西邊的路上出現一點燈光，這光愈來愈大，是一輛全身發著怪聲的老爺卡車。哈洛就在「阿梅快餐店」旁邊等著，老爺車穩穩的朝著他的方向開過來，並沒有因為進了城而減慢速度。一些碎石子被震到了路邊；車燈後面揚起好多灰塵。農夫赫爾開著他那輛只有一盞大燈，連擋泥板也沒有的破卡車乒呤乓啷的經過，他專心的駕著車，整個人拱在方向盤上。哈洛鬼仔穿過馬路，經過車站，繼續往巴茲福特的野地前進。

他發現那裡什麼也沒有；馬戲團走了。

草地上有很多道長長油油的車痕，很像奧勒岡馬道上那些模糊的車印子。到處都是票根和糖紙。成群的烏鴉啄著玉米粒已經啃光的玉米梗和漢堡的包裝紙，哈洛鬼仔放下行李袋，坐在草地上的一小圈木屑中間，看得出來這裡就是馬戲大帳篷原來的位置。

月光照耀著他，照耀著這大塊空地上的一個小白點。

老騎士過來了，那個老印地安，他戴的羽毛翻飛著，鹿皮的穗子不斷拍打著馬屁股。他來到哈洛的身邊。

「那是什麼？」他問，「你抓到什麼魚了？」

哈洛抬頭看。「胭脂魚。」他說。

老印地安點點頭。他望著西邊。「想不想跟我一起騎馬？」

哈洛把行李袋遞過去，老印地安把它放上米色的馬鬃，壓在他自己的行李上面。他向哈洛伸出一隻紅色的大手，男孩攀上去坐到他背後。馬兒開始向前走，橫過野地踏上大草原，邁向雜草叢生的奧勒岡馬道。

兩個人都不說話。哈洛的身子開始往下垮，他的頭終於搭上了老印地安的肩膀，他兩隻手輕輕的搭在裹著鹿皮的馬屁股上。野草在馬蹄下低語，哈洛很快就睡著了。

等他再醒來時，已經離開自由市三十二公里路了。

7

老印地安在一條小溪邊生起火堆。他利用樹枝和野草點燃，煙氣裊裊的往上升。他從包裹裡取出水壺，盛了水擱在火堆上煮著。

他已經摘下了頭飾放在馬背上。他的頭髮灰白，很長，綁成兩股辮子。他拱著身子湊近火堆，濃厚的煙氣裹著他，就像羊毛毯子，把他整個罩住之後，再慢慢的往上飄。

「你幾歲啊？」哈洛問。

「很老。」他望著周遭，望過小溪望過大草原。「我出生的時候這裡沒東西可看，什麼也沒有。」

「野草呢？」哈洛問。

「燒了又長。」

「還有，這條河。」哈洛說。

「這是當年放牛的牧人挖池塘挖出來的河道。五十年前這兒沒這條河。」

「奧勒岡車道，」哈洛說，「這些車痕是篷車隊走出來的。」

「我還記得當年他們經過的情形。」老印地安微微的笑著。他朝火堆扔了一把黃黃的草，煙氣隨著草梗往上升。「我從遠處看見他們。當時我還以為那是漂浮在地上的雲層呢。」

哈洛隔著鏡片斜眼看著他。「那是一百多年前的事了。」

「就像昨天一樣。」老印地安說。

哈洛站起來望著遠方。大片的草叢，叢叢疊疊，綿延不斷。遠遠的溪邊有雲層，壓得低低的，好像一大群在地平線盡頭吃草的巨羊。那條模糊的奧勒岡車道像一條神秘的小路在他們眼前延伸著。

「我祖母當時還沒出生，」哈洛說，「她的母親在篷車隊裡，那時候她只有十三歲。」

老印地安含糊的應著。「也許我見過她。」他說。

哈洛覺得這是不可能的事。他的曾祖母保留了一本篷車日記。他曾經很費力的看過那些用鉛筆寫的筆跡，一直看到眼睛痛得受不了為止。對於日記裡那些篷車出事，車隊過河和上百萬頭水牛狂奔的事蹟令他著迷到了極點。

「我記得當時平地上佈滿了水牛群，」老印地安說，彷彿讀出了他的心思。「我記得當時我還以為牠們的隊伍永遠都不會有盡頭。」

「我真希望我能活在那個時候。」哈洛說。

「那真是最美好的時候。」

哈洛坐在他旁邊，靠近火堆，聞著燒青草的氣味。「你遇過傑西・詹姆斯[6]嗎？」他問。

「只見過一次。不怎麼喜歡他。」

[6] Jesse James, 1847-1882，美國民間傳說中的傳奇人物。

「那卡士特⑦呢？」

老印地安伸長一條腿。他把流蘇撥開，指著一粒扣住綁腿的鈕釦。「這就是卡士特的，」他說。他用起繭的手指搓著鈕釦，污斑搓掉了，露出兩把銀劍。「我用他的黃頭髮編成一條繩子，可是後來顏色變了，變成褐色，後來又變成黑色，我就把它扔了。人家都笑我；他們說那根本是我自己的頭髮，哪裡是什麼晨星之子的。」

「你認識瘋馬嗎？」

「什麼傳奇故事？」

「就像自己的哥哥，」老印地安說，「從前他常讓我坐在他膝蓋上聽他說傳奇故事。」

「我不想講了，」老印地安說，「我們聊太多了。」

「講一個嘛，」哈洛說，「告訴我他們為什麼叫你雷打醒。」

老印地安把菸草放在火堆上，那煙氣濃得哈洛快不能呼吸了。他連連的往後退，氣上不來，眼也看不見，老印地安卻老神在在的待在那兒。他攪動著壺裡的水，煙氣層層的裹著他，看起來就像個鬼魂。

他們吃了早餐，睡了會兒覺，再繼續上路。

那一整天他們都往西邊走。太陽爬得更高的時候，伸長在他們前面的影子就縮短了，彷彿他們慢慢的超越了自己的影子，到中午，那影子已經被栗子色的大馬踩到腳底下去了。

「好吧，」他說，「我給你講一個吧。」他開始講水牛女的傳奇。

哈洛把身子往前挪。他讓自己緊貼著老印地安，感覺著那些低沉的話聲都像是從他胸腔裡發出來的。

「她在一個炎炎夏日出現在我的族人面前，」他說，「她從雲端走來，肌膚雪白。一名戰士見了她驚為天人，他決定要得到她，他要娶她做他的妻子。這時一朵白雲突然降下來，旋轉的白雲抓住了他，把他轉成了灰和骨頭。後來水牛女來到村子裡，她教導我的族人要和平共存，大家生活在一起，包括所有的人、所有的動物，和我們共享的這個世界。後來她離開了，她在地上翻滾一下變成了一頭黑色的水牛。她第二次翻滾變成了褐色的水牛。等到第三次翻滾過後她站起來，全身跟雪一樣的白。」

老印地安舉起手臂。「她穿過大草原，先是慢慢的走，然後開始奔跑。她跑離了地面跑上了天。」他的手舉得更高。「她不斷的往上跑往上跑。一頭雪白的水牛在白雲間奔馳著。她就這樣消失在雲層裡。」

老印地安的手指收緊成了拳頭，彷彿他想要向天空抓住什麼。最後他把手放下來，重新握住韁繩。「傳說有一天她還會回來。水牛群會再一次四處遊蕩，藩籬也都會消失。一切又會回復到我無法記憶的那段日子。」

「她還會以水牛的樣子回來嗎？」哈洛問。

「我想會的。可是誰說得準呢？」老印地安在馬背上稍微移動一下位置。左手握著的長矛斜

❼ George Armstrong Custer, 1839-1876，美國南北戰爭第七騎兵團隊長。

斜的指向西邊。

他們來到一道有鐵刺網的圍籬，圍籬延伸得很長很長。豎在兩邊的竿子縮得好小，那圍籬感覺上好像只有幾吋高，就杵在他們前面。一球風滾草夾在最低的那道鐵刺網底下，一團動物的毛球附著在上層的鐵刺網。老印地安下了馬。他握緊上層的鐵刺網，把扣環扳開，放下鐵絲網，朝他的馬吹聲口哨，馬兒立刻從他身旁走過去。他們三個便繼續往西行。

「馬戲團現在在哪裡？」哈洛問。

老印地安從馬耳朵上指過去，稍微偏向他的右邊。

「我們什麼時候可以到呢？」

「今晚到不了。明天，也許。」

雲層挨近了。風吹草低，把老印地安長矛上的羽毛也吹得豎了起來。

哈洛聞著鹿皮革上的煙味。「你幹嘛要跟著它走？」他問。

「我在裡面啊。」老印地安說。他的口氣有些不悅。

老印地安的個子又小又瘦。哈洛沒法想像他在馬戲團裡能表演什麼。

「我表演花式騎馬，」老印地安說，「我會邊叫邊喊的衝過套環。只是表演嘛；觀眾愛看這些。」

哈洛微笑。「你表演這些多久了？」

「我跟水牛比爾❽一起。就是他那套大西部表演秀。」

哈洛倏地坐直了；腦袋離開了老印地安的背。「你認識水牛比爾？」

「沒有人認識比爾，」老印地安說，「他是千面人，他在每個人面前都是一個不同的人。他的人生太豐富了。那些書他看得多了。」

「哪些書？」哈洛問。

「寫他的書啊，」老印地安撐了撐肩膀。「他一天到晚都在看那些書。有時候哈哈大笑有時候會說：『對，那個我記得。』也不在乎到底有沒有那回事。他自己迷失在自己裡面了。不像吃人王。」

「這話是什麼意思？」哈洛問。

「等我們見到他你就會明白。」

老印地安說到這裡為止。他們倆繼續往前走，風滾草不斷的在草浪上滑行著。遠遠的北方聳起了一些城市的建築，不久又消失在他們身後。他們在空曠的大草原上過夜，聽得見土狼的叫聲。

❽ William Frederick "Buffalo Bill" Cody, 1846-1917，美國南北戰爭軍人、偵騎隊長、快遞騎兵、野牛獵手、馬戲表演員，是美國西部開拓史上最傳奇的人物之一。

8

早上西邊的雲層很厚。藍黑色的，還抹了一層黃，使得天空看起來像瘀青般傷痕累累。老印地安頭飾上的羽毛飛得像翅膀，哈洛不斷的避開它。

「他是個好人。」老印地安突然說。

「誰？」哈洛問。

「吃人王。」

老印地安回頭看一眼，發現羽毛在亂飛，就把頭飾摘了下來。他仔細把它摺好放在行李上，馬背上的韁繩鬆垮垮的搭著，馬兒慢吞吞的走著。

他們穿過了兩三道圍籬，中間是一條由北向南的泥路。又是中午，他們又再一次踩著自己的影子。太陽緩緩向前移，雲層後來居上的趕上來。

天色比之前黑了，雲層蓋過整個草原，壓迫著滿地的野草。不時的有閃電劃過，由近而遠。一球風滾草在他們前面驚恐的彈跳著。他們也驚動了一大片蟋蟀、上百隻的小鳥和成群結隊的烏鴉。

哈洛更加貼近老印地安，最後甚至連馬鞍上那條破毯子也一起分享了。他聽見風聲鑽過長矛上的羽毛。頭盔的帶子不停拍打著他的脖子，他聽見馬兒噴氣的聲音。

「不能走了，」老印地安說，「我們得找個掩護。」

他們正往西走，迎著閃電和雷聲，迎著一條紫色的雲帶。老印地安調轉馬頭，風從側面颳過來。大雨來了，暖熱紮實，不一會兒那雨水就比響尾蛇河的水流更綿密了。老印地安拉起鹿皮裹著肩膀；鹿皮上還有一個遮頭的帽兜。就在這時候，馬兒踏進一窪淺淺的泥草叢，有一顆水牛的頭蓋骨——一半埋在土裡——躺在窪地裡瞪眼望著天空。

哈洛和雷打醒就在這個小窪裡躲避暴風雨。他們倆並肩躺著，一個白得像石灰水，一個黑得像赤陶土。在這一個曾經幾千萬隻水牛蹄子踐踏出來，如今已經融入了這片大草原的老水窪裡，他們倆合裹著一條毯子躺著，任由強風對著老馬的鬃毛肆虐。

大風吹著急雨，不斷的刷過窪洞。對哈洛來說，就彷彿看著一條大河在他頭頂奔騰。一波波的雨水不停的洶湧而過。

狂風明明在西邊呼嘯，忽然間又換成了南方。強勁的力道逼得馬兒的兩隻蹄子都抬了起來，尖厲的嘶吼聲不斷，哈洛只能用力把頭盔壓緊耳朵。他覺得自己變得好輕，輕得快要飄了起來。幸好老印地安及時出手按住了他，他另一隻手死命地扣著水牛頭蓋骨上的兩個眼洞。

在窪地邊緣，遠遠的出現了一根柱子似的雲，一根盤旋的黑柱子，像甩繩圈似的不斷迴旋。它一會兒搖擺一會兒打直的闖蕩著，地上的泥讓它變黃，草原的草又讓它變綠。

雨下得更兇，大地淹水了。雨水集成許多細流，細流再合成溪流，漫過草原，滲入淺窪。溪流帶來一隻死了的蟋蟀和一片載著瓢蟲的葉子，匆匆的從水牛的頭蓋骨旁邊流過。一根黃色的羽毛，只有指甲片那麼大，快速的溜過老印地安身旁，接著是一隻肚子朝上的甲蟲，再來是一條蛇皮——又老又脆——捲曲著順著水流翻滾下來。

老印地安一把拽住它。他坐起來跪蹲在地上，哈洛緊蹲在他身邊。他把蛇皮搭在綁腿上，把捲曲的地方順平了。「這個力量很強的，」他隔著鹿皮帽兜大聲的說，「這是好兆頭。」說完他把蛇皮遞給哈洛。

蛇皮捲縮起來。哈洛也有樣學樣的把它順平，他看著皮紋上漂亮的鑽石圖形還閃亮著一點模糊的光澤。他不知道那蛇為什麼要蛻掉這麼美麗的東西。但他真的很羨慕牠有這個能力。他也好希望自己能夠像牠一樣。

他閉上眼睛，想像自己在地上蠕動翻滾，就像大魔術師胡迪尼表演掙脫他的束身衣那樣。他看見自己的皮膚慢慢的剝落，從手指和腳趾，從胳臂和腿。他脫去了自己，他那身白得沒有血色的皮膚，他那一撮像陽光般白亮的頭髮也附著在頭皮上。蛻下來的皮堆在地上，他從人皮裡走出來，一身的紅褐色，像老印地安那樣，或者滿臉雀斑，像有張斑馬臉的黑面寇恩斯，一個從自由市北邊來的牧場工人的孩子。誰也不會取笑黑面寇恩斯；誰見了他都不敢隨便亂笑。

「牠很強的，」老印地安再一次大聲嚷嚷，「有這種蛇皮的蛇，我看八成也是白色的。」

水流四面八方的流進窪洞。水淹住了馬蹄，上升到四個白色的護腿套。哈洛鬼仔的靴子進水了，老印地安的鹿皮鞋幫上的珠子也泡在水裡了。水流很快的注滿了這一個古老的水牛窪，趕跑了藏在這裡的男孩、老人和馬。

儘管雷聲隆隆，電光閃閃，他們繼續往西邊走。老印地安拿鹿皮毯子把自己裹得密不透風，看上去就像一個搭在馬背上被風吹得東倒西歪的帳篷，哈洛緊緊的縮在他身後。

那馬自己在找路走，翻過大草原，踩過奧勒岡篷車道上的車痕，載著牠的乘客踏入捲繞的雲層，踏入風狂雨驟的暗夜之中。

有好長一段時間，哈洛只能隱約看見近在他眼前的老印地安，馬頭在哪裡根本看不見。雨忽然就停了，老印地安脫去了鹿皮，重新握起韁繩，調整方向轉向北方。不一會兒有亮光出現，起初只是很小很小的一點。

「我們找到他了。」老印地安說。

「吃人王？」哈洛問。

「我想也是，沒錯。」

那光愈來愈大愈來愈亮。從一點分成兩點，然後三點，最後變成好些個飄浮在黑暗中的正方形窗格子，就像大型客機上的座艙。

哈洛想像著坐在上面的那個人，一個野蠻人，在他心中變成了一個巨人，有著大塊肌肉的臂膀和大水桶般的胸膛。他看著哈洛，像對待兒子般的親切。「跟我來，」吃人王說，「跟我回烏拉布拉曼波國。你是屬於我們石頭族的。」

窗格子裡的光灑到了地上。可惜夜太黑，哈洛近到窗子邊上才看見是一節流線型的拖車廂，前面還有個模糊的車影，是拉抬車廂的大卡車。

「我錯了。」老印地安停住馬。「不是吃人王。」

「那是誰？」哈洛問。

「迷你琴公主。很好，這是暴風雨帶引我們來的。你跟著她可以走得更快。」

哈洛從馬背直接滑到濕軟的草地上。他伸出手拿行李。

「很高興跟你作伴同行。」老印地安的手指圈住那支球棒。「後會有期，我的朋友。」

「你不下來嗎？」哈洛問。

「不了，」雷打醒說，「我全身濕透，不適合造訪。」他把哈洛的枕頭袋遞下來。

兩個人的手幾乎在球棒上碰在一起。哈洛斜睇著眼看著那雙手，想要弄清楚自己到底看到了什麼。他自己的手跟那雙紅褐色的手配在一起，他那雙經常抽痛的眼睛這回更模糊了。有那麼一瞬間，感覺上他的手似乎變黑了，跟那雙老印地安的手相較之下，對比似乎沒有那麼強烈了。可是光線太昏黃，實在看不太清楚。甚至，連老印地安那張高高在上的臉，似乎也沾了許多灰白色的條紋。

雷打醒戴上頭飾。風吹響了頭飾上的羽毛。他豎起長矛往上一拋，再出手抓住矛柄，鹿皮靴跟往馬肚子上一夾，沒入了黑暗之中。

9

拖車兩頭呈圓形，車頂上也是圓的，平滑明亮，好像一個裝了輪子的巨型烤箱。哈洛敲了敲拖車，車廂發出空空的聲音。

「嘿，有人來了。」提娜尖尖的聲音隔著車廂壁模糊的傳出來。

拖車吱吱嘎嘎的搖晃起來。門飛開，山繆出現了，他湊著橢圓的門框儘量往邊上擠——整個人拗成兩半。「是那個男孩，」他說，「自由市的那個男孩。」

「啊呀！」提娜說。她走到門口，張開兩隻小手臂努力的撐著門。「今天真是開心啊！」她大叫著。「喔，今天真是太開心了。給他一個抱抱，山繆。替我給他一個大大的抱抱。」

當那兩條手臂圈住他的時候，哈洛有些畏縮，那兩條毛茸茸的大手臂幾乎把他的呼吸都掐掉了。但是那種感覺好安全——好溫柔——他閉起眼睛享受被擁抱的感覺。他已經多少年沒有接受過這樣的溫情了。

「好了，快帶他進來吧，」提娜說，「你這個傻大個，大笨瓜呀。嘿，他一定餓壞了。」

他們讓他坐在小起居室裡唯一的椅子上，房間裡只有一張椅子和沙發。他整個人埋進厚厚的扶手椅裡，那椅墊軟得像天上的雲。山繆像座塔似的聳立在他面前，腦袋抵著天花板歪向一邊。提娜給他拿來夾了一堆雞胸肉的厚片白麵包三明治，挨著他坐在椅子的扶手上。

「你怎麼找到我們的？」她問，「誰帶你過來的呢？」

「雷打醒。」哈洛說。

提娜哈哈大笑。「啊，他真是個大好人，是吧？嘿，那他人呢？」

「他不想停下來。」哈洛說。

山繆咕噥著。「他一直喜歡一個人。他居然肯帶著你，真奇怪。」

「你們走過那場大得不得了的暴風雨？」提娜問。「就你和包伯還有那匹馬？嘿，你們難道不知道河水氾濫？你們難道不知道馬戲團都給打散了？」

哈洛搖頭。

「亂得一塌糊塗，真的，」山繆說。他把自己屈身在沙發上，那顆難看的大頭斜斜的往後靠，用手爪搗著眼睛。「一座橋沖走了；一條路封閉了。大帳篷在這一邊，吃人王去了那一邊。天曉得吉卜賽瑪格妲現在在哪裡。」

「喔，她不會有事的，」提娜安慰他。拖車在一陣強風中搖晃。雨滴巴答巴答的打在車頂上，提娜順著雨聲抬頭望了望。「別擔心，山繆。她沒事的。」

拖車裡溫暖舒適。哈洛點著腦袋打盹，忽然又驚醒；最後完全睡著了。

他夢見了那一個經常出見的夢境。他站在一間擁擠的房間門口，裡面滿滿的全都是人。他看得非常清楚——那些男人有農夫裝扮的，也有穿西裝的，女士們都穿著輕飄飄的漂亮衣裳。大夥三五成群的聚集著——有些站，有些坐——講話的聲浪大得不得了。他踏進房間，所有的臉都轉過來向著他。生意人推著他們的眼鏡；農夫嚼著菸草瞄著他；女士們拿手指按著喉嚨。又有一陣笑聲，然後屋裡整個靜默了。

哈洛，在夢裡，看著自己的手，它們被太陽曬成了褐色。他好像並不在他自己的身體裡，而是居高臨下的看著自己。他的臉幾乎是金色的，他的頭髮黑得像烙鐵。他發現他已經不白了，他發現他從來就不是白的。有人在喊：「不必害羞！」男男女女都在向他招手；他們都在熱烈的歡迎他加入。

他從夢中醒來，像以往一樣，心裡充滿喜悅，他覺得他不再是那個白得嚇人的怪咖了。但是，一會兒之後喜悅轉成悲哀，因為他知道他還是原來的自己。

那張大椅子柔軟舒適的擁著他。四周圍的毯子把他裹得像蠶繭似的。拖車的牆壁呈弧形升向光亮的車頂。他在那裡照見了自己，就像在夢裡，只是好小好白好孤單。

「他醒了，」提娜叫著。他剛才沒瞧見她坐在沙發上，她實在太迷你了，穿著一身寬鬆破舊的家居服，藏身在米黃色的大沙發椅裡。「嘿，我們還以為你會睡上一整天呢。」

「對不起。」哈洛說。

「幹嘛對不起。你本來就該睡的啊。」她笑著說。「反正我們哪也不去。」

「為什麼？」哈洛問。

「去看看外面，」她用小小的手朝窗外比個手勢。「可以讓你腦袋清醒。去看一看。」

他把毯子摺好放在椅子上。戴上頭盔蹣跚的走出門口，踩上濕透的草地。

暴風雨過去了，天空全是零散的雲。卡車和拖車廂停靠在一條泥路旁——現在只見泥不見路了——爛泥一路通到暴漲的河流邊緣。大水掃蕩著被沖垮的橋墩，兩邊的路肩全淹沒了。山繆站在那裡，哈洛還以為那只是一個橋墩，直到他轉身走過來。

「幾乎連路都淹了，」他說，「雨太大了，車頭燈全給泥巴遮住了，我什麼也看不見。什麼也看不見。」他揪著兩隻毛茸茸的拳頭。「我只希望老包伯能看見路。萬一要是騎進了河裡那可怎麼得了？」

「那匹馬不會讓他掉進去的。」哈洛說。

「也許吧。也許吧。」山繆把手指的關節壓得喀喀響。「你說得沒錯。一定不會。」

暗沉的河水靜靜的流著，流得很快。哈洛看著它漫過草地，他想著這條小小的響尾蛇河，那麼渺小那麼可憐。忽然他意識到自己離家很遙遠了，他想起了他的狗和他的母親。

山繆在看他，從他的高度俯看著他。「你的眼睛怎麼回事？」他問。

「沒什麼。」哈洛說。

「好像在移動。像墨西哥的跳豆一樣在跳。」

哈洛臉紅了。他探進口袋摸眼鏡。

「看起來的東西是不是都在動？」山繆彎下身子靠得更近。「你看見的東西是不是都好像在移動？」

「沒有。」哈洛說。

山繆直起身子。「你看得見我長什麼樣嗎？」

他是哈洛見過的人裡最難看最醜的一個。在那兩條又粗又大的眉毛底下，一張扁得不能再扁的大盤臉。頭上的頭髮一束一束的掛下來，滲著泥巴和雨水變得又厚又重。

「你看得見嗎？」山繆再問。

「看不太清楚。」哈洛撒謊。

「你很幸運。」那對小眼睛似乎很哀傷。「你不知道你有多幸運。」

雲破了，太陽出來了，河水卻沒有退；反而升得更高。山繆把一支木棒淺淺的戳進泥地裡，三個人坐在一小塊帆布上——一個侏儒、一個怪物，再加上哈洛鬼仔——一起看著水不斷往木棒上爬升。漸漸漫過草地漫向他們。

一只三腳矮凳順著水漂過，一個雞籠在水裡打轉，籠子頂上還有隻公雞在喔喔的啼。

「要是有搖椅經過，」山繆說，「我就去接。我一直想要一把搖椅。」

「最好來一個五斗櫃，」迷你琴公主說，「上頭有一面大鏡子可以翻來翻去的那種。那個我喜歡。」她看著哈洛。「你呢？」

哈洛撐著胳臂往後靠。他想著所有他想要的東西，他想那需要一艘大木筏來裝才行。他幻想著木筏緩緩的順著河水流，上面堆滿了釣魚竿、ＢＢ槍、尾巴上有紅色彩帶的航弋風箏。他好像看見了一台電視機和一整組玩具小兵丁。又看見了一大疊堆得超高的盒子。而穩穩地待在最頂上的，就是他的哥哥，大衛，他穿著軍服坐著，正在向他揮手，而最前面的就是蜜糖。他甚至聽見她的吠聲。

忽然他哭了。默默的哭著，淚水不停沿著眼鏡淌下來。木筏消失了，他只看見蜜糖，躺在他離開她時的地板上。

「嘿，對不起啊，」提娜說，「唉呀，我沒想到讓你難過起來了。」

「我猜他大概在想家了。」山繆說。

「當然是啦，傻大個。」

山繆轉動一下膝蓋。「快樂抱抱！」他說，「我們給他一個快樂抱抱。」

於是他們倆緊緊的環住他，提娜站起來抱住他的脖子，山繆彎下身子用那雙大毛手摟住他。他們從兩邊抱緊他；來來回回的搖著他。

他們把悲傷從鬼仔的身上擠掉了。剛開始的時候，他們的擠壓似乎更加重了悲哀——比原來的更強烈——這些悲哀就像擠檸檬汁似的整個被擠了出來。然後一股溫暖和安詳的感覺湧現了，哈洛笑咪咪的回擁著他們。

「看到沒？」山繆說，「他最需要的就是這個。一個愛的大熊抱。」他笑了，露出一口參差不齊的利牙，他的眼睛亮得像小星星。哈洛看著那對眼睛，他頭一次發現在醜陋之外的一些東西。他看見——也許只是以為他看見了——在那一對眼睛裡是一個平凡正常的人，不同於原來那個藏在一頭亂髮和一身贅肉底下的人了。原來在這層難看的外表底下住著一個很有趣的小小人，一個他一眼就會愛上的人。

提娜兩隻手搭著他的手腕。「不要擔心，」她說，「一切都會如意的。吉卜賽瑪格姐說過。告訴他，山繆。她是不是這麼說的？」

山繆點頭。「是，她是這麼說的。」

「她說有個男孩將會來到。他在走一段旅程，她說。他將會從深夜出發，最後他必會如願以償。」

「我從來沒見過她。」哈洛說。

「嘿，你覺得那有關係嗎？吉卜賽瑪格妲看得見。她看你的手就能說出你的過去和未來。」

「她說的都對，從來沒有說錯過。」山繆說。

他們並排坐著，面對著河流。河水淹過草地，汩汩的經過山繆插的木棒，只差不到一吋就沒頂了。

「吉卜賽瑪格妲現在在哪裡？」哈洛問。

山繆低沉的嘟囔著：「我猜她迷路了。她經常會走不見的。」

10

河水漲到一個程度就不再攀升。它像一座移動的大湖似的慢慢流過，河水把遠方林子裡的樹也帶下來，還帶來了一個馬槽、一個水桶和一台四腳朝天的舊篷車。

不久太陽偏西了，一輪銀色的彎月緊跟在它背後升起。遠處有土狼的叫聲。

「聽。」山繆突然說。

夜晚的大草原似乎有許多聲音在哼唱。有蟋蟀，有青蛙，有水流；另外還有一陣細碎的聲音傳進了哈洛的耳朵。

山繆站起來。「吉卜賽瑪格姐來了。」

哈洛從背後到手臂都在發麻。受了華特．畢斯理的影響，他很怕吉卜賽人，他老是把吉卜賽人當盜賊看待。

除了那些屬於草原的聲音，他聽見了引擎的吼聲，他抬起頭朝東邊望。有一點燈光浮在那裡，在天與地之間。燈光由一點分裂成了兩點，就像一對黃色的眼睛。那一對眼睛照著路面，隨著拖車上下跳動著。山繆迎上去。他飛快的衝過草叢，那副彎腰駝背的怪樣子，就像某種史前的動物。那對黃色的眼睛鎖住了他，定定的照著他，把他的影子拉得好長，一直延伸到河面上，隨波盪漾。

卡車減慢了速度，引擎嘎嘎的轉著。車子先往側邊轉了幾下，再打直，然後停在他們那輛車旁邊。這車比山繆開的福特短一些，胖一些，擋泥板上沾滿了爛泥。車頭燈滅了，引擎也停了。一扇車門吱的打開來。

「那個孩子，他來了嗎？」吉卜賽瑪格妲說。「那個趕路的孩子，那個旅行男孩。他來了嗎？」

「他見到吃人王了嗎？」

「來了，」山繆說。他站在車門底下，向著濛濛的黑影伸出手。「我們都在擔心妳。」他說。

「沒有。」

「我有話要跟他說。」

山繆朝車廂伸長了手臂。一隻手從黑暗中冒出來，手的上面是一張臉，這兩者好像各管各，完全不相連似的。那手像飛蛾似的撲著，然後輕輕落在山繆的肩膀。他一把抱起那女人，把她放在草地上。

她走入了車窗透出來的亮光，一個穿得全身黑的女人，層層疊疊的圍著許多絲巾，輕飄飄的。她又乾又瘦；兩條手臂除了骨頭沒半點肉。手腕和腳踝上戴著很多銀色的鐲子，那些絲巾底下全是鈴鐺，只要她一走動就會發出叮鈴噹啷的聲音。提娜奔上去迎接她，吉卜賽瑪格妲跪下來一把抱住迷你小公主。

「妳去了哪裡？」提娜問。

「她真大啊，這片美洲大地，」吉卜賽瑪格妲說，「我在廣大的草原上不停的向前開。同一根籬笆柱子，居然在我眼前經過了十三次。」她轉過臉來，在燈光下那張臉又焦又黃，她的眼睛好像在燃燒。「他幹嘛站在暗影裡？」

「他有些害羞。」提娜說。

閃爍著一身鈴鐺的吉卜賽瑪格妲站在那裡。她向哈洛招手，他走向她，手臂橫抱在胸前，一步一挨的走了過去，像是被她拖過去似的。

「沒錯，就是你，」她咧開無牙的嘴笑著說，「讓我看看你的手。」

她不等他伸出手；她直接抓住了他的手。她握著那兩隻手，急切的翻個面，兩隻拇指——留著厚厚的黃指甲——劃過他的手掌。她忽然抖了一下，手鐲一陣叮咚響。她的聲音拉得又高又尖，直接鑽進他的肉裡。「小心那些有著不自然魅力的人。還有用尾巴餵食的野獸。」

哈洛全身起了雞皮疙瘩。他看著自己一雙雪白的手，看著她黑黑的拇指壓在他的白手上。她的頭往後仰。她刺耳的聲音又再一次刮著他的脊樑，就像一把提琴手的弓弦。

「一個野人的和善、一個黑人的蒼白，還有突如其來的巨大傷害。」

她的聲音漸漸消弱了。有一隻土狼在叫，接著又一隻，尖銳詭異的聲調跟吉卜賽瑪格妲的如出一轍。第三隻土狼出來應和了，遠遠的又傳來了第四隻，彷彿牠們正在把她的警告向著草原傳唱，從一個巢穴傳送到另一個巢穴。

「天哪！」提娜說，「天哪，這真是太好了。」她笑容滿面，那張大人的面孔又變得像個小孩子一樣，她抬頭望著哈洛。「哎，我跟你說過吧，她真的了不起，是吧？」

哈洛答不出話來。他感覺有一股熱流從老吉卜賽女人的拇指傳過來，但是最令他心驚膽戰的是她的眼神。這個吉卜賽女人，他想著，真的很嚇人。

11

他們坐在拖車裡的小桌子旁，幾張搖搖晃晃的椅子不斷在地板上發出吱吱嘎嘎的聲音，提娜坐在其中一張較高的椅子上，山繆則坐在一張矮凳上。他們拿著有玫瑰花圖樣的瓷杯，喝著吉卜賽瑪格妲又黑又濃的怪茶。她朝壺裡丟下一把葉子，這些葉子就會浮在白杯子裡打轉。

山繆開心極了。他比吉卜賽瑪格妲高出太多太多，白瓷杯在他手上就像一支小頂針。「我們乾脆享受一下，」他說，「在這兒多待幾天。」

「為什麼？」吉卜賽瑪格妲問。

「這條河。它還沒漲到頂峰。」他唏哩呼嚕的喝著茶，茶水流到了鬍子上。「至少還要三天才會退。在這以前我們絕對過不去的。絕對。」

「唉呀，」吉卜賽瑪格妲說，「她哪算什麼，我指的是那河。不過是幾滴水而已，哪算什麼。」

山繆哈哈大笑。「那就什麼都沒關係啦。」他說著一口喝完了茶。他把杯子放在桌上，用一隻爪子把杯子推向吉卜賽瑪格妲。

「現在不要。」她說。

「可是妳每次都幫我讀茶葉的。」他的口氣很失望，一副可憐兮兮的樣子，圍著一堆絲巾的吉卜賽瑪格妲只好拿起他的杯子，把它上下翻轉過來。

她慢慢的轉著；一共轉了四次，杯把由北轉到西，再由南轉到東。沒牙的嘴唇縮著，她一面轉一面唸唸有詞。「我們逆著時鐘方向走。回到我們開始的地方。我們逆著時鐘方向轉。看看我們的心裡面。」

山繆湊近身子。「它怎麼說？」他問。

「我看見暴風雨。很多雨，很多雷。我看見麻煩，有一個人有麻煩。」

「我？」山繆問。

「別人。他帶了麻煩來你這裡。」

「什麼時候？」

「快了，」她說著放下杯子。「就這些。」

「太少了吧。」他噘著嘴說。

她聳聳肩。「你吐掉太多葉子了。」

「現在換我，」提娜說，「妳讀了山繆的，就得讀我的。」她的杯子似乎特別大，她的手指勾著那小小的杯把顯得還很寬裕。她放下杯子把它推過桌面。

手環叮噹的響。吉卜賽瑪格妲把杯子順著杯緣轉動。有一滴茶滴到桌上。她再轉，口中一樣唸唸有詞。

提娜對哈洛咧著嘴笑。小拳頭互相敲擊著，關節對著關節。吉卜賽瑪格妲把杯子捧在手裡。

「妳看到什麼了？」提娜問，「妳看到什麼了？」

「幸福快樂。很大很大的幸福快樂。」吉卜賽瑪格妲身子向前傾，瞇起眼睛看著杯子。

「妳還看到什麼？」

「仁慈。愛。妳全身洋溢著，這份仁慈。」

「錢呢？妳看到錢了嗎？」

「沒有。」

「真是！」提娜說，「還有呢？」

「一個遊戲。一個很棒的遊戲，很多的歡笑。」

「什麼樣的遊戲？」

「看不出來。」吉卜賽瑪格妲把杯子傾斜。「妳在跑。在喊。」突然她的頭一抬。眼神銳利的看著哈洛。「沒了。」

「妳什麼意思，沒了？」提娜問，「我說，究竟有什麼？」

吉卜賽瑪格妲用力的搖著杯子。黑黑的茶葉和茶水潑了一地。她拉扯著絲巾和鐲子。「這樣幸福快樂還不夠嗎？妳會得到連做夢都想不到的幸福快樂。這樣還不夠嗎？」

「當然。」提娜說。她往後靠，哈洛覺得她的表情真的沒有想像中的快樂。

他把茶杯拿近胸口，兩手緊緊的捧著。他不確定自己是不是也想知道茶葉裡的意思。

「我累了，」吉卜賽瑪格妲說，「我必須睡覺。」她推開椅子，有些站不穩的靠著桌子。「這孩子，他陪我走。」

他們倆一起走了出去，走入黑暗中柔和的蟋蟀聲裡。吉卜賽瑪格妲挽著哈洛的手臂，兩個人穿過了草地。

「你怕我嗎？」她問。

「不怕。」哈洛說。

「怕未來嗎？」

他點點頭。她靠著他，她的重量不及他的一半。

她的鐲子和鈴鐺在黑夜裡像是一種音樂。「你沒有問問題真好。你很勇敢，不用燈火你就敢走進黑暗。」

哈洛有些發抖。他不是勇敢，他是害怕知道自己的未來。

他攙扶吉卜賽瑪格妲進入她那輛高高的，後面遮著車篷的卡車。她穿過小門，鑽進一個有許多香料和蠟燭味的房間。她居高臨下的看著他。

「快回去吧，」她說，「你那兩個朋友給你準備了好東西。」

他一個人走過黑暗，回到拖車，發現他那兩個朋友已經睡了。走過狹窄的通道，他看見隔間門底下透出一些燈光。可是小客廳裡，他發現有一條毯子從天花板垂下來，懸掛在沙發前面。毯子上別了一張紙頭，上面寫著哈洛的方間。

這時，兩扇隔間門砰的打開了。山繆從一扇門走出來，迷你琴公主從另一扇門出來。「給你一個驚喜！」她舉高了兩隻手喊著。「喜歡嗎？」

哈洛瞇著眼睛看那張紙頭和毯子。「這是什麼？」他問。

提娜眉頭一皺。「唉呀，這是你的房間啊，」她說，「你覺得如何？」

他被這份心意感動了。這輛流線型的拖車雖然很小很擠，分隔出來的這一小塊地方卻是屬於他的。他想到這個迷你小女人和這個大怪物男人，他們一定規畫了好久，等著給他這一個小小的驚喜。

他拉開毯子，坐上沙發；這裡已經沒有站立的空間了。他的衣物袋已經打開，每樣東西都整齊的排放在小架子上。球棒、手套和球，樣樣都在。被單和枕頭也都擺好了。鬼仔哈洛攤平在沙發上，第一次他有了完全屬於自己的房間。

「你喜歡嗎？」提娜問。

「非常，」他說，「謝謝你，山繆。謝謝妳，迷你琴公主。」

提娜呵呵的笑著。「你用不著這麼稱呼我，」她說，「就叫我提娜，好嗎？」

12

吉卜賽瑪格妲是對的。第二天早上河水退了。只剩一條細細的黑線在寬闊的河道中間流過，兩邊的河岸和草原都沾著污黑的爛泥和垃圾。

兩輛卡車咳出一堆煙氣發動了，擋泥板和引擎蓋吱吱喀喀的響著。他們搖搖晃晃地過了河，車輪子不斷的噴著爛泥巴。上了大路往西邊走，早晨的太陽跟在他們後頭。

「我最愛旅行的日子，」提娜說，她擠在山繆和哈洛的中間，坐在一只蘋果箱上，她的小胖腿擱在上面。「有時候我真希望我們可以永遠這樣旅行下去。」

天氣炎熱明亮，道路又蓋滿了沙塵。起初只是像羽毛似的隨著車輪飛揚，後來變成了跟在拖車後面，厚厚的一片雲層。

那一整天加上第二天的一整天他們馬不停蹄的向西走。電線桿一根根的飛過，熱風不斷從車窗吹過，他們一路唱著〈啤酒桶波卡〉。在唱〈強尼回家鄉〉的時候，山繆把方向盤當鼓來敲，提娜眼裡泛著淚光。

就在這時，哈洛看見了高山。他把頭盔往後推，緊盯著高高聳起在大草原盡頭的山嶺，可憐他的弱視只能看到模糊的山影。「高山！」他喊著指著。「那裡一定就是奧勒岡了。」

提娜哈哈大笑，山繆也哈哈大笑，他笑得太用力，笑到猛咳嗽，大卡車差一點拐進溝渠裡，所幸他及時把車子導正過來。

「那不是高山，」提娜說，「那只是小丘陵。」

「只是小丘陵？」哈洛問。它們看起來十分的高大啊。

「等你看到高山你自然就會知道了，」她說，「哎，到時候我們要怎麼辦？我們要停下來開個『趴踢』，對不對啊，山繆？就算停在路中間也沒關係——喲呵！——我們給自己開個趴踢慶祝一番。」她在蘋果箱子上扭來扭去，「看了這麼久的草原，再沒有比看到高山更開心的事了。」

當天下午他們看到一間農舍，和一個牆壁上有很多缺口的大穀倉。一眨眼就走過了，沿途那些籬笆柱子形成一條歪歪扭扭的曲線。

山繆突然指著前面大喊，「那邊！快看那邊！」

一根柱子上釘著一張紙。被風吹雨打的扯破了，上下捲了起來，紙上面有一個紅色的方塊，方塊中間有支箭頭。

山繆踩煞車，後面的拖車往前一衝，卡車蹦了一下。「指的是哪條路啊？」他大吼。

哈洛把頭伸出窗外，頭盔帶子不斷拍打著他的臉頰，他轉過那張白臉，努力的回顧大草原。

「往上！」提娜說，「啊，好快樂的一天。」

哈洛把腦袋縮回來，眼鏡上已經沾滿塵土。他摘下眼鏡用袖子把它擦乾淨。「那是什麼？」他問。

「一個標記，」山繆說，「吃人王走在前面，沿途會留下標記。」

哈洛笑了。他向前看，快活的想著他正在走吃人王走過的路，同樣的一條路，只是晚了幾天而已。

13

卡車辛苦的爬上小山丘，馬達過熱了，車蓋不斷冒著蒸汽。翻過小山頭就一路往谷底走，那兒有一座在哈洛眼裡已經是大到驚人的小城。

「我們停下來吃晚餐吧，」山繆說，「我們非吃不可了。」

哈洛把臉轉向車窗。「我沒錢。」他說。

提娜呵呵的笑著。「不用擔心這個。我們有的是，」她說，「對不對啊，山繆？」

「有一點。」他說。

「你個傻大個，我們有很多。」她掏出一疊薄薄的紙。「我們賣這個，」她說，「表演完了之後我們會推銷這些圖卡明信片。」

哈洛斜著眼，湊近了看。明信片上都是提娜戴著小皇冠的照片，她還用纖細的筆跡簽了名，「迷你琴公主。」照片中的山繆只穿了條短褲，他的胸膛和肚子上全是毛。

「我們賣掉這些可以得到一半的利潤，」提娜說，「亨特先生人很好。」

有一張他們兩個的合照，提娜坐在山繆的懷抱裡。另外一張她騎著小馬。每張照片上的提娜都在笑；每張照片上的山繆都繃著臉。

卡車顛簸的往山下走。山繆忙著換檔，引擎摳啊喀的吼著。

最後一張明信片上是吃人王的照片。他坐在一個巨大的王位上，周圍環繞著椰子樹。哈洛皺著眉彎著腰用力的看，他的鼻子都快貼到照片上了。他的眼睛來回晃動的時候，那些椰子樹好像也都跟著在晃。

「這是烏拉布拉曼波國嗎？」他問，「這麼多樹？」

提娜哈哈大笑。「你個小傻瓜！當然，這不就是烏拉布拉曼波國嗎，對吧，山繆？」

山繆擦擦嘴，忍住笑。「沒錯，就是。」

哈洛看著照片。「這有什麼好笑呢？」他問，他們笑得更兇。「我真不明白。」他說。

「因為這些怪怪的樹很好笑。」提娜說。

他們把明信片收起來，卡車接近城市了。哈洛好奇的從車窗往外看。他從沒看過六層樓高的樓房；他把這些房子叫做摩天大樓。看到交通號誌和霓虹燈也令他讚嘆不已。尤其令他驚訝的是路上車來人往；隨便數一數就有三十幾輛車子，這對他來說簡直像是一場大混亂。

如果哈洛曾有過希望自己能有正常視力的時候，那應該就是現在了。他斜著眼用力的看，看到眼睛痠痛無比。他一會兒指左邊，一會兒指右邊。「那是電視機嗎？」他問，提娜笑起來。「那是報紙販賣機。」她說。

卡車停在一個號誌燈前面。一群人魚貫的穿過人行道。他聽見有個小孩大喊，「你們看！」他忍不住也回過頭來看。

「噁！」那小孩就在他的正下方。「他怎麼會那麼白啊？還有，快看那個開車的傢伙！」

「把車窗搖起來，」山繆說著，他那隻毛茸茸的粗胳臂已經在轉動窗把，玻璃窗升上來，把他們全都遮住了。「快把車窗搖起來！」他大聲的說。

這時候周圍所有的人都停了下來。「畸形人，」一個男的說，「他們是馬戲團的怪物雜耍班。」一個女的說，「啊，可憐的孩子！」

哈洛怔在那裡，不會動了。提娜搆過來轉動把手，車窗嘰的一聲整個闔上。人群愈聚愈多。他們隔著擋風玻璃，扳著後照鏡不停的張望。有個滿臉青春痘的男孩站上踏板，透過車窗不懷好意的盯著哈洛。他的手指使勁的按著車窗，玻璃上現出了粉紅色的肉印子。

「看前面，」山繆說，「只管看著前面。」燈號換了，他發動引擎，驅散了人群。不料到了下一個路口，又是一群人圍上來，第三個路口也是一樣。

哈洛一動也不動的坐著；只是他的下巴一直在抖。他照著山繆說的話，筆直的望著前面。現在，他又成了鬼仔，小到看不見的哈洛鬼仔。他很輕很輕的對著自己哼起那兩句魔咒，屬於他的小魔咒：

「沒有人看得到我，沒有人傷得到我。他們說的話沒有辦法傷害我。」

他們沒有在餐館前停下車子。車子穿過市區繼續向前駛。小蟲子不斷飛撲到擋風玻璃上，引擎在車蓋底下發出單調的嗡嗡聲。

哈洛睡著了，他的頭靠著車窗，卡車在夜色中咆哮，一路追逐著地上黃色的錐形標誌。又小又白的鬼仔飛過大草原，又開始做著同樣的夢，夢中的他變成了一個黑頭髮的男孩。

14

哈洛的腦袋往旁邊一晃，撞上了車窗。他驚醒過來發現卡車離開了大路，聽得見車輪底下有碎石子跳動的聲音。他看見一棟亮著紅黃燈光的建築，一整排的加油幫浦像小胖子似的守候在那裡，每個小胖子都有一條細細的胳臂，和一隻插在口袋裡的手。

馬達出奇的安靜，在駕駛座裡的說話聲就跟耳語差不多。

「好像還有人，」山繆說，「裡面還有幾個人。」

「應該可以吧，」提娜說，「我們總得找個地方停下來。」

哈洛打個哈欠伸個懶腰。「我們在哪裡？」他問。

提娜拍拍他的手膀。「我們剛到加油站。弄點吃的。」

一塊亮著紅光的招牌對著他閃著：汽油。食物。蟲子。閃亮的招牌在夏天的夜晚不斷發出嘶嘶嚓嚓的雜音。

山繆把車停在那一排加油幫浦邊上。吉卜賽瑪格妲的車就停在他的邊上，燈光映著她的車窗玻璃，看起來車子裡好像沒人似的。

他們爬下車，哈洛和提娜從這一邊，山繆從另一邊下。吉卜賽瑪格妲戴著銀光閃爍的鐲子繞過車身，四個人一起站在嘶嘶作響的燈光下。

鈴聲一陣叮噹，屋子的門開了。一個穿著藍衣服的男人走出來，他走得很快，皮靴上的鞋帶鬆鬆的沒綁好。他低著頭，用一塊油膩膩的布擦著兩隻手。「需要什麼？」

「加油，」山繆說，「謝謝。」

那人抬頭。「天哪！」他說。他看哈洛，看瑪格妲，再往下看提娜，再往上看山繆。他倒退一步。「啊喲，天哪！」他又說一遍。

「你們這裡有洗手間嗎？」提娜問。

他的嘴張著，兩隻眼睛圓得就像哈洛的眼鏡。「啊？」他說，「你們要進去？」

「我們想吃點東西，」山繆說，「如果不太麻煩的話。」

「不會，」那人說，「沒問題。」他用那塊布拍著臉。「不過我太太在裡面。她會……」

「會怎樣？」山繆問。

那人翻弄著那塊布。「會有點害怕。你明白吧？」

「明白，」山繆說，「這兩輛車都要加滿，可以嗎？」

「當然可以。沒問題。」那人滿頭大汗。「你們，呃——你們會付錢吧？」他問。

山繆露出可怕的牙齒一笑，他的小眼睛閃著光。「當然會。沒問題。」

那人兩隻手抖得太厲害，汽油噴得他一靴子都是。哈洛哈哈大笑，一直笑到山繆的手爪鉗住了他的肩膀才停住。

「不要盯著看，」山繆溫和的對他說，「盯著人家看很不禮貌。」他把手搭在哈洛的背上，讓他轉過來向著屋子。

屋子裡面看起來溫暖又安全，所有的顏色都像爐火一樣的明亮。透過窗子，哈洛看見玫瑰色的靠墊椅、紅色的可樂機，還有冒著氣泡的橘子汁。

窗口邊有三個卡座，後面是櫃台，有個小女孩坐在一張橘色的鋁合金高腳凳子上。她看上去大約六七歲，正拿著蠟筆在一本著色簿上畫畫，一根手指捲著自己的頭髮。

門鈴響的時候，她抬起頭。她的眼睛充滿好奇的看著哈洛、提娜和吉卜賽瑪格姐，最後，停留在山繆的身上。「你個子好大啊，」她說，「你身上的毛比我爺爺還多。」

山繆用一隻手遮住嘴巴。他在偷笑，哈洛看得出來，他不敢讓那小女孩看見他的牙齒。

「妳叫什麼名字？」提娜問，「妳真討人喜歡啊，孩子。」

「桃樂絲。」她說。

「好美的名字。」提娜搖搖擺擺的走向她。「我們只是路過，想要吃點東西。可以嗎？」

桃樂絲眉毛皺了起來。「嗯，我在忙耶。」

「看得出來，」提娜說，「妳在畫畫。這樣吧，我們不如先坐在位子上，妳去跟妳媽媽說我們來了，好嗎？」

桃樂絲點點頭。

「太好了，」提娜說，「那，我們該坐哪個位子呢？」

小女孩嘆口氣，頭歪了歪。「無所謂啦，」她認真的說，「現在人不多。」

她轉過凳子看著這四個人走過去，凳子一歪發出吱的一聲。她低頭看著提娜。「妳好小哦。」她說。

「啊，謝謝妳，孩子。」提娜開心的說。

「還有妳，」她指著吉卜賽瑪格妲，「妳走路的時候會放音樂。」

哈洛臉紅了。他感到胸口一陣熱。他不知道這女孩會怎麼說他。她拿蠟筆指著他的時候他把臉別開。

「你是一個白子。」她說得很慢，一個字一個字的說，一個白子。

哈洛有想吐的感覺，就好像她在叫他大怪獸。他一溜煙的躲進了卡座。他看見自己按在桌上的手指像一根根白色的臘腸，他趕緊把手縮回桌子底下。吉卜賽瑪格妲坐在他旁邊，她的老臉上刻滿了擔心的皺紋。提娜很快爬上另外一張長椅，山繆擠在靠走道的位置。

桃樂絲把肚子貼著高腳凳爬下來。她紅色的小裙子拱到了腿上。她站在桌位旁邊。「他是個好白子，」她說，「另外一個是個又大又肥的騙子。」

「什麼另外一個？」山繆問。

「我不知道，」她聳一下肩膀。「他開了一輛很大的舊車。幾乎像船那麼大，後面拖了一座島。他連油錢都沒付。」

「他沒有付錢？」山繆問。

「沒有！」她嚴肅的搖搖頭。「他脾氣大得不得了。真的很大很大。」

「是嗎？」

「是！就像這樣。」她岔開兩腿，聳起肩膀，勾起手肘，在狹窄的走道上咚咚的來回踱著。

「我不給，」她說，她裝出一副很低沉的聲音，但還是帶著尖細的童音。「我是吃人王！我是吃人王！」

提娜尖聲大笑。「就是他，」她說，「是他沒錯。」

哈洛傻住了。他眼前的小孩好像變成了一個身高八呎，暴跳如雷的巨人。這一瞬間，她變成了吃人王，脖子上掛著人骨項鍊，一副野蠻人的兇狠相。

小女孩大搖大擺的踱著，她後面出來了一個婦人。她跌跌撞撞的衝到了櫃台最遠的一頭。

「桃樂絲！」她說，「妳快點離開那裡！」

「哎，沒關係的，」提娜說，「她沒吵到我們。她很可愛很棒。」

那婦人一把抓過孩子，拉著她拚命往後退，然後把她扳轉過來，把她的小臉緊摀在自己的衣服上。孩子哭了，她的母親氣得滿臉通紅。「你們這些怪胎。你們這些該死的怪物，」她說，「你們離她遠一點。看你們誰敢碰我的孩子。」

山繆兩手握成拳頭；提娜一臉驚嚇。吉卜賽瑪格妲全身發抖，哈洛——這輩子從來不敢反抗別人的哈洛鬼仔——說：「沒有誰碰妳的孩子。」

連他自己都吃了一驚。他的手指在桌子底下發抖，他的眼睛在圓眼鏡後面發狂似的亂轉。他緊張又害怕到幾乎什麼也看不見了，現在，這間屋子這個婦人都成了模糊一片。

「她會把你們看成什麼？」婦人大聲問，「一個侏儒，一個猿人，一個老巫婆還有一個像鬼似的男孩。她會把你們看成什麼？」

「朋友？」哈洛說。

提娜鼓掌。「耶！」她得意洋洋說，「我們成了朋友，沒錯。」

山繆的拳頭開了又合。他推著桌子的邊緣。「我看我們還是走吧。」

婦人大聲笑起來。「你說得太對了，你們還是走吧。」那小孩哭得歇斯底里，幾乎爬上了她母親的裙子。「快走啊。滾出去。」

哈洛準備站起來。山繆卻傾過桌面把他按回去。「我改變主意。我們不走，」他說，「這孩子必須吃點東西才行。」

吉卜賽瑪格妲整個人僵硬。「老頭來了。」

門鎖搭的一響。有腳步聲出現，聲音愈來愈大，愈來愈重。哈洛摘下眼鏡，不停的按著眼睛，急著想要看清楚。

櫃台後面有兩扇活動門，那廚子一把推開門走了出來。他戴著一頂破爛的軟呢帽，帽子中間像枚雞蛋似的裂了開來。「吵什麼吵？」他說，「到底在鬧什麼？」

婦人看著吉卜賽瑪格妲。那女孩仍舊挨著她在哭，又哭又叫，「我們在說話。媽媽，我們只是在說話啊。」

那廚子兩手按在屁股上。「妳回後面去，貝蒂，」他說著把她拉開。然後兩手插進口袋。「你們都是馬戲團裡的？」他問。

「是的。」山繆說。

他搖搖頭。「我在這裡五十年都沒見過一個怪胎，怎麼忽然像蒼蠅盯上奶油似的全來了。」

「是暴風雨把我們打散了，」山繆說，「暴風雨沖毀了好幾座橋。」

「照我的意思，怪胎就該待在帳篷裡。」廚子從牙縫中噴聲。「我要像你們這樣，我絕對不會在人前露臉，不過那是我不是你。我猜你們把那小女孩給嚇壞了。所以，我就這麼著，我對另外那個白子也是這麼說的。」

他搓著臉頰，從帽子的裂縫搔著他的腦袋。「我會給你們三明治、咖啡，隨便什麼都行。不過你們不能在店裡吃。萬一有其他貴客進來怎麼辦？到時候會出什麼事？」

他大搖大擺的上前，面帶微笑。他真的在笑。「你們只要告訴我要吃什麼，然後馬上離開。我會把吃的送去你們車上，不過，當然，得先付錢。」

他從後褲袋掏出一本小本子，再把一截鉛筆往舌頭上舔一下。「好，先把錢拿出來我瞧瞧。」他衝著山繆吼。「你聽得懂英文嗎？啊？你有錢嗎？」

山繆悲痛的看著桌子。

「他不會講話嗎？」

「他當然會。」提娜說。

「那他要什麼？問他到底要什麼？」接著他嘲弄的補上一句。「小大姐。」

提娜碰碰山繆的手。她臉上有一種被打敗的表情，融合著悲哀和失望。她說：「你點吧，山繆。我隨便什麼都可以。」山繆回看她，他的眼睛濕濕的。吉卜賽瑪格姐縮在那一堆絲巾裡，她面無表情，眼神空洞，感覺上她的人彷彿根本不在這裡。

「我沒那麼多閒工夫。」廚子說。

「丹佛三明治，」山繆說，他的眼睛仍舊看著提娜。「我們要丹佛三明治。」

「你呢？」廚子問，「你。白鬼。」

哈洛退縮了。他發現不管他離開自由市多遙遠，結果還是一樣。

「你要什麼？」

哈洛挺起肩膀，筆直的看著那個廚子，其實他看到的只是一團模糊。他說：「我要長得更大，先生。要變得更黑。」

那廚子哼了一聲。「你這小子很聰明啊，啊？我看你餓得快昏了吧。好啦，現在快滾出去。全部。我會做三個三明治給你們。」

「兩個。」吉卜賽瑪格妲說。

「啊？」

「只要兩個。」她站了起來，僵硬又高傲。雖然她比那廚子足足矮了三分之一，她的尊嚴卻讓她看起來好高好大。「我不要你做的任何東西。」她說著從他面前走了過去，走在破碎的磁磚地上，鈴鐺清脆的響著。跟著山繆也從座位上站起來，再來是提娜。他們站著等候哈洛。

他真希望自己變得很強壯，能像吃人王那樣。他可以重重的跺腳，大聲的吼叫；他可以把眼前這個穿著一件髒襯衫，張著大嘴的廚子一拳擺平。可惜他不夠強也不夠壯，他只能不發一語的走掉。山繆的一隻手搭上他的肩膀，三人一起走出了店門。

「總算趕走了！」廚子在他們後面喊著。「快滾吧，白鬼。你個鬼東西。全給我滾吧，一票怪胎。一票該死的怪胎。」

加油幫浦還在運轉，一個紅黃兩色的小球在燃料指針上轉著。加油站的那個男人還是像之前一樣的緊張。他一身工作服，一雙鬆散的靴子，拿著噴嘴，靠在吉卜賽瑪格妲的卡車上。

山繆走到他旁邊。「太好了，」他說，「夠滿了。」

嘖嘴喀搭一聲抽了出來。吉卜賽瑪格妲、哈洛和提娜也圍了上來，那人從帽簷底下小心翼翼地看著他們。「你們沒吃？」他問。

「沒有。」山繆從口袋拿出一卷鈔票。厚厚一疊綠色的，用橡皮筋捆著。都是一塊錢的票子，他抽出幾張；付了油錢，同時把吃人王的油錢也付清了。

那人伸手拿錢的時候，吉卜賽瑪格妲握住他的手。「你的太太，」她說，「她的血很亂。你去問她：她穿了最漂亮的衣服要去哪裡？」

那人看著她，再抬頭望著廚子站著的窗口。他把錢塞進口袋跑開了，他走路的樣子像隻螃蟹，橫著走。

吉卜賽瑪格妲笑咪咪的看著哈洛。「我為你驕傲。」她說。

「是啊，」提娜說，「你剛才在裡面說的話太棒了。我看他一定氣瘋了。你跟他說：『我要長得更大。』我說，這真是太帥了，對吧，山繆？」

「沒錯。」小眼睛在那張怪獸似的臉上閃閃發亮。「你現在是我們的一份子了。不管好壞，無論如何，永永遠遠，你都是我們的一份子。」

哈洛開心極了。

「快樂舞！」山繆突然說，他們幾個立刻圍著他，有大爪子有小手還有冰冷的金屬鐲子。大夥又搖又擺的跳了起來。

「她要去哪裡？」哈洛問，「她穿著最漂亮的衣服，她要去哪裡？」

吉卜賽瑪格姐哈哈大笑。「我不知道，」她說，「我只是在製造麻煩吧。」她爬上自己的卡車。「這孩子跟我一起坐。」

15

車頭燈打出兩道黃光照著加油站外的一大片空地。雨刷嚓嚓的刷走了擋風玻璃上的灰塵和蟲子。山繆像個陰森可怕的領航員，大拇指一豎，開始往前開。吉卜賽瑪格姐跟在他後面，按下排檔，踩上踏板。

她的車頭燈在流線型拖車後面打亮了，她讓車子拉開大約一百碼的距離，然後，精準得像用纜繩牽著似的跟了上去。

「我在車上長大的，」她說，「我在路上出生，在一輛馬拉的旅行車上。將來，我想，一定也會死在路上。」

她幾乎不是真正的坐在位子上。她挨著座位的邊邊，感覺就像站在踏板上似的，她的鈴鐺和鐲子隨著車子的顛簸響個不停。黑色的絲巾慢慢的從她肩膀滑落，在儀器板那些灰綠色的燈光下，哈洛看見她的手腕瘦得只剩皮包骨。

「我有一個小搖籃，是我父親為我做的。篷車開動了，它就搖啊搖。篷車停了，我就哭。」她把手移到方向盤頂端，身體往一邊側，開始爬坡，「我記得這個，我的小搖籃。周圍掛滿了漂亮的小東西和我父親用錫罐子剪的小星星。啊呀，那聲音之吵啊！我看快把我母親給吵瘋了。」

車頭燈照著流線型的拖車。它在擋風玻璃前面晃動，慢慢的愈來愈大。

「我們走過高山走過森林。每天晚上，我們生起又大又亮的營火。羅曼人——就是你們所謂的吉卜賽人——最喜歡跳舞了；大家圍著營火唱歌跳舞。我那雙幼小的眼睛似乎看見營火也在跳舞，火焰跟著吉卜賽人一起在跳舞。」

她在踏板上搖晃著。前面的拖車似乎滑開了，滑到擋風玻璃邊上去了，過一會又回到了正中間。

「我有七個哥哥。他們全都是個子高大的帥哥。他們從我媽那兒學會歡笑；從我爸那兒學會幹活。我們走遍東南西北。」她忽然沉默下來，她的臉在拖車銀亮的光影中就像一塊石頭。「啊呀，那是很久以前的事了。」

「妳後來再見過他們嗎？」哈洛問。

「有時候，在山裡。颳大風下大雨的時候，我看見他們站在路邊。好憔悴；破爛憔悴。看起來就像禿鷹。」

哈洛眉頭皺了起來。

「他們都死了，」吉卜賽瑪格姐說，「我的哥哥們，我的父母。所有我認識的人。」

拖車忽然間塞滿了整個擋風玻璃。吉卜賽瑪格姐猛地踩住煞車。她伸出一隻手撐著車頂，絲巾退到她的肩膀。在流線型拖車的銀光下，哈洛看見她手臂上紋了一排數字。

「納粹，」吉卜賽瑪格姐說，「你知道納粹嗎？」

「知道。」因為納粹他父親才去歐洲打仗。他父親就死在納粹的手裡。

「他們又強大，人又多。可是他們就怕吉卜賽人。我們黑黑的，很野，很自由。他們見到吉卜賽人就抓，到處追捕我們。我們往西邊走，朝著所有生靈走的方向，向著日落的方向。」

哈洛整個人縮到座位邊上。

「我們上了山，」吉卜賽瑪格姐說，「我們登上最高的山，美麗的多瑙河源頭。我們在山上紮營，晚上狼群徹夜的叫著。」

她繼續慢慢的說著，卡車緊跟著流線型的拖車，在黑暗的小山丘上穿梭。車燈的光在她臉上投射出古怪可怕的陰影。

「我父親，我可憐的老父親，他說我們接近了地下世界的通道。他說狼群就是狗，靈魂的通道就是由九隻大白狗守護著。」

她換了檔；轉過一個彎。車頭燈照到了前面的卡車，哈洛真希望他能坐在前面的車子裡。

「我們在那裡很快樂，」吉卜賽瑪格姐說，「我們唱歌跳舞。我們過著我們原來的生活方式，不去管戰爭的事。」

前面的拖車遠離了他們的擋風玻璃。

「然後那個晚上來了，那個可怕的晚上。九名大兵來到我們的營地。金頭髮的士兵，個子高大，非常白。啊呀，簡直是蒼白。我父親，他說：『白狗來了！』我母親叫我躲起來，躲在篷車底下，掛水桶的位置。」

哈洛緊靠著座位，卡車轉個大彎，拖車悄悄的回到了擋風玻璃前面。吉卜賽瑪格姐手臂上的數字又方又闊，好醜。

「那些士兵穿著黑黑的外套，黑黑的大靴子。他們把男人和男孩統統抓起來，排在一邊，女人在另外一邊。接下來我就聽見一陣好可怕的聲音：子彈上膛的聲音。」

她垂下手臂，晃動一下絲巾遮住那些數字。「我親眼看著他們開槍，」她說：「第一個是我父親，接著是我那幾個哥哥。我母親——直到現在我還能聽見他們帶走她的時候，她的尖叫聲。」吉卜賽瑪格妲嘆息。一顆石頭被卡車壓過，喀搭一聲彈了起來。「一名大兵從營火堆裡撿起一根柴棒；他走向篷車隊，點上火。篷車都是一些帆布和木頭，很快就燒成一片橘色的火海。我從藏身的地方掉下來，衣服也著火了。人在叫喊，馬在嘶吼。可是那些納粹，他們哈哈大笑的看著一個全身著火的吉卜賽人。」

她沉默了好長一段時間。「後來呢？」哈洛問。

「後來我不記得了，我被帶到集中營，好可怕的一個地方。燒屍體的火爐裡不斷的冒出黑煙。我看見壙地裡的屍體在爛泥巴裡游泳。我看見死了的人坐在那兒聊天說話。這些情景我永生永世不會忘記。」

她用手護著臉頰，手上的鐲子叮叮噹噹響著。

「殺人是納粹拿來玩耍的遊戲，不過他們還是把吉卜賽人留了一些活口。我們這些活下來的就得為他們跳舞；為他們表演鈴鼓。我們就在恐懼和死亡當中苦中作樂的活著。畢竟，我們是吉卜賽人。」她摸了摸喉嚨，絲巾圍繞著她的脖子。「有一天早上，黑煙特別濃，火焰在冬天裡燒得黃澄澄的。所有的羅曼人，統統不見了。我是最後一個吉卜賽；只剩下我一個人，我不明白為什麼。他們逼我們走過雪地，走過寒冬，槍管就抵在我們後面，聽得見。我們衣不蔽體的走著，走向死亡。最後我看見了那一條靈魂的通道。又小又黑暗，我爬進去，在裡面等著，等候著來帶我上路的那些人。」

「士兵發現妳了嗎？」哈洛問。

「你！」她忽然瞪著卡車咆哮起來。「你的那些遭遇根本算不上什麼。根本算不上！」她的憤怒來得太突然，太意外，哈洛嚇壞了。他縮在角落，像一隻白塌塌的小動物似的仰望著她。

「我還真希望能變成你呢。年輕，灑脫，自由自在。你擁有一切，而你居然還不知道自己有多麼的幸運。你甚至連想都沒去想過。」

「妳剛才還說妳為我感到驕傲。」

「話是我說的，沒錯。可是在那裡等死的感覺，可不一樣了。」她猛力的一扳排檔，卡車慢下來，離開了前面的流線型拖車。「如果當時你一個人在那裡，身邊一個朋友也沒有，你會怎麼辦？」

「我不知道。」他說。

「你什麼也不會。你只會坐在那裡，抖得像個小嬰兒。」

燈光愈來愈昏暗。吉卜賽瑪格妲在昏暗當中漸漸萎縮。「如果你認為你不如他們，那又怎麼能怪他們自認為比較強呢？」

哈洛沒有回答。流線型拖車在擋風玻璃上只剩下一個小圓點，一會兒就看不見了。黑暗籠罩著他，吉卜賽瑪格姐似乎也消失不見了。

「我聞到前面有死亡的味道。」她對他說。

16

就在黎明前他們來到了一個雜草叢生的學校操場。在翹翹板和旋轉木馬邊上懸著一個有坐板的鞦韆架，鞦韆上的鐵鍊都打結了。一群烏鴉棲息在長滿青苔的橫桿上。

吉卜賽瑪格妲鋪了條毯子在草地上，她睡著了——他們全睡著了——一直睡到中午，風把他們叫醒。風陣陣的吹過草地，吹得鞦韆吱嘎的亂響。旋轉木馬在轉軸上緩緩地轉動起來，那群烏鴉飛過來騎在木馬上。

哈洛窩在草叢裡，望著層層的烏雲滾過高高的草梗。這是暴風雨雲，他並不感到意外；吉卜賽瑪格妲早就感應到了暴風雨的來臨。

至於前面有死亡的味道這件事，她不肯再多說什麼。他不斷的向她丟出問題：「誰會死？什麼時候？在哪裡？妳就不能透露一些嗎？」她總是神秘兮兮的回答說：「你最好別多想。」

他仰躺著，小圓眼鏡映著天空，頭盔壓在眼睛上。過去他常常這樣消磨好幾個小時，在自由市車站邊的野地裡，大衛在他旁邊，蜜糖在他們中間，攤著舌頭，因為跑太累了。他發現現在像這樣躺著也很愉快，同時卻也覺得很悲傷，他想家的情緒跟著雲層翻滾著。他在雲層裡看見他的夢想。一朵胖胖的雲是他母親在屋子裡走動。一朵瘦長的雲是華特．畢斯理，穿著銀行員的皮鞋，走向響尾蛇河，走向班德拐角，在樹叢裡四處找尋他。另外一朵毛茸茸的是蜜糖。他向那朵雲吹口哨，過去他總是用這個方式叫喚她，那毛茸茸的腦袋似乎抬了起來，彷彿那雲也聽見了他的叫喚。這些雲朵忽然轉身竄開了，轉向東邊轉向自由市去了。毛茸茸的腿迸裂開來，尾巴也鬆散開來，雲狗消失不見了。

山繆坐起來。他毛髮蓬亂的大頭高過邊上的野草。「聽，」他說。

「什麼？」提娜說。

「妳聽就是了。」

可是她就像個孩子，一站起來發現野草比她的人還要高，立刻大喊大叫。她繞著他們睡過的窪地跳著，轉著，甩著手臂往上跳，努力想要看清楚這片野地。吉卜賽瑪格妲的手鐲發出刺耳的聲響，她被這些聲音吵醒了。她站起來，風颳著她的絲巾，把它們往外扯。

「是什麼呀？」提娜說，「我什麼也看不見。你到底聽到什麼了？」

山繆哈哈大笑。「妳聽就是了。」他說。

那是汽笛風琴的聲音，模糊得幾乎聽不見。像耳語似的從野草地上傳過來。哈洛想像著他已經可以聞到鋸木屑和棉花糖的味道，彷彿這些音符裡是小小的氣球，裡面裝滿了馬戲團的聲音和味道。

「一定就在這附近了。」他說。

山繆搖搖頭。「沒有任何東西快得過七笛轟琴的樂聲。」他把汽笛風琴說成『七笛轟琴』。

「像這種天氣，風向對，空氣好，你在一百哩遠就聽得見『七笛轟琴』了。」他站起來。「不，應該沒那麼遠。」

音樂聲輕快活潑。「這是崩潰歌，」山繆說，「他們啟程了。」

他快步穿過高高的草叢，他的腰和腿沒在草叢裡，他的手臂在上面來回的擺動。他跑向那個小小的旋轉木馬，跳到轉台上，把停在那裡的烏鴉嚇得一哄而散。提娜順著他踩出來的那條小路，跟在後頭跑著，她推了一把旋轉木馬，再沿著轉台的邊沿吃力跳了上去。山繆在轉台中間，不停的轉啊轉，兩條粗大的手膀在空中揮舞。不一會他們幾個全部都上了旋轉木馬，轉著圈，歡笑聲裡夾雜著吉卜賽瑪格妲清脆的鈴鐺聲。

哈洛僵著兩條不靈活的胳臂，賣力推著，腳上的大皮靴絆得他東倒西歪，一撮白色的頭髮在那頂破爛的鋼盔底下閃閃爍爍。吉卜賽瑪格妲坐在邊沿，讓她的絲巾在草地上溜著。山繆把提娜舉上他的肩膀，她坐在上面，笑著，叫著。「快一點，哈洛，再快一點。」

他推了一圈又一圈，然後忽然像彈弓發出來的小石子似的，從轉台邊上飛了下來，衝向拖車，取出了他的彩色球和球棒。他們四個人就在高高的草叢裡玩起對抗賽，一直玩到天開始下雨為止。

卡車再次上路。這次哈洛回到了大拖車上，山繆和提娜坐在他旁邊，看著雨刷左邊右邊呱搭呱搭的刷著。雨愈下愈大，不到一個小時，那雨刷就不管用了。山繆減慢了速度。道路變成了爛泥巴。

他們以一小時二十哩的龜速爬過這一塊四周都是小山丘的窪地。卡車，拖車，吉卜賽瑪格妲，一行人迂迴曲折的在這片大地上穿梭。

17

馬達隆隆的聲音，配上雨刷喀喀的聲音，聽得哈洛幾乎要睡著了。就在他望著車窗發呆的時候，提娜忽然說：「我爸爸有一間雜貨店。」

「真的？」哈洛問。

「假的，小傻瓜，」她撞了撞他的肋骨。「是一個遊戲。只是一個遊戲。」

「繼續啊。」山繆說。

她端正的坐在蘋果箱上，兩條腿撐得直直的。「在這間小店鋪裡有一樣東西，是A字開頭的。」

「朝鮮薊（artichokes）！」山繆喊。他哈哈笑著接下去。「我爸爸有一間雜貨店，在這間小店鋪裡有一樣東西，是B字開頭的。」

「香蕉（bananas）。」提娜接得好快，哈洛相信這個遊戲他們在旅途上一定已經玩過不下一千次了。他們順著字母的次序往下接，一直接到了棗子（dates）和大象（elephants）。

「大象！」山繆接完之後，哈洛忍不住說：「他不會賣大象吧。」

「他會。」山繆不服輸。他從後照鏡望著吉卜賽瑪格妲的卡車。「我爸爸有一間雜貨店，他的小店鋪裡有一樣F字頭的東西。」

「無花果（figs）。」哈洛說。

「藥劑[9]！」提娜晃著手臂喊。

山繆拚命點頭。「藥劑贏了。長的字永遠是最好的。」

「可是它不是F開頭的啊。」哈洛說。

提娜大笑。「啊呀，輸不起的酸葡萄。」她邊說邊伸手抓自己的腳趾。遊戲繼續，到了橘子（oranges）和鳳梨（pineapples）。

「我爸爸有一間雜貨店，」提娜說，「在這間店鋪裡有一樣Q字頭的東西。」

「黃瓜（cucumbers）！」山繆大吼。

「不對，」哈洛說，「這是C開頭的。」

「少來。」山繆說。

「真的啊，它是C開頭的，」哈洛說，他那副可憐兮兮的樣子把另外兩個人惹得哈哈大笑，連哈洛自己也笑了。「它是C開頭的。」

「天哪，他真說對了呢，」迷你琴公主說，「他有夠聰明的。」她看著山繆。「她會喜歡他的，對吧？」

「啊當然，她會。」山繆說。

「誰？」他問。

「芙莉普。」山繆說。

「誰是芙莉普？」

提娜兩手猛搖。「芙莉普法老！你從來沒聽過芙莉普法老嗎？」

「沒有。」哈洛說。

「她是史上最偉大，不用馬鞍的騎士。而且可愛得像個小甲蟲。」遊戲終止了。提娜打開手套盒再取出那些明信片。她一張張的翻著，把它們散列在座位上。哈洛看見卡片上的吃人王從一個籠子的柵欄探出頭來，居高臨下的怒瞪著雙眼。這時提娜把一張明信片塞在他手上。

「喏，」她說，「這就是芙莉普。」

他把卡片轉個向；拿近窗口。

那女孩一頭金髮，很漂亮。她穿著一條鑲亮片的裙子跨站在兩匹白馬身上。她面帶微笑，隨著奔跑的馬兒跳躍，閃亮的裙襬飛揚著。

「她的本名不是叫芙莉普，」提娜說，「她的本名叫做——叫做——啊呀，到底叫什麼啊，山繆？」

山繆想了想，笑起來。「不知道。」他說。

卡車在泥巴路上滑動，哈洛專注的看著照片。

「她一定會喜歡你的，」提娜說，「她喜歡聰明人。喜歡勇於追求冒險的人。」

---

❾ pharmaceutics，ph發f的音。

包括白化症的人嗎?他狐疑著。他搖搖頭。「不要,我不想認識她。」

「可是非要不可啊,」提娜說,「如果你想跟著馬戲團走,你就得先去跟芙莉普面談。」

「我以為馬戲團是由亨特先生管理的。」

「他只是擁有它。」她說。

「那阿綠先生呢?」

提娜大笑。「你聽著,哈洛。如果真想加入馬戲團,你就得去跟芙莉普面談。」她把明信卡片整齊的疊好,收回手套盒子裡。「放心好了。你一定沒問題的。」

趁著最後一點天光,他們駛過了一座教堂。小小白白的,鐘樓頂上有一支避雷針。小教堂的路邊停著許多四輪馬車,每輛車子前面都套著一匹高大的,耐心守候著的馬兒。

一道光線穿過雲層灑下來,金色的光芒照著教堂和馬車,也照著那些穿著黑衣服的男男女女。

好像一幅畫。那座有著墓園的小教堂,修剪得很短又很綠的青草地。

「我真希望能在這樣的地方結婚。」提娜說,山繆低頭笑看著她。

說話之間小教堂已經落在他們後面了。哈洛看著它溜走,太陽光像關掉的聚光燈,忽然就消失了。「這是哪裡?」他問。

「聖經村,」山繆說。他的拳頭在方向盤上轉著。「這附近的人都乘坐四輪馬車。他們只有在不得已的時候才開車。」

「為什麼？」哈洛問。

「宗教信仰。」一山繆聳聳肩膀。「他們就像是從聖經裡走出來的人。」

他在駕駛座上扭了扭身子。「不過他們不相信馬戲表演。」

18

情況正如吉卜賽瑪格妲說的。夜晚暴風雨來襲。暴風雨帶來響雷、閃電和大風，大風猛吹著卡車，呼嘯著鑽進門窗的裂縫。它也帶來了那個有麻煩的人。

一開始卡車打滑，離開了路面。

當時他們正唱著〈啤酒桶波卡〉，忽然山繆一把抓住方向盤猛地一轉。引擎一個暴衝，車身側向一邊，提娜從蘋果箱上翻倒下來。接著一陣閃電，雷聲跟著響起。流線型拖車被後方的卡車撞上後更加快了車速。卡車劇烈搖晃，一邊往上翹，車身歪斜的停了下來，哈洛砰的撞上車門。

山繆緊貼在方向盤上。他關掉引擎，雨刷卻還在喀搭喀搭的擦著，車頭燈的燈柱往上照射著大雨和厚厚的雲層。

「有人受傷嗎？」他問，「你打得開車門嗎？」

哈洛用力拉動門把。車門砰的飛開，他和提娜直接摔了出來，摔進了都是爛泥巴的山溝裡。

拖車歪在這一邊，卡車歪向另一邊。莫名其妙的卡住了，一個前輪離開了地面，懸空在那裡慢慢的轉著。

山繆站在風雨裡，拳頭猛敲著自己的腦袋。「對不起，」他說，「我不知道怎麼會搞成這樣。笨啊！我真是笨啊。」

「你不笨，傻大個，」提娜說，「沒有人開車的技術比你更好了。」

吉卜賽瑪格妲停在拖車後面，她的車頭燈刺眼的照著銀色車身。她披掛著絲巾和手鐲從駕駛座爬下來，裹在身上的毯子在風中不斷的翻飛。

「這輛小卡車絕對沒辦法把我們拉出來，」山繆說，「搞不好兩輛車都一起卡住了。」他踢著拖車的輪子。「我們該怎麼辦？該怎麼辦啊？」

「就等著吧，」吉卜賽瑪格妲說。她的灰髮糾結成一團。她的鈴鐺和鐲子在風中亂響。閃電照亮在她身上，就像一具穿著破爛的骷髏。「他快到了，那個有麻煩的人，」她說，「他已經在路上了。」

19

那個有痲煩的人從草原那邊過來了，伴著一點點的燈光，就像之前吉卜賽瑪格妲出現時的模樣。他駕著一台血紅色的老式拖拉機，體積超大，有著金屬的車輪和一根像手指歪掉的煙囪管，頂端還撐著一個會震動的蓋子。他高高的坐在一個金屬製的小座位上，頭上戴一頂寬邊高帽，肩膀上垂掛著一塊閃亮的油布。他的腿上坐著一個小孩，是個女孩，軟趴趴的靠著他，她一身的骨頭彷彿都在大雨裡融化掉了。

他穿過山溝開上大路，到了吉卜賽瑪格妲那輛卡車的後面，再轉向右邊，爛泥隨著車輪飛濺起來。

看樣子他並不打算停下來。看樣子他只想開著這台血紅色的巨型拖拉機繼續往前衝。吉卜賽瑪格妲展開雙臂，強風拍打著她身上的絲巾和毯子。就像個稻草人似的，她擋在了路中間。

那農夫停住了。他在車上大吼，「妳個瘋婆子！巫婆！走開。」

她站著不動。山繆也走進了車頭大燈的光圈裡，跟在他後面的是提娜和哈洛鬼仔。

「我的天啊，」那農夫說，「你們是來抓她的嗎？你們是魔鬼嗎？」

「當然不是。」提娜說。

「不管你們是什麼，你們根本就不像人。」他摸索著排檔，前前後後的亂推亂打。「快給我滾開！」

他站在拖拉機上，襯著厚厚的雲層顯得又黑又高。他舉起手咆哮的時候，那孩子的頭就往後翻，「我以上帝之名命令你們走開！」

閃電劃過天空。一瞬間，天地成了一個黑與白的世界。披著油布的農夫站在上面，吉卜賽瑪格妲站在下面，大雨噴在熱熱的燈光上，看著就好像吉卜賽瑪格妲在吞雲吐霧似的。雷聲隆隆的響著，又一道閃電劃破雲層。電光刺眼，雷聲震耳。大約一分鐘左右，哈洛什麼也看不見，什麼也聽不見。

那農夫在座位上眨著眼往下看。「你們還不走。」他說。

山繆靠著那兩個小小的前輪站著。像他那麼高大的一個人，在拖拉機前面也變矮小了。「我們都是馬戲團裡的人，」他說，「我們的車子卡住了，需要幫忙。」

「馬戲團裡的人？」農夫說，「畸形怪人，你是說？你們都是？」

「是。是的，我們都是畸形怪人，」山繆說，哈洛看得出他費了好大力氣才說出這幾個字。「我們只需要你幫忙推一把。」

「我不能幫忙。對不起，上帝原諒我，我沒辦法留下來幫忙你們。」

「那孩子！」吉卜賽瑪格妲說，「你在擔心那孩子。」

農夫低下頭。大雨沿著寬邊帽傾注下來，灌到他的油布披掛，和裹著毛毯的孩子臉上。

「把她交給我。」吉卜賽瑪格妲挨著拖拉機的擋泥板伸出手。她手上的鐲子在金屬板上刮著。「把她交給我，我能救她。」

「我的寶貝女兒。」他緊緊的抱著孩子，避開吉卜賽瑪格妲那隻探上來的手。她的手已經抓住了他的靴子和濕答答的褲管。

她閉起眼睛。「她躺在一張拼花被子底下，被子的圖案是她祖母設計的。一隻貓，睡在她腳邊。她夢見了巨人，她大哭。她說，房子在轉……」

那農夫呆呆的瞪著她。「妳怎麼會知道？」

「她什麼都知道，」哈洛說。他走到拖拉機前面。「你要相信她。你一定要。」

「你找不到醫生，」吉卜賽瑪格姐說，「他的門關著，他的窗戶黑黑的。他駕著輕便馬車跑過草原，身邊有個包包，腳邊有火熱的磚塊。一隻狗——一隻白狗——跟在他後面跑。」她的手再往上伸，扯住了他的油布掛。一道閃電照亮了她的身影，圍在她肩膀上的絲巾滑落了，露出她手臂上的數字。

「魔鬼的記號啊！」那農夫說。他甩開她，立刻發動拖拉機。

「她的死期到了！」吉卜賽瑪格姐尖喊。「你會帶她回家，醫生——來的時候——太晚了。」

拖拉機往前暴衝，山繆退到左邊，吉卜賽瑪格姐退到右邊。只有哈洛穩穩地站在小路上。拖拉機的散熱柵像一排金屬牙齒，吭啷吭啷的衝向他。「停！」他伸出兩隻手大喊。「你一定要相信她。」

金屬牙齒碰到了他的手。拖拉機把他往後推，他的靴子在泥巴上打滑。引擎嘎嘎的吼著，那金屬牙齒似乎就要把他整個人吞掉了。他跪倒在地上，馬上又站起來，又再跪倒。引擎的呼嘯聲停止了。

農夫在哭。「她可能已經死了。她動都不動，一句話也不說。」雨水敲打著他的帽子和油布掛，他傴在女兒身上，抽著肩膀失聲痛哭。

山繆爬上車抱起那女孩。他不說話；只是從那農夫腿上抱起她，穿過雨地走向吉卜賽瑪格妲的卡車。幾個人全部擠了進來，農夫站在門口，吉卜賽瑪格妲點上蠟燭。「把毯子掀開。」她說。

哈洛把毯子掀開。女孩非常瘦小。她的眼睛開著，嘴唇張著，好像死了又好像還活著，就在這生死中間的寂寞世界裡，她孤單無助的望著。

「噢，可憐啊，」提娜說，「可憐的小東西。」

「不要說話！」吉卜賽瑪格妲厲聲喝止。「她不可以聽這種憐憫的話。」

吉卜賽瑪格妲打開幾個罐子和陶甕，在手掌心碾碎了一些粉末，車頂上響著喧鬧的雨聲，她就著燭光忙碌著。她把粉末調成糊狀，一面低低的唸著咒語，她把粉糊輕輕點在小女孩的人中上。那味道很濃很甜，帶著樹木草地、蘑菇和泥土的芬芳。她兩隻手在小女孩的身體上遊走。

「呼吸大自然的生氣，」她說著，再把一些粉糊抹在小女孩的唇上。「嚐一嚐大地和植物的滋味。」她把一些小球塞進女孩緊握的拳頭裡。「感覺一下妳沒帶走的這些東西。呼吸，品嚐，感覺吧。」

現場只有兩種聲音，吉卜賽瑪格妲的誦唸聲和車頂的雨聲。她的手不斷的移動著。那孩子的鼻孔在抽搐，她的眼皮在翻動，小拳頭握得更緊了。

「呼吸，品嚐，感覺吧。」吉卜賽瑪格妲說。

雷聲隆隆，一陣疾風撼動著車身。大雨像雨簾似的刷過農夫的肩膀。

「抓住她的手，」吉卜賽瑪格妲對著哈洛說，「抓緊，祈禱她好起來。」

哈洛照著她的話做。那孩子的皮膚又冷又乾，握在他手裡的小拳頭像一把樹根。他緊緊握著，默默祈禱著。他想像著她在校園的操場上跟她的朋友們一起玩耍，歡笑。

「現在我們等待吧。」吉卜賽瑪格妲說。

20

那孩子死過了，照吉卜賽瑪格妲的說法。她死過一回，再從死亡之地又回春了。她小小的眼睛閉攏又睜開，她的唇上浮起一抹微笑。她看著哈洛問，「你是天使嗎？」

「我相信他是，」吉卜賽瑪格妲說，「對，我相信他是的。」

他們讓女孩舒服的睡在枕頭堆裡，然後朝著東邊往回走，在一條厚厚的泥巴路上開著。吉卜賽瑪格妲負責駕駛，農夫負責指揮方向，哈洛擠在他們中間。卡車後座不斷傳來山繆、提娜和窩在枕頭堆裡那個小女孩的笑聲。

「這裡轉彎。」農夫大喊。

卡車放慢速度朝左轉，開上一條通往農舍的窄巷。那孩子的笑聲又響起，農夫滿臉笑容。

「她好像完全好了，」他說，「太謝謝你們了。」

「你絕對不可以提起這些，」吉卜賽瑪格妲說，「你絕對不可以問她去過哪裡，看見過什麼。」

那農夫點點頭。他撥弄著擱在腿上的那頂寬邊帽、把帽簷往上捲。「我是一個很能忍耐的人，」他說，「稱得上是個好人。像這種忘恩負義的事我辦不到。」

「這沒什麼，」吉卜賽瑪格妲說，「根本沒什麼。」

「對我來說可是天大的事。」

「我們救的是這孩子，又不是你，」吉卜賽瑪格姐說，「我們知道生病有多痛苦。」

農夫把帽子倒反過來，立在膝蓋上。「還有你，」他對哈洛說，「你用肉身擋在拖拉機前面，我很可能就會把你壓扁；真的有可能。可是你站在那裡，就像加百列天使長，光彩奪目的站在那裡，一個雪白的天神。是真的嗎？你不會就是天使吧？」

哈洛搖頭。「我不是，先生。」

「那你一定就是聖人了。」農夫把帽子貼在胸口。「你救了我女兒的性命，這份大恩大德，我該怎麼報答你呢？」

哈洛盯著那頂寬邊帽，心裡想著：不知道他能不能提出這個要求？

「隨便什麼，」那農夫說，「你說什麼都行。」

他的話已經到了嘴邊。他想說他只要那頂大帽子。農舍的燈光穿過大雨照了過來，他看見吉卜賽瑪格姐在看他。她才是真正救活那孩子性命的恩人，而她並沒有提出任何要求。

「錢嗎？」農夫問，「我沒有什麼錢，不過我願意把我所有的每一分錢都拿出來給你。」

「不要，」哈洛說。他想起那個戴著破帽子的廚子，想起吉卜賽瑪格姐豪邁得意的口氣。於是，他也用最豪邁的口氣說：「我只希望我能夠變得黑一點。」

農夫哈哈大笑。「我只管插秧播種，植物長得好不好就要靠上帝了。我把這份奇蹟留給萬能的主吧。」

屋子很小很乾淨，門窗都是木頭打造的。看起來很像一間超大型的鳥籠，四四方方的一棟建築，總共就只有一間房。雨水匯成一條黑色的洪流從屋頂嘩嘩的注入幾只已經滿到溢出來的桶子裡。可是這棟小屋好溫馨。安全舒適得就像自由市的小教堂。

吉卜賽瑪格妲把車停在小屋下方，一間刷了白粉的棚子邊上，棚子裡聽得見咯咯的雞叫聲。農舍窗戶的簾子唰的拉開了，一個女人往外探，背著燈光只看見一團黑影。

「你們可以給我一兩分鐘的時間嗎？」農夫問說，「讓我跟太太說一聲我帶了幾個……幾個同伴回來？」他手足無措的翻弄著寬邊帽。他的聲音緊張到破音了。「她不太習慣有人來。忽然有人來，她——她會驚嚇。」

「我們了解。」吉卜賽瑪格妲說。

他抱起女兒進入屋裡。門關上了，不一會兒又開了。他招招手，他們跟著他走進屋子。

農夫的妻子個子很大，聲音很粗。她的臉黃黃腫腫的，就像剛出土的一顆馬鈴薯。農夫已經為她做好了萬全的準備；她對著這幾個客人笑臉相迎，就好像這些馬戲班的畸形怪人天天都會來他們家造訪似的。

「請坐，」她說，「請坐。我給你們去拿些吃的東西。」

哈洛看到地板已經很快的打掃過。有一小堆的木片，樹皮和野草被推到了牆角，藏在一支破掃把後面。掃把頂上有一個撐著扶梯的小夾層，兩個孩子在上面往下看著，好像兩隻在爐子邊取暖的小蝙蝠。桌子上鋪了一塊布，四周圍著幾張樣式各不相同的椅子——一張搖椅，一張三腳凳，一張被雨淋濕的長板凳。

「哇，好棒哦！」提娜說。

在小夾層上的兩個孩子吱吱咯咯的笑起來。農夫的妻子瞪了他們一眼。「這兩個是雙胞胎，」她說，「本來應該睡覺了。」她說著拎起掃把，拿把柄敲了敲夾層的邊沿。「這種天氣怎麼說呢？」她把掃把歸回原位，笑笑的問。

他們喝著湯吃著新鮮的麵包。死而復生的小女孩坐在哈洛身旁，跟他一起擠在那張搖椅裡。他身子向前傾的時候她也跟著向前傾，兩個人還一起拿麵包蘸著碗裡的濃湯吃。

「哈洛是一個天使。」她說。

「對極了，」提娜說，「他可了不起哪，這個哈洛。」

他只顧著吃，不說話。吃完晚餐，農夫的妻子摸摸他的肩膀。「哈洛？」她問，「那是你的真名嗎？」

「是的，太太。」哈洛說。

「你願意跟我到後面幫忙做點事嗎？幫我提這個水壺好不好？」

他站起來，她拿一塊布給他裹住手。那把黑色的水壺很大，在爐子上冒著熱呼呼的蒸汽。

她拿著一盞燈，領著他穿過一扇矮門走到屋子後面的一個棚子裡。沿著牆壁放著一張長板凳，邊上豎著一塊洗衣板，在紅色手把的幫浦底下有一個洗衣盆。農夫的衣服成團的窩在水盆裡。

「坐。」她說。

「坐哪裡？」哈洛問。這裡已經沒地方可坐了。

「啊呀，真是，」她說，「凳子當然是在屋裡啊。」

她把衣服從水槽裡拉出來，掛在短小的曬衣繩上。然後端起水盆放到地板上，再拿水壺往水盆裡倒水。她打開一個罐子，裡面的液體黑得像糖漿，味道很難聞。她開始替哈洛鬼仔染髮。

他跪在地板上，她兩隻大手抓著他的腦袋又推又搓，他就像個瓶子似的被她推得東倒西歪。他看著盆子裡的水變成黑色的泡沫。她把黑水倒掉，再加滿，拿勺子一勺一勺的幫他沖洗。然後抓住他的頭髮一把拉起他的腦袋，他看見她笑了。

「我看起來怎樣？」他問。

「像個伯爵，」她說，「像個義大利的伯爵。」她給他拿了一條毛巾、一面鏡子，把他拉近那盞燈。

他偏著頭側著臉看，她移動一下鏡子的位置，他還是偏著頭。他們倆就這樣兜著圈子，好像一對高貴的紳士和淑女在跳舞。她忍不住哈哈大笑起來，乾脆把鏡子給他自己拿著。

他看見了一個眼睛斜視，帶著驚恐表情的白臉男孩。他再挪動鏡子，這次他看見了一個黑頭髮的男孩，一個有著笑臉，完全不像他的一個男孩。他摸摸自己的眉毛，希望眉毛也能由白轉黑，或者至少不要那麼的白。他更希望他的皮膚也可以稍微黑一些，眼珠也不要那麼的透明。不過無論如何，這是他有生以來的第一次，他喜歡上從鏡子裡看見的那張臉了。

「相信連你媽媽都認不出你了，」農夫的妻子說。她蓋好罐子，把盆裡的水倒掉。「你已經變了一個人了。來，我們去亮個相，給你那些朋友們看看吧。」

哈洛彎下腰穿過那扇門，現在的他似乎長高了，也壯了。現在他腳上的靴子不是在地板上拖著走，而是帶著他邁開大步穿過了廚房。餐桌上的那些臉全部轉向他，他的頭略微的往後仰，好讓燈光充分的照見他那頭很黑很黑的頭髮。

農夫摸著下巴慢慢的點了點頭。山繆露出了他那口參差不齊的爛牙。「咦，這是誰啊？」他說，「這個小帥哥是誰，那個哈洛到哪裡去了？」

「啊呀，真是傻大個，」提娜說，「你太好看了，哈洛。真的太棒了。」

但是農夫的女兒一點也不高興。「他好像妖怪哦，」她說，「我本來以為他是一位天使。」

「噓！」農夫說，「不許亂說話，快去睡覺。」

哈洛顯得有些畏縮。那一雙原本感覺強壯有力的手，開始發抖冒汗。吉卜賽瑪格妲忽然站起來走向哈洛。「她只是個孩子，」她說，「小孩子說話直接，不用大腦的。你看起來真的很帥，很好看。不過對我來說你一直都很好看。」

吉卜賽瑪格妲踮起腳尖，在哈洛的臉頰上印了一個又冷又乾的吻。「你的願望已經達成一個了。你應該笑；應該大笑。你有快活的權利。」

農夫的妻子拿來毯子和布被，這幾個旅人打著地鋪睡下了。哈洛聽著屋頂上淅瀝嘩啦的雨聲。雨下到半夜停了，他還醒著，不久農夫就起床叫醒大家。黎明還差好幾個小時，他們已穿戴整齊開始上路了，農夫用拖拉機幫忙山繆把卡車從山溝裡拉上來。然後他站在拖拉機車頭燈的強光裡，很慎重的跟他們一一握手。最後輪到哈洛。

「你有這麼多好朋友，」他說，「這是你的福氣。」

「是的，先生。」哈洛說。

「你知道聖經上對於朋友是怎麼說的嗎？」

「一定說了很多很多。」哈洛說，他的內心有一絲絲的不耐。風從後面吹過來，把黑色的髮絲吹到了他的眼睛上。他懷著全新的、不同的感受，就像他曾經羨慕過會蛻皮的蛇一樣；他現在只想趕快上路，不想聽說教。

「聖經上說你應該以他們為榮，不要為他們的作為感到羞恥。」

哈洛點點頭。農夫用他犁地種田的大手緊緊的握住他的手。吉卜賽瑪格妲坐在車子裡看著他。

「你沒在聽；我看得出來，」農夫說，「去吧，跟你的朋友們一起出發吧。」

他站在路邊，對著他們的車隊大聲嚷著，「一路順風！祝你們一切如意！」

車子把農夫拋在後頭了。他們繼續向西走，走進一個剛剛由黑暗轉成灰白的世界。哈洛把車窗搖下來。他拿起躺在座位邊上的那頂破頭盔，一把扔向草原。只見它像一球風滾草似的翻滾著，滾到了疾駛的卡車後面。

哈洛搖起車窗，把那一頭黑髮的腦袋靠在窗玻璃上。

沒有人說一句話。

21

車子往西走，駛過淹水的田野和暴漲的小溪。太陽在他們背後升起，天空轉變成玫瑰的顏色。他們來到了一座仍然在熟睡中的小城。

大街上只有一條狗和一個送牛奶的人，街道很寬，專門為了趕牛群設計的。街道兩邊的牆上和窗戶上都糊著亨特阿綠旅行馬戲團的海報。只是海報的紙張被大雨打爛了，原本漂亮的大象和鋼索人的圖片都一條條的裂開了。

「馬戲團在哪裡？」提娜問。

「他們來過了，」山繆說，「我們聽見汽笛風琴的時候他們一定還在這裡。」

轉眼間小城已經抛在後面。山繆換了排檔，讓車子回復原來的速度。一支支紅色的箭頭飛也似的掠過。

他們跟隨著吃人王的足跡，穿過城鎮，經過被雨水和冰雹打爛的麥田。他們經過一個停機坪，停著一排排的轟炸機，銀色的飛機首尾相接，機翼相連，跟這些殘敗的麥田一樣毫無用處。

他們向北開了一段路再往西，中途又碰上一陣大雨。不久車子開上了一座小山頂，就在這山腳下，河口邊的一塊空地上，色彩鮮豔的馬戲團帳篷全都聚集在那兒。

中間最大的一個是廚房用的大帳篷，一排生鏽的錫管飄出捲捲的煙氣。圍著這個大帳篷周圍的是馬匹和大象的帳篷，另外還有服裝間的帳篷和表演者們自己搭的一些小帳篷。

吃人王並不在那裡。表演馬戲的大頂篷也不在那裡。

「不對勁。」山繆說著減慢了車速。

「也許大家還在休息吧。」提娜說。

山繆搖搖頭。「如果沒事他們不會擠成這樣。」

他把車開上空地，車子在草地上又蹦又彈，他緊緊抓穩了方向盤，把車停在其他車子後面，吉卜賽瑪格妲的車停在他旁邊。四個人下了車，排排站著，就像幾個剛踏進某個陌生小村莊的探險家，緊盯著眼前那些帳篷。

「亨特先生在那邊，」山繆說。他揮動手臂叫嚷著，「亨特先生！」

哈洛瞇著眼，歪著頭，透過他的黑眼鏡張望。「在哪裡？」他說。

「那邊。」

哈洛只看見一根細細小小的竿子，有一條手臂在竿子邊上揮動。那根竿子搖搖擺擺的走了過來，哈洛拚命眨眼。那根竿子變成了一個人，一個瘦到不行的人。很高，甚至比山繆還要高，亨特先生就像一個站在高蹺上的小矮人；他那兩條腿有他身上其他部分的兩倍長。

「別忘了，這個馬戲團是屬於亨特先生的。」山繆說。

「啊，你們到了　」亨特先生邊走邊喊。他的聲音渾厚宏亮，幾乎不像是從那個瘦小的胸腔發出來的。

提娜微微笑著。「他就是馬戲團，哈洛。」

他快速的走過草地，看在哈洛眼裡，那只是一條黑線，黑線上金光閃閃，有一條金色的錶鍊貼著他的背心不停晃著。「歡迎歡迎，」他嚷著，「歡迎我們流落在外的一對奇異寶貝。」

「他也是我們的掌門人。」提娜說。

山繆一手搭在哈洛的肩膀上。「待在這兒別走開。」他說著連跑帶跛的趕上前去，一頭亂髮隨風飛舞著。他抓住亨特先生的手肘轉圈子，兩個人頭碰頭的說著悄悄話。一個抬起頭來看，接著另外那個也抬起頭。山繆指著哈洛。

「怎麼了？」哈洛問。

「不用擔心，」提娜說。她用力握了握哈洛的手。「山繆在幫你說話哪。你一定沒問題的，孩子。」

哈洛開始冒汗。他的手握在提娜的手裡。「我是鬼仔，」他輕聲的告訴自己，「沒有人看得到我，沒有人傷得到我。」轉過頭，他在流線型拖車明亮的車身上看見了自己，他的頭髮就像吉卜賽瑪格妲身上的衣服那樣黑，他的眼鏡像黑髮底下的兩個黑圈圈，襯著那一張不見陽光的臉孔。他對自己微微的笑著；現在的他跟以前不同了，他心裡想著。現在他不必再害怕了。

山繆和亨特先生肩並肩的走了過來，停在哈洛的面前。亨特先生往下看，哈洛鬼仔往上看，這次是他把頭抬得最高的一次。那張臉被太陽曬得又紅又乾，可是笑咪咪的很慈祥。

「你是不是蹺家出來的？」亨特先生問。

哈洛皺起眉頭。他壓根沒這麼想過。

「是的，先生。」哈洛說。似乎也只有這麼回答才對。

亨特先生再次伸出手臂。「歡迎來到我的馬戲團，孩子。歡迎來到偉大的亨特阿綠馬戲團。」

提娜拍著手問，「可以給他一份工作了嗎？」

「啊，親愛的，」亨特先生說，「這不是由我決定。這不是我的職權範圍。」

「那如果芙莉普說好呢？」

「那當然可以。只要芙莉普說好，我當然沒問題。」

提娜對哈洛咧著嘴笑。「我不是對你說過了嗎，孩子?來，咱們走吧。」

她拽著哈洛的腿，吉卜賽瑪格妲卻向他使了一個阻止的眼色。「要小心，」她說，「別忘了我跟你說過的話。」

哈洛點點頭；他永遠都不會忘記。小心那些有著不自然魅力的人，和用尾巴餵食的野獸。可是這句話似乎沒什麼重要，現在看起來更是毫無意義。他抬頭望著亨特先生。「謝謝你，先生。」

亨特先生笑了。

「今天有馬戲表演嗎？」

「在這裡？」亨特先生說，「除了蜜蜂和小蒼蠅，有誰會來看啊?沒有，孩子，今天沒有馬戲表演。」

「出了什麼事？」山繆問。

「喔，一團亂。真的是一團亂。」亨特先生的頭垂到胸前，細瘦的手指纏著掛錶的錶鍊。「我們遇到大風暴，山繆。北風天神在喘大氣啊。硬生生的把大頂篷撕成了兩半，我們現在只好在這裡等候帆布篷的管事。他去拿新的支架過來——一共要換三個支架——帆布管事和那個裝修師傅。吃人王一個人走在前面；我也不知道他現在在哪裡。」

「唉呀，希望他沒事就好，」提娜說，「他騎著馬真教人擔心。」

「希望沒事。」亨特先生說。

山繆嘆了口氣。「這麼糟的季節我還是頭一回碰到。」

「應該是最糟的一次了。」亨特先生的語氣變得哀傷起來。「這次我們大概也完了。」

看著他臉上的笑容變成了哭喪的皺紋，哈洛也為他感到難過。提娜卻扯扯他的腿，把他帶開了，起初她只是慢慢的走，接著愈走愈快，最後用跑的。

他們跑過車隊，跑過野地，跑進了帳篷堆。原本坐在木頭或是帆布椅子上看書玩牌的人全部抬起了頭。有些人不說話，有些人大聲叫喊，「啊，你們來啦！」「還以為你們找不到我們了。」提娜一面笑一面揮動著她肥肥短短的手臂，哈洛只是望著前方。他不喜歡人家盯著他看；他認為自已永遠都不會對這件事習慣了。在他眼裡，這一個個轉向他的臉孔，就好像冬天野地裡盯著牛群，伺機找最弱的一頭下手的那些黃鼠狼。

他努力撐住自己，向前走。他們倆走到帳篷堆的後面，走進了一個完全不同的世界。

穿著體操服的男生不斷在彈簧床上練習彈跳。一個身上穿著小丑裝，臉上沒化妝的小丑在耍著拋銀環的雜技。

「嘿，快樂先生！」提娜嚷著。

哈洛停下來看著小丑一圈又一圈的轉動著銀環，轉成了一個十呎高的銀色輪環。忽然輪環停頓在半空中，小丑衝著目瞪口呆的哈洛哈哈大笑；所有的銀環連接成了一個大圈圈。

「走吧。」提娜說。

他們經過一個走鋼索的女孩，一個在梯子上倒立的男人。走到了場地的盡頭才看到芙莉普法老。

她背對著他們，正在用耙子捅著紅白相間的帳篷。她把帆布篷推一下，雨水就從帳篷頂嘩嘩的刷下來，她立刻跳開。可惜她跳得不夠遠，雨水濺到地上濺到她的衣服上。她踮著腳尖，不時發出小女孩的尖叫聲。帳篷的繩索像大提琴的琴弦，不斷發出嗡嗡的聲響。

「嗨，芙莉普。」提娜說。

芙莉普轉過身子，哈洛心跳加速，全身一震。她健康亮麗的臉頰漾起一個開心的笑容，芙莉普本人要比海報上的女孩更漂亮，比他見過的任何一個女孩都要漂亮。雨水濺濕了她的襯衫，濕漉漉的巴著她的肩膀，貼在她粉嫩的胸前。

哈洛張著嘴，目不轉睛的看著她。他有天旋地轉的感覺。她大聲笑了起來。她一面拽開巴在肩膀上的濕襯衫一面哈哈大笑，不過她的笑聲沒有惡意，不像自由市的女孩們那樣讓他難堪。

「我得去找長一點的耙子，」她說，「有點涼耶，這場雨。」

哈洛看著陽光灑在她沾著雨水的身上顯得好燦爛。他真希望現在有一件夾克；可以讓她穿上。

「這是誰？」她問。

「這是哈洛，」提娜說，「亨特先生說妳這裡如果有缺，可以給他一份工作。」

「什麼樣的工作？」芙莉普問。

她看著他，打量著他，兩隻眼睛上上下下的在他臉上遊走。剎那間他似乎又看到了過去時常見到的那種眼神，在看到一個白得像粉筆似的男孩時特有的那種可怕表情。他真怕她會開口要他摘下眼鏡，他怕她看見他的眼睛──像兩滴透明的水珠──他也怕她知道他的頭髮是染的。

她笑得更開朗了。她一隻手撩起搭在肩膀上的頭髮。「啊呀，」她說，「我不知道耶。」

「拜託啦，」提娜說，「他大老遠從自由市一路上來。口袋裡一毛錢都沒有的跟著我們。」

「為什麼？」芙莉普問。

「當然是為了看大王啊，」提娜舉著手臂說，「為了看吃人王！」

哈洛心裡暗暗叫苦。現在他的臉，他知道，一定整個漲紅了。

「是嗎？」芙莉普讓那支耙子歇在地上。「他為什麼非看不可呢？」

「啊呀，」提娜說，「因為他是──」她停住了。她張著嘴，兩道眉毛往上挑。她用手指掩住嘴唇。

「因為他是白子？」芙莉普問，哈洛的心往下沉。「妳是這個意思嗎？」

哈洛低頭看著地上，鞋尖不停的磨著地。他的頭髮黑亮的捲在眼睛上，羞愧的想著自己是多麼愚蠢，還以為這樣就可以隱藏自己的真面目。

「因為吃人王也是白子？當然，我明白。」她開心的笑著。「他想見見大王，因為他還從來沒見過一個白子。」

哈洛偏過頭，透過眼鏡看著。芙莉普站在耙子上，面頰貼著把柄，臉上掛著最最迷人的笑容。他揚起下巴，他覺得自己彷彿有了重生的感覺，他覺得現在的自己不再畏縮，他變得強大了。確實如此，他想著；現在他是一個義大利伯爵。

她又哈哈的笑起來，他也靦腆的笑著。她說：「我猜你在自由市那邊一定沒見過什麼白子。」

「好像沒有。」哈洛說。他真希望她能夠換個話題。

「他們的頭髮都是白的。」芙莉普挨著耙子，她的濕襯衫黏貼在她的身上。「不過我覺得他還真的很帥，那個吃人王。他們有一種東西——啊，白子特有的一種令人興奮的東西。會令我發抖。」

哈洛吞著口水。他覺得自己也在發抖，彷彿這顫抖也像火花似的從她身上傳給了他。

「到時候你就會明白我的意思，」她說，「等見到他你就會明白了。」

提娜咧著嘴笑。「那妳願意給他一份工作了？」

「也許吧，」芙莉普說，「你會什麼，哈洛？」

他需要想一想。他會什麼？「呃，我不會騎馬，」他說，「我不會變戲法，我從來沒走過鋼索。」他聳聳肩膀。「我很會教動物，牠們很聽我的。或許可以當一個馴獸師。」

她不動。只是支著耙子的把柄笑笑的看著他。然後慢慢的轉向提娜，整個人順著把柄打了個轉。「他在說笑嗎？」她問。

「應該不是。」提娜說。

芙莉普再轉回來向著他。「你知道我騎馬騎了多久嗎？」

哈洛搖搖頭。

「十三年。我還不會走路就會騎馬了。我還不會說話就懂得馬說的話了。我一天練上八小時，天天練，練一輩子，所以——哥哥！——我最受不了人家說：『啊，我可以做這個我可以做那個。』好像容易得一塌糊塗。」

「我不是這個意思，」哈洛說，她的生氣令他沮喪又錯愕。他推推眼鏡，摸摸鏡片。「我不是這個意思；我的意思是我很想學習。迷你琴公主說妳是世界上最頂尖的。她說妳赫赫有名，也許妳會願意教我騎馬。」

「是嗎？真的？」芙莉普頭一甩，金髮從肩膀上刷下來。在哈洛眼裡，她就像一位擺姿勢拍照的大明星。「也許。我不知道。」

「就給他一個機會吧，」提娜說，「他要的只是一個機會。」

她朝哈洛瞥一眼。「你很會教動物？」

「一點沒錯！」提娜喊著。「他養的狗會做各種把戲。他是個好孩子，是個天使。」

「那妳是什麼呢？他的經紀人？」芙莉普離開耙子，把它靠在帳篷上。「好吧。我就給他一個機會。我倒要看看他對動物有幾分能耐。」

22

她先帶他去看馬匹。在一個狹窄的帳篷裡，六匹高大的白馬分別站在六個小隔間裡，馬頭都朝著通道杵在外面。牠們噴著鼻息發出哀怨的嘶聲，把鼻子湊近芙莉普，希望得到她輕輕一拍和愛的抱抱。在哈洛眼裡牠們全長得一個樣，待在昏暗帳篷裡的六匹黯淡無光的大馬。當然他一直戴著他的眼鏡。

芙莉普給牠們取了幾個已故將軍的名字。「那個是薛曼，」她說，「那是傑克遜。這是格蘭，還有這個狄克西，你在他邊上做什麼都行，就是別吹口哨。」

哈洛慎重的點點頭。「喔，我不會的，」他說，「妳放心。」

「只是開玩笑啦，」她說著用手肘頂了他一下。「以後就由你來餵牠們燕麥和清水，我再教你怎麼幫牠們梳毛。」

「這些事我喜歡做。」哈洛說。他好愛馬廄裡溫暖的乾草味，帆布篷裡都透著琥珀色的光。他伸手搔搔馬的鼻子，拍拍牠們圓鼓鼓的臉頰。馬兒甩著鬃毛撞著馬廄的門。

「果然，」芙莉普說，「牠們很喜歡你。」

馬廄後面有一只裝滿花生的麻布袋。芙莉普盛了一小桶拿到外面陽光下，這個光線對哈洛來說實在太強了。他眨著眼，腳步不穩的跟在她後面，走過廚子的帳篷走向另一排帆布牆。

「來，現在看看你怎麼對付玫瑰吧。」她說。

「什麼玫瑰？」哈洛問。

在帳篷的角落發出一些拉扯鎖鍊的聲音，緊接著是一陣隆隆的怪聲。起先很輕，然後愈來愈大，最後變成高亢又詭異的哭聲。

「那些玫瑰。」芙莉普說。

哈洛停下腳步。雲層又密集起來，他眼睛裡那種火燒的感覺退去了，可是芙莉普好像成了一個黑影；他甚至看不清楚她是不是在笑。「它們是什麼種類的玫瑰？」他問。

「你去看了就知道。」芙莉普說。

他把頭轉向帳篷的拐角。空地上有三隻體型巨大的象站在那裡吃草。牠們把青草連根帶泥整塊整塊拔起來，先懶洋洋的甩過自己的腦袋，再往肩胛上敲幾下，把那些泥塊敲散。每隻大象的後腿都繫著一條粗鐵鍊，鐵鍊的一端連在埋進土裡的鐵樁上。周圍好大一圈的地面都已經被牠們踩得亂七八糟。為了吃到周邊新鮮的青草，三頭大象努力把鐵鍊拉扯到最長。

「這些就是玫瑰？」哈洛問。

芙莉普吱吱咯咯的笑著。「那是金絲雀。牠旁邊的是麥斯葛拉夫。這邊最大的這隻，叫做康拉佛地南梅爾，簡單一點就叫牠康拉。我們是按照玫瑰花的種類給牠們取的名字，明白了吧？」

「牠們好漂亮。」哈洛說。牠們的腿粗得像樹樁，皮膚全是皺褶，卻有著一種天生的尊貴氣勢，那絕不只是因為體型龐大而已。牠們帶著一種外來的、古老的質感，一種半動物半機器的感覺。牠們就像推土機似的翻攪著大地。

康拉是其中最高最大的一隻。「他真是個巨人。」哈洛說。

「是她，」芙莉普說，「馬戲團裡只用母象。不過我們都把她們當男生使喚，因為她們實在太大太壯了。」她輕輕碰觸哈洛的手臂。「就好像她們本來就應該是男生才對，是吧？」

哈洛低頭看著她搭在他袖子上的手指，他全身起了一陣痲痲刺刺的感覺。

「你說呢？」芙莉普問。

他幾乎沒有辦法思想了。那幾根手指撤走了，他襯衫上只留下一點點凹痕，刺痲的感覺卻仍舊存在他的皮膚上。

「我猜你大概從來也沒看過大象吧。」她說。

「沒有。」哈洛說。牠們那麼的大，那麼的與眾不同，牠們不但讓他覺得自己好渺小，更加還有著一些些的恐懼。牠們可以用長鼻子把他夾起來，像甩草堆似的往牠們背上砸。不過，他還是很想再把牠們看個仔細；他希望知道摸著牠們的感覺。

「我可以摸摸牠們嗎？」他問。

「當然可以，」芙莉普說著，兩人一起走了過去。「不過要小心康拉。牠比較怪。」

「為什麼？」

「有人打過牠。」芙莉普搖著手裡的花生桶，康拉慢慢的晃動腦袋，大耳朵啪搭啪搭的拍著。「好多年前的事了。那時候牠還沒來我們這裡。牠嘴巴上有幾道被錨鉤刮出來的傷疤，看到沒？」

哈洛停下來，芙莉普繼續往前走。哈洛摸著眼鏡，從鏡框上面偷偷望著。那頭大象也在看著他，象鼻子高高的捲起。

「前一個做你這份工作的人就因為康拉辭職不幹了，」芙莉普說，「其實我並不知道真正的原因。」

那頭大象吹喇叭似的吼起來。那是一種非常神奇又震撼的聲音。象鼻子垂到了地上，來來回回的擺動，兩隻大耳朵全面展開來。就這樣康拉慢慢的向他們移過來，一直到鐵鍊扯住他發出匡啷一聲。牠歪著腦袋晃；這個動作很像哈洛，很像他在距離太遠看不清楚時候的模樣。哈洛揮動手臂。他對大象大聲叫喊。

「不要這樣！」芙莉普叫起來。「啊呀，哈洛，你嚇著牠了！」

已經來不及了。大象重重的跺著草地。發出駭人的轟隆聲，牠的大耳朵前前後後的拍著。忽然，牠的腿一扯，把埋在地上的樁子拔了起來。康拉嚮雷似的奔過來，就像一節冒著煙塵隆隆作響的火車頭。

23

大象仰頭狂嘯。牠的四條巨腿咚咚的捶著地面，那條鐵鍊拖在牠身後濺起一堆的泥水。

「不要跑。」芙莉普說。

哈洛在跑。他踩著靴子拚死命的跑過這塊空地。他跑步的樣子很難看，一腳高一腳低的像隻鴕鳥，亂揮的手肘就像兩小截翅膀。他的時速是四．八公里，大象是四十八公里。

他回頭看過一次，看見的是牠龐大的身體、泥土，和一大塊一大塊剝落的雜草。他第二次回頭看，只看到一大片扁平的額頭、邪惡的眼睛，和兩小截白慘慘的牙根。就在這時候，他的腳趾卡進了一個凹洞，整個人撲倒在地上。

大象的腳在他四周重重的踏步，每一隻腳趾頭都比他的拳頭還大，大腳抬起來的時候露出鬆垮垮的腳底板，放下來的時候整個壓平了。同時夾帶著一種好像颳風的聲音，象鼻子一路摸索著草地。先碰到他的腿，然後是他的背；最後爬上他的脖子。

觸碰的力道很強很有彈性，皮膚上有一股揮不掉的濕熱感。他聽見大象胸膛的震動聲，象鼻子捲到了他的身子底下。牠把他從地上托了起來，舉得好高，他的兩條腿在半空中晃著。他們兩個彼此眼對著眼，然後牠把他放下來，但是並沒有放開。

一路奔跑過來的芙莉普忽然放慢了腳步。她站在他邊上，兩隻手按在圈著他胸膛的象鼻子上。

哈洛對她笑著。「太棒了。」他說。

康拉那兩隻大得幾乎像桌布似的耳朵，在他身旁拍啊拍的。哈洛看見大象的頭毛稀稀疏疏的沿著耳朵和嘴巴東一點西一點的長著。遮著眼睛的長睫毛簡直就跟人的睫毛一樣。牠張著嘴，哈洛看見粉紅色的舌頭，很厚很尖。他聽見舌頭後面不斷發出咕嚕咕嚕的怪聲，他認為那是大象在撒嬌的聲音。這時候他瞧見了那些疤痕，還有康拉眼皮下的淚水，他想不透有誰會做出這種事。

「牠如果要踩我，早就把我踩死了，」哈洛垂下眼說，「剛才有一會兒，我真的以為牠會把我踩死。我真的以為牠會。」

「跟牠說把你放開。」芙莉普說。

他撫摸著象鼻子，抬頭望著大象的眼睛。「你現在可以把我放開了，」他說，「好嗎，康拉？」

芙莉普哈哈大笑。「不是這樣啦。在牠鼻子上拍一下，哈洛。用力拍。牠沒那麼聰明，你必須清楚的告訴牠該怎麼做。」

可是哈洛幾乎像在說悄悄話。「乖，康拉，」他說，「請你放開我吧。」

象鼻子鬆開了。轉著圈圈離開了他的胸口，鼻子尖輕輕觸碰著他的肩膀，他的胳臂，他的手指。他站了起來，康拉輕輕的撞著他，差一點把他撞翻。

「太神奇了，」芙莉普說，「我從來沒看過牠這麼溫柔。」

他們兩人開始走回帳篷，康拉搖搖擺擺的跟在後面，晃著長鼻子，喉嚨裡仍舊一直在咕嚕咕嚕。

「牠們都做些什麼？」哈洛問。「我是說，在馬戲團裡。」

「做不了什麼，」她邊說邊笑。「他們只會蹺圈子，互相撞來撞去。看起來像在跳吉魯巴舞，其實哪是啊。」

「還有呢？」

「喔，牠們會幹活。牠們會幫忙舉起大帳篷運到卡車上。如果有人困住了，也會幫忙把他拖出來。」

芙莉普彎下身撿起樁子，把它插回到原來的洞裡，再把周圍的泥土塞緊。然後把頂上的鐵環勾在康拉的腳鍊上。

「就靠這個拴住牠嗎？」哈洛問。

「這哪裡拴得住啊。只是意思意思把牠們留在這兒。」

康拉昂首闊步的走在另外兩隻大象中間。牠不斷對他們咆哮衝撞。牠巨大的肋骨高高的聳在哈洛的頭頂上。

芙莉普搖著桶子，三頭大象立刻晃了過來。牠們用長鼻子的尖端從她的手掌心吸取花生。

「我可以餵牠們嗎？」哈洛問。

她把桶子舉到他面前，他抓起一把花生。康拉發出隆隆的吼聲趕走另外兩隻大象，由牠獨享哈洛手上的花生。

他被大象細緻輕巧的觸碰逗得哈哈大笑。「也許我可以教牠們一些別的把戲。」他說。

「別逗我笑了。」芙莉普把桶子斜放在地上。麥斯葛拉夫和金絲雀趴在她腳邊，不斷吸著花生。「牠們老了，」她說，「牠們都老朽了，就跟這個不起眼的小馬戲團裡所有的東西一樣。」

「這是個偉大的馬戲團。」哈洛說。

「是嗎？你總共看過幾次？」

「好像還沒有。」哈洛拋出一粒花生，康拉的長鼻子一揮把它接住。

「它不行了，」芙莉普冷冷的笑著。「一個老掉牙的馬戲團。只要能離開它，就算要我嫁給香腸人哇囉都行。在他面前，山繆就像大帥哥克拉克．蓋博了。」

哈洛再拋出一粒花生。大象沒接著，花生掉到地上。「妳為什麼不想幹了？」他問。

「用不著我辭職不幹。」她看著康拉一口氣連續接下三粒花生。「我們很快就要散了，只是我沒有耐心等到最後。做什麼都比這樣來得好，一天到晚帶著這一票怪胎在窮鄉僻壤裡打轉。」

「為什麼快要散了？」

「因為這個馬戲班的秀太爛了！」

哈洛拋一粒花生給麥斯葛拉夫，不料康拉的長鼻子忽然揮出來從半空中把它劫走了。

「我們需要玩一些大的，」芙莉普說，「一些特別的，一些別人從來沒玩過的東西才行。」

哈洛把最後一粒花生高高的拋起。花生頭尾不斷的翻滾著，芙莉普抬頭看。康拉往後退了一步，長鼻子撐得筆直。花生速度變慢，開始往下掉。

「譬如大象打棒球？」哈洛問。

就在他說話的時候，康拉一把接住了那粒往下落的花生。

24

芙莉普跟他說這是不可能的事。「大象不可能打棒球，」她說，「從來沒有人教過牠們這個。」

「也許是從來沒有人嘗試過吧。」哈洛說。

「沒錯，」她嘲笑著說，「因為行不通。」

可是在哈洛看來，如果連他都能學會打球，那任何人都能學得會，有著一對超級大眼睛的大象當然也能。「我們試試看吧。」他說。

她聳聳肩膀。「好啊，隨你。」

哈洛拿了他的手套、球棒和那顆色彩鮮豔的棒球。他說：「我先從打擊開始教。」芙莉普蹲下來看著他。

他站在康拉的下巴底下，長長的象鼻子像條大蛇似的垂在他面前。那鼻尖簡直就像兩隻手指，大象在聞這支木棍的時候，鼻尖就在球棒上摸索。

「像這樣把它握住，」哈洛說著動手把住象鼻子。「握著它先向後甩，再向前揮。看到沒？」他抱著康拉的鼻子。「一後一前。一後一前。」他看著芙莉普。「好。把球投給我們。」

她唉聲嘆氣的站起來。「行不通的啦。」她說。

「試試看。」

她投出了一個慢速的低飛球。哈洛看見那球從她手上一路轉出去。他閉起了眼睛。

「試試看，」哥哥跟他說過，「用心的看著球，然後閉起眼睛揮棒。」在那以後，哈洛從來沒失誤過。他彷彿知道球的落點，其實他根本就看不見。一顆轉動的球對他來說只是一個黑點，他總是閉起眼睛來打。

「揮棒！」他大叫，用力的推著象鼻子。他聽見球撞到球棒的聲音，他也感覺到康拉的長鼻子傳來的震動。

「是你在打。」芙莉普說。

「牠需要多練習。」他說。

他們一試，再試，一直試到芙莉普來回跑得氣喘吁吁。哈洛沒有一次失誤。每次揮『棒』，他都能感覺到康拉鼻子裡傳出來砰的聲音，等他睜開眼就看見芙莉普在追球，看見麥斯和金絲雀在觀戰。牠們倆像兩隻興奮的大胖『粉絲』，在那裡又是吹號又是跺腳。

「看到沒？」哈洛說，「我覺得行得通。」

「明明是你在打呀，」芙莉普說，「又不是牠。」

他們放手讓大象自己試試看。

芙莉普把球扔向康拉；哈洛站在牠後面。「揮棒！」他大喊，大象不動。

「妳接幾個球試試。」哈洛說。

「天哪！」芙莉普說，「我又不是達茲．凡司！[10]」

⑩ Dazzy Vance, 1891-1961，美國紐約洋基球隊登入名人堂的棒球好手。

他們倆不斷投球接球，投球接球，就好像他們中間根本沒有大象似的。康拉一動也不動，直到最後棒球打中了牠的肩膀。牠使勁把球棒甩過空地，悻悻然的晃開，喉嚨裡還發出不爽的呼嚕聲。

「算了吧，」芙莉普說。她把球和手套交給哈洛，逕自走了。「如果你真以為牠們學得會這個，那你也笨得跟牠們差不多了。」

可是哈洛不放棄，他繼續的練。他把球棒在康拉的鼻子上調整好位置，隔開兩公尺的距離投球。他邊投邊喊。「揮棒！」然後撿起球再投。他開心又耐心的玩著，就好像從前大衛在跟他打球那樣。

雲層聚積起來，天色愈來愈暗。下午的時間一點一滴的過去。哈洛不放棄。他待在這個偏僻又孤單的小角落繼續不斷的練著。就在投出三百三十一個球之後，康拉揮棒擊中了棒球。

球棒打到球的聲音就像一道欄杆裂開了似的。棒球呼地飛過哈洛頭頂。連土帶泥的飛到他身後的泥地上，他轉過身看到麥斯拖著鐵鍊，砰通砰通的跟在後面，用牠的長鼻子追著棒球。

只是現場沒有一個人看見這一幕。

哈洛奔向康拉。他一把抱住牠的長鼻子，把臉頰貼在牠溫暖的厚皮上。「你做到了，」他說，「你做到了。」

大象扔下球棒摟住他。長鼻子纏繞著他的肩膀，纏得有點緊又不會太緊，而且又再一次，康拉發出了類似小貓咪的嬌呼聲。

25

迷你琴公主不願意太靠近這幾隻大象。她在帳篷的角角上喊著哈洛，用力揮舞著手臂引起他的注意。

「開飯了，」她說，「你沒聽見搖鈴嗎？」

哈洛搖搖頭。

「飯一定要吃啊。」提娜說。

「現在嗎？」站在大象肩膀底下，她看起來就像一隻受驚嚇的小老鼠。「他們才剛開始會——」

「這裡不是餐館，」她說，「快走吧。」

他把扣環套在樁子上，三隻大象扯直了鐵鍊，一路的跟著他，一直跟到樁子開始晃動了才停住。牠們站在活動範圍的最邊緣，發出一種他從來沒聽見過的聲音，這使他想起了蜜糖，想起他離開的時候她的叫聲。

「我會回來的，」他跟牠們說，這句話又讓他一驚，當時他也對蜜糖說過同樣的話。「放心，」他說，「我一定會回來的。」他扛起球棒，把手套掛在把手上，急急忙忙的跟著提娜走了。

兩個人一起走到餐篷，帳篷的入口處掛著一個金屬的三角形。

「這是開飯鈴，」提娜說，「一聽見這個鈴聲，你就該過來了。」

她帶他走進去，穿過一排排白色的桌子和長凳。這個空間至少可以容納五十個人，但是只有山繆和吉卜賽瑪格妲孤零零的坐在中間。他們兩個就著托盤在吃飯，山繆兩隻毛茸茸的胳臂橫在桌子上。

提娜帶他到放飯菜的櫃台，各自從台子盡頭取了托盤。圍著一條油膩的圍裙，牙縫裡嵌著包心菜渣的大廚，舀起一匙泡菜放進坑坑巴巴的鐵碗裡。

「嘿，看起來很美味喔，威克斯，」提娜衝著那股難聞的味道說，「給我這位朋友多來上一些吧。」

威克斯不說話；他悶不吭氣的舀著飯菜，視線最遠不超過他那堆碗盤。

山繆讓出一個位子給哈洛，撐開的手肘也稍微收斂一些。「哈囉，新來的，」他露出他那副招牌恐怖笑容。「你好像找到一份工作啦，哈洛？」

「是啊，」他說，「太棒了。我跟大象一起幹活。」

「好極了。」山繆拍拍他的肩膀。「我們知道你能。你是我們的一份子；我不是早就跟你說過了？」他姿態笨拙的站起來，跨過長凳子。「抱歉，」他說，「不過我一定要好好的抱一抱這個小老弟。」

他是真的開心，開心得彷彿他自己就是哈洛似的。他把這個男孩緊緊的摟在懷裡，不斷的搖晃著這個小男孩。

哈洛感覺到毛茸茸的下顎刮著他的臉頰，他望向吉卜賽瑪格妲，她面無表情的坐在那裡，看著他們，她的眼睛好像有火在燒。「妳不替我高興嗎？」他問。

「你得到了一份工作，開心是應該的，」吉卜賽瑪格妲說，「不過你還記得我對你說過的話嗎？」

他點點頭。

「說一遍。」她說。

他每一個字都記得，甚至連她當時在草原上說這些話的口氣都記得清清楚楚。「小心那些有著不自然魅力的人，還有用尾巴餵食的野獸。一個野人的和善、一個黑人的蒼白、還有突如其來的巨大傷害。」

「很好，」吉卜賽瑪格妲說，「吃飯吧。我們別讓其他的人等著。」

「其他的人在哪裡？」哈洛問。

「人家都在等，我說了！」她吼著。緊接著她的臉色忽然柔和下來，她的手叮叮噹噹的伸過桌面。「對不起；這些規則，對你還很陌生。」

哈洛朝著空蕩蕩的帳篷看了一圈，看著背對著他們的廚子。「其他那些人，他們在等什麼呢？」

提娜在桌子另一頭對他微微笑著。她太矮小，能看到的只有她那張小臉。

「他們待會兒再來吃，」她說，「所有的馬戲團都一樣。畸形人先吃。」

她說得就像天經地義那麼簡單，哈洛忍不住驚訝的笑了出來。

「你覺得滑稽嗎？」吉卜賽瑪格妲問。

「沒有，」他說，「我只是不懂為什麼。」

「傳統，」山繆說著爬回到原來的座位。「習慣就這樣，所有的馬戲團都不會改的。」

吉卜賽瑪格妲哼了一聲。她推開餐盤。「權力，」她說，「就是這個道理。就跟你餵你的狗一樣，只不過在馬戲團裡，這些狗——得先吃。」

「我的狗跟我同一個時間吃飯的，我吃的時候她也在吃。」哈洛說。

「我絕對相信，」提娜說，「那是隻好命的狗。」

哈洛吃得飛快，只想趕快再回到大象身邊。他把泡菜拚命往嘴裡塞，甚至連嚼也不嚼一下。忽然他聽見凳子在地上刮擦的聲音，他抬頭看見一個女人坐上了隔壁的桌位。

從背後看，那女的穿了一雙尼龍長襪，襪子上面是一條黃色的裙子，緊緊的繫在腰上。她左手拿著托盤，右手抱著一個嬰兒。嬰兒只露出一個腦袋杵在她的肩膀上，嬰兒的手緊緊抓著她的上衣。她放下托盤，準備把嬰兒也放下來。

「嗨，愛莎。」提娜說。

那女人轉過頭來，哈洛的眼珠幾乎跳了出來。愛莎長了一嘴大鬍子，濃黑的鬍鬚佈滿整個臉頰，幾乎長到了眼睛上。「都還好嗎？」她問，聲音低沉，完全是男人的聲音。她坐了下來，那嬰兒爬到桌上。

哈洛手裡的叉子掉了下來。

那根本不是個嬰兒。是個大男人，滿臉皺紋，頭髮像紅色的鋼絲。他沒有腿，沒有手臂；兩隻小得不能再小的手直接長在肩膀上，兩隻小得不能再小的腳——簡直就像兩片魚鰭——直接從屁股兩邊冒出來。他仆在桌上，靠著手指和腳趾奮力的向前推，爬過桌子，爬向裝滿食物的托盤。

「嗨，哇囉，」提娜湊近桌子說，「你今天看起來很開心啊。」

「泡菜。」哇囉斜斜的抬起頭。他的頭比他的肩膀還寬，幾乎佔了全身的一半。「我愛泡菜。」他說。

哈洛不禁打了個寒顫。他想起芙莉普說過，如果萬不得已，她願意嫁給香腸人哇囉的事。他努力想像芙莉普穿著婚紗，哇囉在她身邊的樣子……可是他怎麼也做不到，他真的無法想像。

哇囉直接湊在托盤上，咕嘟咕嘟的吸著剁碎的泡菜。邊吃邊說：「這就是你們帶來的象僮嗎？」

提娜點點頭。「這是哈洛。」

「歡迎來到亨特阿綠大馬戲團，」哇囉說著打了一個飽嗝。「對不起。」

「哈洛是為了吃人王來的。」提娜說。

「運氣可真好啊，」哇囉說，「吃人王離這兒有十萬八千里，這會兒正在偵察進山的路呢。」

山繆拾起哈洛的叉子塞回這孩子的手裡。「吃吧，」他輕輕的說，「你這樣盯著會讓人家不舒服的。」

哈洛低頭看著他的餐盤，看著盤子裡那一條條黃灰色的東西。那支叉子重得像把鏟子，他強迫自己吃下去。他用眼睛的餘光瞄著哇囉，那怪異的模樣就像一隻沒有殼的烏龜。「他快回來了嗎？」他這話好像是在對盤子裡的泡菜說的。

「哪會，吃人王不會回來的。」哇囉一面吸泡菜一面嘟囔。「這會兒他正在睡覺。也許在路邊，也許在野地，也許在森林裡。太陽往下落，吃人王也跟著往下倒。然後再跟著月亮一起升上來，繼續趕他的路，他絕不會回頭，只會向前。一到了晚上他就成了一個野人。」

哈洛微微的笑了。他想像中的吃人王就是這樣，在月光下和他的石頭族人在叢林裡跳著舞。他甚至聽見了鼓聲，大概是想像吧，就在這時他看見威克斯用鍋鏟的柄猛敲櫃台。

「快點，」威克斯說，「快點。別人都在等著了。」

哇囉抬頭看。「我們得趕快吃了。」他說。

他們剛吃完，威克斯立刻把他們趕出了帳篷。「你想在這裡坐一整天啊，」他衝著哈洛吼。「這裡可不是餐館。」

哈洛站起來。「山繆？」他問，「吃人王在這裡吃過飯嗎？」

「要說話到外面去說。」威克斯大吼。

提娜撐起手臂，她的肩膀高出了桌面。「好了，」她說，「我們待會兒告訴你，哈洛。嘿，你會回拖車吧？」

「當然。」哈洛說。她看著愛莎抱起哇囉走向門口。他把球棒扛在肩膀上，跟著山繆走過一排排的桌位，走過櫃台的時候，看見威克斯在拿鍋鏟剔牙齒。

「早該走了，」廚子說，「總該替別人想想吧。」

哈洛不吭聲。他跟著山繆穿過帳篷的門，經過一長列等著進餐篷的人，有的排隊站著，有的靠在帳篷的拉索上。他斜睇著眼看那些人的臉，一個個模糊又陌生，忽然他看見了芙莉普，她跟三個人站在一起，黃色的秀髮閃閃發亮。可是她別開了臉，就像沒看見他似的，剎那間他覺得跟山繆他們走在一起非常丟臉。他一手揪著自己的黑頭髮，耳朵邊聽見好多聲音在問：「那孩子是誰？」「他在這裡幹嘛？」

他的手指扣緊了球棒。有個人在發笑，「原來是全壘打王娃娃[11]。」另外一個聲音說：「看他的頭髮！搞不好就是賈基・羅賓森[12]哪。」

哈洛臉紅了。就算他頭髮再黑，也不至於讓人誤認為他是道奇隊的黑人內野手賈基啊。他自卑到了極點，他被這些揶揄搞糊塗了。難道他的長相真的那麼與眾不同嗎？

提娜趕上來跟在他身邊。「來，」她說，「我們大家都回拖車吧。」

哈洛想要別開視線，但是她一直在他前面繞來繞去，她的小短腿，她的小鞋，在草地上不斷的出沒。「你不來嗎？」

「待會兒，」他說，「好嗎？」他轉身跑開，跑向大象。

---

[11] Babe Ruth, 1895-1948，美國棒球傳奇人物。

[12] Jackie Robinson, 1919-1972，美國職棒大聯盟第一位黑人球員。

26

「揮棒！」哈洛大喊。「對了！」

大象真的懂了。康拉幾乎一直在揮棒，雖然多半在亂揮，常常都打不中。球飛過來的時候，牠把球棒當成高爾夫球桿似的揮出去，再把球棒當成網球拍似的往地上甩。有時候牠乾脆鬆開鼻子讓球棒東南西北的亂飛，甚至彈到哈洛的腳邊，這時金絲雀就會不客氣的用鼻子把球撿起來，圈住不放。

「你也想試試嗎？」哈洛問。「要不要來打一輪？」

他扔出球。「揮棒！」他大喊。金絲雀揮出一記長棒，只聽到咚的一聲打中了康拉的頭頂。

康拉一副驚嚇呆滯的表情，哈洛忍不住哈哈大笑。忽然，那對褐色的大眼睛眨了眨，長長的象鼻子像鬍子似的垂了下來。哈洛趕緊跑過去安慰牠。「對不起，」他摸著象鼻子說，「我不應該笑的。你很努力了，是我不對。」

他把球棒交給康拉，金絲雀居然像小孩子似的噘著嘴；跺著腳，嗚嗚的『哭』起來。「我的天哪，」哈洛說。他真的沒辦法讓大家都高興。「你要不要當捕手？啊？你要不要試試看？」

他把三隻大象各就各位的排好，牠們的優雅令他驚奇，也為牠們奇特的步伐和腿部腹部垂得像一大坨鬆垮尿片似的贅肉感到有趣好笑。他投球接球，不斷的投不斷的撿；金絲雀當守門員要比當捕手來得好。大象們起勁的學著，他把過去教蜜糖玩把戲的那份耐心全部用在牠們身上。

天下起雨來了，他仍舊繼續訓練。大象們失誤，或是大腳把球踩進爛泥地裡的時候他也從來不會生氣。毛毛雨變成了暴雨，下得又大又急。

芙莉普過來的時候，金絲雀差不多每隔十球就會打中一球。她兩手插在口袋裡，站在帳篷的雨遮底下看著。

「他可不是小巨人里斯[13]啊。」

「牠揮棒一百次都有了。」哈洛說。

她大笑。「啊呀，哈洛，要是真的能成功該有多好？你知道嗎？那大家會從幾百哩外趕過來看大象打棒球了。」

他握著球走到芙莉普面前。「我在想，」他說，「牠們應該戴上小帽子，再穿上小襪子。請一個小丑來擔任棒球童子，由妳來穿上裁判的襯衫。最好再配上樂隊演奏那首《帶我去看棒球》的歌曲。」

她瞪大眼睛看著他。

「怎麼了？」他問。

「你的頭髮，」她摸著臉說，「在滴水。」

他聽不懂。

她摸哈洛的臉，沿著他的臉頰摸下來，她的手指尖變黑了。

[13] Pee Wee Reese，全名Harold Peter Henry, 1918-1999，美國職棒球員，曾獲得十次全明星獎。

哈洛愣愣的看著她的手指。他用手擦自己的臉頰，額頭，把整張臉都抹黑了。他把手伸進頭髮，他看見黑水像泥漿似的不斷流下來，流到襯衫上。

「染料！」他說，「染料！」

「什麼？」芙莉普問。她忽然咯咯的笑起來。「哈洛，你的頭髮變白了。」

哈洛慌了。他用手擋，用棒球手套遮。芙莉普哈哈大笑，哈洛轉身就跑。他絆住了帳篷的繩索，一個踉蹌倒彈了好幾步，芙莉普更是笑彎了腰。

他低著頭繼續向前衝，鑽過拉繩，繞過帳篷，橫過草地，衝向拖車。

他鑽進車門，衝進起居室，提娜從扶手椅上抬起頭；山繆也抬起頭。他們兩個一看到他也都哈哈大笑，他乒乒乓乓的衝過走廊，整個車身跟著搖晃，他推開浴室的門把自己鎖在裡面。對著小鏡子他只看了一眼，就被自己臉上濕漉漉的黑條紋嚇到了。他摘下眼鏡，把水龍頭開到最大。他把頭整個伸進水槽裡，伸進清水裡，讓水線盡量的沖刷著，讓黑色的墨水嘩嘩的流入排水口。

他羞愧不已的哭著。這輩子他沒救了，他想著，他恨自己的愚蠢，恨自己想要嘗試改變。

有人在敲門。哈洛不理。

敲門聲又響起，聲音不大，輕輕的。

「走開啦，」哈洛說，「別管我。別管我，拜託。」

門嘩的打開了。「這門鎖不管用的，」提娜說，「鎖不上了。」

她走進來關上門；她爬上馬桶蓋，搆過去把哈洛的眼鏡從水槽角落取下來，仔細收攏了，把它平放在擺衛生紙的墊子上。

「我早該想到的，」她說，「我早該知道會發生這種事。」

哈洛在水線裡吸氣。他不斷的聽到芙莉普的笑聲，不斷的看見她在取笑他那張滿是黑色條紋的臉孔。

「對不起我剛才笑你。」提娜拿起一塊比她的手大上兩倍的肥皂，在哈洛的頭髮上抹出一堆泡沫。「我不該笑的。可是你的樣子真的很好笑。滿臉都掛著黑黑的顏色。看起來真是太驚奇了。」

肥皂滑出了她的手指。她又開始大笑，連眼淚都笑出來了。「對不起，」她說，「不過要是你看到別人像這樣，你也會忍不住大笑的。」

哈洛拚命搖頭。他絕對不會取笑任何人。

「嘿，」她說，「你該不會生我的氣吧？」

「她知道了。」哈洛說。

「什麼意思？」提娜問，手裡忙著對付那塊大肥皂。「誰啊？」

「芙莉普，」他說。感覺像是又回到了自由市，只是比那時候更糟。她取笑的不只是他的現在，也包括了他的努力偽裝。「她對我的底細一清二楚了。」

「她當然清楚啊。」提娜關上水龍頭，把哈洛頭髮上的水擠乾。「她早就知道了，哈洛。你不是看見一個穿著兔子皮外套的女人在街上走，你還說：『快看！兔子來了！』記得嗎？」

「那她是假裝不知道。」哈洛說。

「那就是芙莉普。她只是鬧著玩，也有哄你的意思。」提娜拍拍他的脖子。「頭抬起來。」

哈洛抬起頭。他接過提娜遞給他的毛巾。「她現在一定很討厭我。」

「噢，不會的，她絕對不會的。芙莉普不會的。」

他用毛巾蓋住頭，搓著頭髮。這個動作模糊了提娜說話的聲音，就在這時候好大的喀啦一聲——聲音大到連拖車都震動了。

「怎麼回事啊！」提娜說。

哈洛一把扯掉毛巾。

「有什麼東西擊中我們了。」她說。

他們穿過走廊奔出門外。山繆已經站在那裡，站在浴室小窗口底下。他搔著頭盯著車身上的一個凹痕，圓不溜丟的一個凹洞。附近卻沒有人；馬戲團的場地空蕩蕩的。

「鐵定是那種碟子，」山繆說著轉過身，仰望著天空。「現在大家都看到了，那些飛碟。」

「啊呀，飛碟比這個大多啦。」提娜說。

「他們是從外太空飛過來的。」他意味深長的說。

她彎下腰，歪著頭看拖車底下。「傻大個，只是一顆棒球啦。」

忽然一個人影從帳篷營裡竄出來，靈巧的溜到濕濕的草地上。對哈洛來說只是個模糊的影子，那影子停住了，然後又開始移動，筆直的朝著他們奔跑過來。

「是芙莉普。」提娜說。

哈洛喘起氣來。他在衣服口袋裡亂翻亂找。「我的眼鏡。」他說。

「你不需要眼鏡，」提娜說，「戴了眼鏡你也看不清楚。」

「我至少可以看起來比較好。」

她按住他那隻在屁股口袋裡亂翻的手。「哈洛，」她說，「你怎麼說不聽呢？」

芙莉普一路又跳又蹦的衝向拖車。「牠做到了！」她大喊著，「哈洛，牠真的做到了！」

他轉過身；除了面對她再沒有其他辦法了。他從頭到腳白慘慘的面對著她，他的頭髮被揉搓得根根直立，他的眼睛像兩滴水珠。他覺得自己就像一名面對法官的罪犯。

「是麥斯葛拉夫！」她在十五公尺外開始大喊大叫。「我給麥斯一個彎球，牠一棒揮過了空地。」

她筆直跑向哈洛，整個人撲向他。她抱著他使勁地轉，兩個人的肩膀一起撞上了拖車。「牠們真的做得到，」她說，「你是對的，哈洛。這會是史上最最偉大的表演秀。」

她身子往後靠，兩手搭在他的胳臂上。她看著他的頭髮，他的眼睛，他白得像麵粉似的臉孔。「唔，這樣看起來好多了，」她緊緊的抱住他說，「現在看起來好太多了。」

27

那晚哈洛睡在拖車狹窄的沙發上，三隻大象在睡夢中追著他跑了一夜。象群的大腳不斷在他身邊繞，他晃醒了，一隻手敲在拖車的牆壁上。他聽見遠方有吹號角的聲音，一時間害怕起來，後來發現只是山繆的打鼾聲。

他閉起眼睛，彷彿又回到了自由市。幾乎每晚都在他父親的鼾聲裡，惡夢連連的睡去。他觸摸著金屬的板壁，感覺到一陣陣輕微的顫動，是山繆的呼吸，他窩在床墊上，感覺安全又幸福。

再次進入夢鄉的時候，他腦海裡想的不是山繆，也不是他父親。他想的是芙莉普，想著她抱著他跟他轉圈跳舞的樣子。他仍然感受得到她的手臂環繞著他，她的手指製造出來的火花。有生以來的第一次，哈洛鬼仔帶著微笑進入了夢鄉。

到了早上他們兩個又開始一起工作。芙莉普教他怎麼餵馬怎麼清潔馬廄。這段時間裡她聊的卻都是那三頭大象。

「牠們很難教，不過一旦學會了什麼，牠們永遠都不會忘記的。牠們非常喜歡學習。有時候我甚至看過牠們自己在練舞呢。」她笑呵呵的說。「就算那是一種舞步吧。」

他忙著幹活的時候，她就隔著馬廄跟他說話，還不時的把頭依著薛曼將軍吸引他的注意。

芙莉普教他怎麼梳理馬鬃，在為包格斯將軍梳理的時候她站到他身邊。「就像這樣。」她邊說邊把手按在他的手上做示範，她黝黑的手指握著他比馬鬃更白的手指。他傻呼呼的笑著，整個人暈陶陶的。

這一刻他更加的愛她了。她再沒有提過他的長相，他甚至以為這已經變成了他們倆共同擁有的一個小秘密。他看著他們倆的手一起移動，他心裡覺得這輩子就這樣跟芙莉普在一起梳理馬兒的鬃毛就已足夠。這時，她忽然說：「這就像刷狗毛一樣。」這句話令他難過的想起了蜜糖，白亮的眼睛裡貯滿了淚水，他很想用手擦拭鼻子，卻捨不得把手抽開。他站在那裡哭了，他想念蜜糖想念母親，他似乎看見牠們兩個在窗口望著。

芙莉普停了下來。「怎麼了？」她問。

「我不知道，」他吸吸鼻子。「我覺得心裡怪怪的。」

她皺一下眉頭，接著咯咯的笑起來，她的笑感染了他，他也笑了。「你知道嗎，你真的很可愛。」她說。

一間接著一間，他們把馬廄裡的六匹馬全部梳理好，接著準備乾草和清水，所有的雜務快要告一個段落的時候，提娜過來告訴他說早餐時間到了。

芙莉普隔著大門把乾草直接抛進傑克遜的馬廄。「我們還沒忙完呢。」她說。

「可是他得先去吃點東西，」提娜說，「這孩子已經忙了一天了。」

「他會去吃的，」芙莉普說，「放心吧。」

「什麼時候？」

「跟我一起。」芙莉普關起大門。「他跟我一起幹活，理當跟我一起去吃。」

「哦，好吧，」提娜的口氣似乎有些懷疑，甚至有些難過。「他得吃兩個蛋，妳要記得啊。」

芙莉普大笑。「天哪，妳又不是他的媽媽。」

「我真希望我是。」她說。

迷你琴公主走開的時候哈洛內心有一些酸楚的感覺，但是持續不久。他很快把它甩開了，回頭繼續工作，一直忙到第二次早餐鈴響起，他才跟芙莉普一起走向餐篷。令他驚訝的是，亨特先生居然也在排隊，像其他人一樣等著那些畸形人吃完之後再進去用餐。他穿著西裝背心看起來更瘦，配上垂著的錶鍊，簡直就像勾著一條線的釘子。

「他是全世界最小氣的一個人，」芙莉普說。她咬著一支乾草，配合著哈洛的腳步慢慢的走著。「他不喜歡人家跟他爭辯，所以不管他說什麼，你只要點頭說：『是的，先生』就對了。」

哈洛點著頭，一路唯唯諾諾的伴著她。亨特先生看見他們露出了笑容。他握了握哈洛的手，他的手指細得像通菸斗的通條。「啊，我們又見面了，」他說，「我聽說了好多好多關於你的事，孩子。」

哈洛點點頭。「是的，先生。」

「我知道你在訓練那幾隻厚皮動物，對不對？打棒球，是吧？」

「是的，先生。」哈洛說。

「我倒是很想見識一下。就在早餐以後，也許。」細細的手指摸著背心的鈕釦。「啊，這些奇人已經吃完了。」

從帳篷走出來的是鬍子女士，懷裡抱著可憐的哇囉。跟在他們後面的是山繆，然後是迷你琴公主，再來是吉卜賽瑪格妲。他們安靜的走出門口，承受著大家的眼光。哈洛斜睇著眼，他在想——彷彿這是他第一次想到——他這幾個朋友確實非常奇特，第一個人個子那麼大，第二個人個子那麼小，第三個人模樣那麼古怪，又是絲巾又是披肩，飄來飄去的。之前他從來沒有過這種想法，從來也不覺得他們不是同一國的，現在他很慶幸自己不在他們中間，他很慶幸自己不是一個畸形怪人。這個想法令他侷促不安起來，他真想躲到亨特先生那兩根筆管似的瘦腿後面。吉卜賽瑪格妲忽然轉過頭來，目光炯炯的在人群中搜索，彷彿是在搜尋他。她抬起手擋住耀眼的陽光，她的絲巾往後滑，顯露出了手臂上的數字。她的視線終於搜到了他。

她並沒有叫他；也沒有放慢腳步。她只是盯著他看，哈洛羞愧極了。

「來啊。」芙莉普說著把他拉進了帳篷。

哈洛取了托盤，走向櫃台。那廚子也在盯著他看。他用鉗子夾著一些支離破碎的培根，肉的顏色黑得就跟他的兩條眉毛一樣。

哈洛紅著一張臉；他沒辦法不臉紅。他不知道那廚子還認不認得他，廚子會不會奇怪他的頭髮怎麼突然由黑轉白了。

等亨特先生走過去之後，威克斯怒眼瞪著哈洛。「你怎麼又來了？我沒跟你說過嗎？」

「跟他說過什麼？」亨特先生轉過身來問。

威克斯忽然一愣。「昨天他跟那些畸形人一起來的。我以為他——」

「這孩子跟我一起的，」亨特先生說，「他有什麼理由不該來這裡？」

「沒有，先生。」威克斯說。

「那就幫他拿飯菜吧。」

廚子心不甘情不願的照做了。他挑了最老最硬的火腿肉和最焦最黑的吐司，再舀起一堆白塌塌的炒蛋扔在上面，用力把盤子推到櫃台上。

哈洛接過來。「謝謝你，」他說，「看起來好好吃哦。」

他就近坐在長板凳的角落，芙莉普坐他旁邊，亨特先生坐在他的正對面。

「把那個棒球計劃說來聽聽。」亨特先生說。

哈洛吞了一口食物，準備發言，芙莉普卻打斷了他的話頭。

「這個計劃太棒了，」她說，「起初我以為就靠那三隻大象可能行不通。其實只要它看起來像那麼回事就行了，玫瑰牠們很聰明，一點就通。你不妨想像一下，亨特先生。」她身子向前傾，兩條手臂在空中比劃著誇張的手勢。「樂隊奏起〈帶我去看棒球〉。聚光燈打向台口，三隻大象小跑步登場了。牠們戴著棒球帽，穿著小短襪。是紅色的小短襪哦。一個小丑拿著幾支球棒。」

哈洛嚼著炒蛋，仔細聽著她描述，她說的正是他所想的。他幾乎可以看見球賽的進行了，她描述得實在太精采了。他很高興由她來替他發言。

「可是牠們真的能打嗎？」亨特先生說。

哈洛點點頭。「是的，先生。牠們——」

「唔，牠們當然不是道奇隊的選手啦，」芙莉普說，「不過我親眼看見麥斯把球揮過空地。」她笑得好樂。「還把畸形人的拖車都打凹了呢。」

「天哪！」亨特先生的手指按上了嘴唇。「你們覺得這樣安全嗎？我的意思是，萬一牠打凹的是一個小孩子？或者是一個律師，那該怎麼辦？」那幾根在嘴唇上打拍子的手指挪到了下巴。

「我不知道。這有潛在的危險和訴訟的麻煩，你不覺得嗎？有很大的危險性存在。」

哈洛搖搖頭。「不會的，先生。」他說。

「不會？」亨特先生摸摸喉嚨。「你說不會？」他露出一臉驚訝的表情，就好像從來沒聽過這句話似的。

「牠們可以用橡皮球，」哈洛說，「那就跟海綿一樣，很軟的。」

亨特先生的手那麼細，看起來就像一隻蟋蟀停在他的喉結上。

「誰也不會介意被一塊海綿打到，」哈洛說，「就算是由一隻大象扔出來的也不會。」

「萬一到時候牠們亂踩亂踢，」亨特先生說，「我指的是那幾隻大象。到時候牠們會四處亂竄。在人擠人的馬戲帳篷裡這是非常危險的一個節目。那明顯就是一場災難啊，哈洛。」

「你說得沒錯。」芙莉普低頭看著餐盤，戳著盤子裡的炒蛋。「確實會人擠人。我敢說每天晚上都會有上千人趕來看大象打棒球。」

亨特先生的細手指擰著喉嚨口。「上千人？有那麼多？」

「還不止呢，」芙莉普說，「他們會從四面八方趕過來。」

「唔，唔。」亨特先生往後靠，看著帳篷頂。「瑞格林他們[14]有嗎？」

[14] Ringling，馬戲團名。

「沒有人有，」芙莉普說，「哈洛本來倒是想把這個節目帶去巴南貝利[15]那邊演出的。」

哈洛抬起頭，這個想法他連想都沒想過。他看著芙莉普，感覺到她的手在桌子底下輕輕的捏了一下他的膝蓋。

她笑嘻嘻的看著他。「哈洛在乎的並不是去哪個馬戲團。他純粹只是想教大象打棒球。」

「那就來我們這兒吧，」亨特先生說。他站起來從口袋抽出懷錶。他打開錶蓋又再闔上。「找個人去把象棚清理乾淨，芙莉普。我要這孩子把握所有的時間訓練這幾隻大象。我希望能趕在到達薩拉姆之前教她們學會打棒球。」

「麻薩諸塞州嗎？」哈洛問。

「奧勒岡！」亨特先生說，「孩子，我們要去奧勒岡。」說完他就跨過長凳，晃著錶鍊離開了帳篷。

芙莉普朝著哈洛眨眨眼。

「妳剛才騙他。」他說。

「一點點啦。」她俏皮的笑著。「你必須懂得怎麼對付亨特先生。他對馬戲團唯一的概念就是鈔票。」

[15] Barnum & Bailey，馬戲團名。

28

哈洛吃完早餐立刻開工。他在乾燥的草地上畫好了線，再到河邊搬石頭，一次一塊的搬了來當壘包。康拉就著鎖鍊伸展的長度，在他身後來來回回的跟著。到了最後一趟搬運的時候，這頭大象用長鼻子輕輕推了哈洛一把，最後一塊石頭就由他來代勞了。

哈洛和芙莉普把壘包按六公尺的距離放置好之後，開始讓這三朵大玫瑰繞圈子跑步。地面在大象響雷似的腳步底下震動，號角似的吼聲更引來了圍觀的人群。樂隊帶著鼓號來了。汽笛風琴手點燃了玉米棒菸斗。表演雜耍的小丑滾著大鐵環穿過草地，一本正經的盤起腿坐了下來。有人向他大聲招呼：「嘿，快樂先生。」他也只回一個冷笑。

一整個下午人們不斷的來來去去。大象接球的時候大家歡呼，金絲雀不小心跑錯壘的時候大家哈哈大笑。但是，沒有一個人嘲笑哈洛，沒有一個人再對他嚷嚷「白鬼」或是「白蛆」，時間一小時一小時的過去，哈洛幾乎已經忘了這些人的存在。他的眼光搜尋著山繆、提娜，還有吉卜賽瑪格妲；他很希望他們到場，結果並沒有。他感到很難過。他們明明是馬戲團的一份子，卻又像是格格不入。

哈洛站在投手板上，手裡握著球，專注的看著大象們練習。他聽見牠們大呼小叫，看見牠們在本壘板上擠成一團。觀眾爆出如雷的笑聲，笑鬧聲減退的時候場地裡揚起了威克斯的吃飯鈴聲。

大家都不動。他左邊的斜坡地上，那些場務工人支著粗壯的胳臂，懶洋洋的待在左邊的斜坡地上。快樂先生躺平了，皺著眉頭仰望天空。

哈洛緊緊的握著球。他懷疑是不是大家都沒聽見吃飯鈴聲，再一想，他就明白了。畸形人先吃。所以，不急。

「投球。」芙莉普說。她等在本壘板上。球棒由康拉的長鼻子握著。她頭頂上那一大片灰壓壓的東西在哈洛的眼鏡裡晃著，雖然看不清楚，他也能感覺大象在看著他。所有的人都在看。

他聽見吃飯的鈴聲又響了，威克斯一定又在那裡抖著他的大肚子，用力敲著那塊生鏽的三角鐵。山繆和提娜正在前往餐篷的路上；吉卜賽瑪格妲叮叮噹噹的走在他們身邊。哈洛可以加入他們，也可以不加入他們。

「怎麼啦？」芙莉普大聲叫著。

他聳聳肩膀。那只紅黃相間的大球在他手掌心蹦著。芙莉普走過來了。她走過草地的架式就像棒球名人尤吉．貝拉[16]，低著頭，甩動著胳臂。所有的人都看著她。馬戲團的這一小塊空地上人聲沸騰。

「你到底怎麼了？」她走到他旁邊問。

她的人在他的眼鏡裡閃動。康拉好像在她背後搖晃。

「唔？」她說，「你知道嗎，你這樣站著看起來很蠢耶。」

他笑得很難看。「開飯鈴，」他說，「吃飯的時間到了。」

「是叫畸形人的，」她說，「我們要再等半個小時。也許更久，因為威克斯還得先把飯桌收拾一下。」

「我要去吃飯。」他說。

「你不是跟他們一起的。」

「我是。」他眨巴著眼睛。「他們是我的朋友。」他說。

她哈哈大笑。「你喜歡他們勝過我嗎？」

「哦，不是，」他說，「可是……」要他做這樣的選擇很不公平。

「你有工作要做，」她說，「我們就快到薩拉姆了，你知道它對亨特先生的意義有多大。而且——」她輕輕的靠近他。「我以為你喜歡跟我一起吃。」

他聞到她頭髮上的肥皂香，看著她有著曬斑的皮膚。跟她如此的靠近令他有暈眩的感覺。

「他們不是正常人，」她說，他震了一下。「你不屬於他們一夥的。」

他是屬於他們一夥的，他心想著。是他們把他帶進馬戲團來的。山繆對他幾乎就像一位父親，提娜就像一位母親。如果他們的長相不那麼奇怪……

「請你留下來，」芙莉普說。她在他耳邊輕聲細語。「你不在我身邊我很不習慣。」

他的喉嚨裡好像有什麼東西卡住了；他非得用力的把它吞下去。她的手臂貼著他。忽然一隻大象吼叫起來，全場的人都在大笑，芙莉普抽身走開了。

在本壘板上，康拉把球棒舉得高高的。牠用球棒搔著牠的背脊，然後往下一掃拍著自己的腳

⑯ Lawrence Peter "yogi" Berra，美國職棒聯盟總教練，1972年入選棒球名人堂。

趾。一會兒左，一會兒右，牠搖晃著牠的大頭，東張西望的模樣就像一個等著揮棒的打擊手。

「來吧，」芙莉普說，「來開球吧。」

「我不能，」他說，「對不起，我不能。」

他轉身就跑。他姿勢笨拙的跑著，穿著那雙大靴子跑上斜坡，跑過管場務的工人，太陽光在他的墨鏡上閃爍。他不看他們的臉，他不聽他們說話的聲音。他不停的跑，一直跑到餐篷為止。

威克斯裝了滿滿一碗濃稠的雜燴給他。哈洛點點頭，走過哇囉和愛莎，在山繆的身旁坐了下來。

「嘿，小寶貝，」提娜說，「我們正想著你大概不會來了。」

吉卜賽瑪格妲抬頭看著他笑了。哈洛不在乎她滿嘴沒有一顆牙；他覺得那是最可愛的笑容。

「我為你感到驕傲，」她說，「不容易啊。」

「什麼不容易？」提娜說。哈洛不回答；他知道吉卜賽瑪格妲的意思，他們心照不宣。

「開心抱抱，」山繆的小眼睛在發光。「來，大家一起來。用力抱抱這個小傢伙吧。」

大夥摟著他，在長椅子上搖著他。他閉起眼睛不必看，也知道摟他最緊的是誰。他感覺到吉卜賽瑪格妲的手鐲、提娜的小手和山繆的毛毛胳臂。長椅子喀嚓一聲，其他的人也加進來了；他感覺到愛莎的鬍子貼著他的脖子，還有哇囉可怕的雙手擠壓著他的肋骨。每個人都抱得他好緊好緊，緊到他都沒辦法回應他們了。鬼仔哈洛就這樣垮著兩隻手，歪歪斜斜的僵坐在座位上，好像一隻雪白的小玩偶，一隻小小的泰迪熊。

他隨便他們把他一會兒推到左，一會兒拉到右；他的眼淚都快要掉下來了。他們讓他感覺到溫暖和安全，然而他內心深處那一種奇怪的感覺又湧了上來。他覺得自己總想著芙莉普，總希望是她在擁抱他的想法是不對的。她沒看見他在這裡的快樂也是不對的。

終於大家回到各自的座位開始吃飯了。山繆的大手再一次用力的捏了捏他的肩膀；現在只有提娜在他左邊，她兩隻小手臂環繞著他的脖子。

「你讓我太開心了，」她說，「我這輩子從來沒這麼開心過。」她用足了力氣勾著他。「你真是個大好人，哈洛。」

他一點也不覺得自己好。他食不知味的吃著，吃得飛快，他是第一個吃完飯的人。但卻是最後一個離開餐篷的人。他害怕走在太陽光底下，只好慢吞吞的跟在愛莎後面，哇囉那張奇怪的臉孔搭在愛莎的肩頭看著他。

哈洛走得不能再慢了。他的手指劃過一張張的飯桌，他的腳在地上慢慢的拖。

「我知道你的感覺，」哇囉說，「走到外面就像走進獅子欄裡，對吧？」

哈洛嘆了一口氣。他想，芙莉普和其他那些人看見他跟著畸形人一起出來已經夠差了。現在居然還看見他跟哇囉——這個怪人中的怪人——在說話。他們很可能認為他跟哇囉是好朋友呢。

他心裡又再次懷疑，吃人王會不會吃掉這些畸形人。他暗暗希望他會。吃人王一定會保護他；就像過去跟大衛走在一起那樣。

「抬頭，」哇囉說，「除了自己嚇自己，世界上沒什麼可怕的。」說完這句話他就讓愛莎這麼抱著，穿過帳篷的門走了出去。

哈洛感覺到肩膀上一陣熱；陽光使他像眼盲似的什麼都看不見。他蹣跚地跟在愛莎後面，他的手掌忽然冒汗了。但是沒有一個人在笑，沒有一個人在嘲弄。四周好安靜，很可能外面根本沒有人吧。他抬頭望，看見了一些人影，大概只有三四個黑影子，聽見亨特先生的聲音在叫他的名字。

他不知道該往哪個方向看；他停下來，用眼睛仔細的「探索」。

「那幾隻厚皮動物開竅了。牠們抓住這個遊戲的精神了，」亨特先生說，「可惜啊——真是可惜——你剛才沒在場親眼看到。」

「怎麼了？」哈洛問。他終於發現了亨特先生乾癟的身形，趕緊讓自己的視線定位。

「牠們剛才表演了一手，我敢說那就叫雙殺。」

「哇塞！」哈洛說。

「沒有誰想到吃飯這回事，」亨特先生說，「孩子，你只要走快一點，說不定還能看到精采的畫面重播呢。」

哈洛瞇起眼睛開始小跑步。他碰上了反方向迎上來的人，三三兩兩的一面笑著一面讓路。他們說：「你錯過了，哈洛。你應該留下來的。」他跑過他們身邊，大夥還順勢拍了拍他的背。

他跑到大象那裡的時候只剩芙莉普一個人在。她抱著金絲雀，手膀環著牠的長鼻子。「啊，你來了，」她笑呵呵的說，「哈洛，我真希望你剛才在場。」

「牠們真的演出了雙殺？」他問。

「誰告訴你的？」她說。

「亨特先生。」

她哈哈大笑。「不想也知。當然，那可能只是一個意外。不過我覺得牠們確實有在努力練習，哈洛。牠們好像真的知道自己應該做到什麼。」

「到底怎麼回事？」他站在她身旁，撫摸著大象長長的鼻子。長鼻子在他們兩個人中間扭來扭去，鼻尖攀上了他的肩膀。

「麥斯打擊出去，」她說，「完全是牠主動揮棒的。球就像火箭似的飛出去，金絲雀一把接住。」

哈洛抬頭望著大象的眼睛。「真的？」他問，「你真的接住了。」

「牠好像也被自己嚇到了，」芙莉普說，「我相信牠並不是存心去接的。後來……」她吱吱咯咯的笑著。「牠踉蹌的往後退，整個撞到康拉的身上。牠拚命繞著壘包跑；當時你根本阻止不了牠。然後牠們就在第二壘打擊出去。咚的一聲塵土飛揚。」她抬高手臂，比劃出壯觀的樣子。「啊，真是太棒了。太棒了。」

哈洛微笑著。他感覺自己彷彿就在現場；他心裡看到的場面要比眼睛看見的更清楚。「我敢說牠是真的想要接住那一球，」他說，「絕對是的。」

他撫摸著金絲雀的鼻子，撫摸著長鼻子上的每個皺紋和凸起。他的手碰到了芙莉普的手，她忽然靠過來在他臉頰上親了一下。他必須抓緊大象的鼻子才不至於昏倒，他似乎聽見了康拉高八度的吼聲。接著康拉擠到他們中間硬生生地把他擠走了。

芙莉普哈哈大笑。她豎起手指在康拉的大腦袋底下搖著。「哎，不可以啊，康拉佛地南梅爾。你這個醋罈子。」

他們一直練到太陽下山，才陪著大象們走回褐色的帆布象棚。帳篷的門大到驚人，大象們輕鬆的穿過大門，走進鋪滿乾草的大圍場。三朵大玫瑰像三艘灰色飛船砰的倒在乾草堆上。

「我陪你走回帳篷。」芙莉普說。

哈洛皺起眉頭。「我沒有什麼帳篷。」

「那你睡哪？」芙莉普問。

他朝著車門點點頭。「拖車上。就在這輛流線型上面。」

「跟那些畸形人一起？」

「我不介意。」哈洛說。他想著他們特別為他隔出來的小房間，他也不知道為什麼不肯把這件事告訴芙莉普。

她說：「你不必跟那些畸形人睡在一起。」

「我喜歡他們。」他說。

「噢，我也喜歡他們，」她接得很快。「他們很有趣。那個提娜，她就像一隻特大號的甲蟲。你不會是真的喜歡睡在那兒吧？」

哈洛聳聳肩。他真的從沒想過要睡在其他的地方。

「天哪，我連進那輛拖車都不敢。」她不自覺的抖著，抱住自己的身子。「萬一你被傳染到什麼？萬一你也像山繆那樣全身長毛怎麼辦？」

他從來沒想過這個。他看著自己的手，搓著自己的手，他的手就像瓷器一樣，又白又滑。他忽然疑惑了：他的手指一直是這麼揪著的嗎？他把手指伸直，肌肉放鬆，可是手指又馬上揪了起來。難道它們就要變成爪子了嗎？

「你可以睡在羅馬人的帳篷裡，」她說，「現在剛好空著。」

「羅馬人是誰？」他問。

「哦，只是個裝配工人。」她揮揮手，就好像裝配工人根本不值一提似的。「他跟帆布篷老闆去修理大帳篷了。今天晚上不會回來。」

她帶他走過去，在那整排卡車外面，小樹叢的邊緣，有一個橘色的帳篷。帳篷裡除了一張吊床，其他什麼也沒有，她把他帶到之後就離開了。

哈洛側身躺著，從帳篷口盯著黑暗中那一點點黃色的光，那是流線型拖車的窗子。他很驚訝，窗裡的燈光居然還亮著，山繆和迷你琴公主這麼晚還沒睡。他想起自己答應了要去看他們的。他只是想不起是哪時候說的，他們準備要跟他聊吃人王的事。

他換成了平躺的姿勢。帳篷頂很低，他伸手就能觸及。嘆了口氣他翻身下床，爬到帳篷外面迎向那盞燈光。

他到達的時候，拖車上似乎沒有人，只點著一盞引路的燈。他的床已經鋪好了；桌上放著一塊留給他吃的巧克力脆餅。忽然提娜從她後面的小房間裡叫喚他：「是你嗎，哈洛？」

「是的。」他說。

「都沒事吧？」

「是的。」他同樣又說了一次。

「我們留了一塊餅乾給你。」

「我看到了。」他說。

「我愛你，哈洛。」頓了好一會兒。「哈洛？」

他沒有回答。忽然間他哭了起來。

29

早晨天氣晴朗。哈洛走出車外走入灰白色的第一道天光，拖車仍舊震動著山繆的鼾聲。他發現大象早醒了，長長的鼻子翻弄著乾草堆，他帶牠們穿過野地，來到那一塊被牠們的大腳蹂躪過的地方，繼續練球。

芙莉普忙完一些雜事也來加入他們。她先在帳篷角落徘徊，兩手插在口袋裡，看著麥斯葛拉夫繞著本壘跑了一圈再回到牠原來的位置。她拍拍手笑著走到哈洛的身邊。

「你教得太棒了。」她說。

「我沒辦法叫牠們放下球棒，」哈洛說，「牠們不肯丟開球棒，也不肯拋球，我不知道該怎麼教。」

「你要想辦法。還有一個多禮拜。」

「是嗎？」哈洛說，「不夠啊。」

「時間只有這麼多，因為接下來我們就到薩拉姆了。如果在那邊還賺不到錢，那就完了，哈洛。馬戲團就完了。」

哈洛呻吟起來。「我怕我做不到。」

「啊呀，你做得到的。」芙莉普說。她舔濕了手指幫哈洛擦掉臉上的塵土。

兩個人站得很近，幾乎胸貼著胸。哈洛閉起眼睛，讓她的手指搓著他的臉頰。他覺得自己兩腿發軟，就要昏倒了。

「你真的做不到嗎？」她嬌聲嬌氣的說。「這對亨特先生太重要了。」

他從來沒親吻過女孩子，他想這次也許就是他的第一次。他的手已經做好準備；他的兩隻手張開又收攏。他想他就要把手圍繞在她的腰上了。他跟芙莉普站得那麼近，近到他的臉頰都可以感覺到她的呼吸。

不料康拉輕輕擠到了她身旁。這下哈洛真的有點生氣了。芙莉普卻放聲大笑起來。

「牠在吃醋，」她說，「好耶，只要有牠在場，我就不必擔心別的女孩啦。」

他們練習打擊，讓每朵玫瑰輪著打。康拉始終是哈洛的最愛；他對牠抱著的希望也最大。但麥斯葛拉夫確實是個天生好手。「我看牠最適合打擊。」哈洛說。

「現在就看誰是最佳投手了。」

「怎麼看？」芙莉普問。

哈洛看過這幾隻大象丟石頭和泥土，不過牠們總是會把石頭泥土都拋到背上，這在投球是不行的。「我想先得由我來做個示範牠」他說。

他試著把自己的手臂當成大象的鼻子，他把球夾在手指中間。「看好了，」他對牠們說，「注意。」他的手臂彎轉到背後，舉過肩膀。他自認為他就像一頭大象，實際上看起來卻更像是一個瘋狂的交響樂團指揮，又像一個橡皮人，他的手膀就像一條捲曲的粗麵條。他把球投給了康拉，牠啪的把球吃進了嘴巴。

芙莉普咯咯的笑起來。「大概還需要一些技巧。」

「牠們學得會的，」他說，「我知道牠們一定會。」

她站在二十呎外，把哈洛的球接住。她把球拋回來，他再投出，雖然投球的動作使他的手膀很受傷。他還是繼續投——投了三十次，五十次——一直到康拉舉起象鼻子自動自發的做出同樣奇怪的動作。

就在這時開飯的鈴聲又響了，這金屬的撞擊聲，彷彿來自這頭大象，彷彿是這頭大象把神奇的鈴鐺敲響了。

哈洛再投，動作放得更慢，大象的鼻子跟著做出相同的動作，看著就像一條巨大的手膀。

「牠知道自己要做什麼了，」哈洛說，「我肯定牠知道了。」

「讓牠自己來試試。」芙莉普說。

哈洛舉起手把棒球遞過去。康拉的長鼻子伸向他，圓圓的鼻孔一收一張的抓住了棒球。

「要像這樣，」哈洛擺動手臂。大象的鼻子跟著動作。「好，投球！」他張開手指，可是那球仍舊留在康拉的鼻子上。

芙莉普唉聲著。「差一點點就行了。」

「牠會的，」哈洛說，「只是牠還不清楚我到底要牠做什麼。」

「咦？」芙莉普忽然說。她沒在聽哈洛說話；她也沒在看他。她定定地注視著帳篷那邊，說：「天啊！」

「怎麼了？」

「看誰來了。」

哈洛轉過身斜睇著眼朝空地另一邊望。他勉強看見有個人在草地上走，一定是提娜；因為沒有其他人會有這麼小的個子。

「希望她別過來，」芙莉普說，「希望她別來妨礙我們。」

哈洛看著這位迷你小公主撥開一叢高高的野草，用她特有的姿勢一搖一擺的走了過來。康拉拿棒球輕拍著他的肩膀，哈洛沒有理會。

「她完全不明白你有正事要做。」芙莉普站在他旁邊。「她覺得什麼事都沒有吃早飯來得重要。」

康拉拍他肩膀的力道加重了。哈洛摸著自己的下巴，很驚訝的發覺下巴上長出了一些原來沒有的短毛。

「你要是現在停手，康拉可能永遠都不肯學了。」她碰碰他的手膀。「再說，我喜歡你跟我一起吃飯。你不在我好想你。」

「真的？」哈洛說。就在這同時康拉幾乎用推的在他背上狠拍了一記。他被推得一跌，趕緊站穩。提娜停下來不再走近。

「你沒聽見開飯的鈴聲嗎？」她大聲喊著。「該吃早飯了，哈洛。」

他看看芙莉普，再看看康拉；一根手指揪著頭髮。

「告訴她，」芙莉普說，「你晚一點才去吃；告訴她。」

提娜向他揮手。「快來啊。」她說。

「我不行，」哈洛說，他的聲音實在太小了。他清清喉嚨再喊一次，「我很忙走不開。」

話一出口他就後悔了。這句話使他想起了餐館裡，趴在桌上畫畫的那個小女孩。那似乎是很久以前的事情了，但他記得她說話的口氣，他記得他們逃離那個餐館的樣子。

提娜兩手圈著嘴巴。「好吧，哈洛。我待會兒再找你。」

她抬起小小的胳臂揮了一下，轉身走開了。只一會兒工夫，她在哈洛眼裡就只剩下一個模糊的小黑點，一個慢慢走回帳篷區的模糊黑點。她看起來就像個孩子，就像哈洛自己，像過去的他。像他過去那樣，無數次黯然的離開人群。

「她不應該到這裡來的，」芙莉普說，「你要去跟她說。」

哈洛點點頭。

「她會讓大象受驚嚇。牠們不懂，她實在太小了。」

「好。」哈洛說。

他們一直練到鈴聲第二次響起。又再過一會兒，芙莉普才去吃早餐，哈洛卻逗留得更久一些，他怕萬一碰見剛從飯廳走出來的那些畸形人。他像個奸細似的偷偷溜過空地，用心探聽吉卜賽瑪格妲手鐲發出的叮噹聲。他很晚才進飯廳，連第二批用餐時間都快結束了。

威克斯把鍋子裡最後一杓炒蛋和馬鈴薯片統統刮給了他。「你應該早點過來。」他說。

哈洛點點頭。「我知道，」他說，「這裡不是餐館。」

他端著餐盤走到最近的一張長椅子上，邊上坐著芙莉普和亨特先生。他們兩個已經吃完了。她正起勁地說著那幾隻大象，說到康拉怎麼練習投球，亨特先生傾著身子，笑咪咪的聽著。

哈洛放下餐盤。他一坐下，亨特先生立刻跳起來。這個動作著實令哈洛嚇了一跳，好像他這一坐把亨特先生從座位上彈了起來似的，又好像是兩個人在玩翹翹板。亨特先生拿起叉子，敲著他的水杯。

「各位朋友，」他用馬戲班班主特有的抖音開口說，「各位女士各位先生，」餐廳裡嗡嗡的說話聲停止了。「也許還有一些人不認識他，我今天特別向各位介紹這位新來的成員。是他讓玫瑰們跑來跑去，是他讓那幾隻厚皮動物懂得表演一套節目，是他讓我們的財務有了轉機；他是……」他誇張的伸開手臂，哈洛感覺到芙莉普兩手搭在他的臂膀上，推他站起來。「哈洛．克萊恩。」

哈洛站了起來，臉紅得像棵甜菜。他盯著餐桌，看著自己的白手上還握著叉子。有人在拍手，有人吹口哨，接著帳篷裡一陣騷動，長椅子上的人統統轉過身來向著他。

「哈洛是自由市的人，」亨特先生說，「我們亨特阿綠旅行大馬戲團兩個星期前才在那兒演出過。現在他就在我的手下工作，他要做的是一項空前的表演，以前從來沒人做過的。現在就由他親自來為大家說明這一項空前精采的節目。」

帳篷裡鴉雀無聲。哈洛低頭對著自己的餐盤猛眨眼。

「講兩句話呀。」芙莉普說。

「我——我——我，呃……」他結巴得厲害。「我，呃，我在教牠們打棒球。」

這件事其實大家早已經知道了，可是他真的想不出其他的話來說。他看見自己的手變成了深紅色，他知道他全身一定都已經變成這個怪顏色了。他飛快的坐下來，快得就像彈跳玩偶的盒蓋，啪一下就關上了。

帳篷裡掀起超大的笑聲，還夾帶著歡呼和掌聲。亨特先生笑得嘴巴合不攏。「好話不必多講。」他說著一手搭上哈洛的肩膀。

鬼仔哈洛忽然覺得自己又高又大。他整個人暖得就像響尾蛇河岸上的石頭。他幾乎不敢相信他能有這麼快樂的時候，他甩甩頭，他的白髮蓬了起來。這一刻他坐在餐篷裡最好的位子上，這裡最漂亮的女孩挽著他的手肘。一路辛苦的走來，這一個自由市最悲傷的男孩。現在那些苦似乎都已走遠，再也不會回來了。

30

事實證明康拉是一個最差勁的投手。牠的確照著哈洛的方式在投球，那架式看起來很有氣勢，就像一位超大號的魔術師，更像一個跳舞的高手。只是怎麼看都不像一個投手。

「牠為什麼不能好好的投球呢？」芙莉普問。「唉，哈洛，我看是沒救了，絕對行不通的。」

「一定要成功，」他說，「打棒球絕不能沒有投手。」

「那金絲雀如何？」

他也想過可就是不肯承認。他一心一意選定了康拉，他要這隻超級雄偉的大象站在場子中央。

「讓金絲雀試一下吧。」芙莉普說。

哈洛把棒球從康拉的鼻子上拿走。他看見大象的眼睛垂到了皺紋裡，長長的鼻子哀傷的垮下來。哈洛很能了解；他知道被派去守外野的那種感覺。「對不起，」他說，「天哪，你別哭。」

大象的眼裡滿是淚水。眼淚從一層皺褶淌到另一層，像兩道佈滿灰塵的小溪在牠的臉頰上奔流。

「妳看牠那麼難過。」哈洛說。大象的眼淚幾乎令他心碎。

「牠難過是因為你在難過，」芙莉普說，「牠知道你的感覺，牠是因為這樣才哭的。」

說起來簡單做起來真的不容易。哈洛把球交給金絲雀，康拉哭得更兇。牠低沉的哭聲把哈洛的頭都哭昏了。

「你先在邊上看著。」哈洛對牠說。「說不定看了就會了。」康拉一扭頭，生氣的走開了。牠一步一拖，腦袋和尾巴垂得低低的。牠直接走到草地邊緣，連根拔起好大一叢野草。牠捲起野草，既不吃也不往背上甩，而是氣憤的把它朝四處亂扔。

「扔得好。你會扔野草，」哈洛大叫。他對大象的神力驚奇不已。「為什麼就不會扔棒球呢？」

「算啦，」芙莉普說，「別管牠了。」

哈洛向金絲雀示範投球的動作。他動手臂，金絲雀動鼻子，哈洛喊，「投出！」球咻的飛過了空地。

沒有誰比哈洛更驚訝了。他看著一團紅黃兩色的東西劃成一道弧形落下來，落得好遠，遠到他根本看不見。也許飛進了某個帳篷，也許飛上了某個帳篷頂，甚至也許飛過了看台。

芙莉普衝出去撿球。她把球扔回來，可惜球跳進了爛泥裡，離哈洛還有一段距離，她只好跑過去再扔一次，哈洛才接住。

他把球再塞進大象的鼻子。那種感覺好像在裝砲彈似的。金絲雀鼻子一捲；牠不等哈洛的訊號。牠的鼻子彎到了頭頂上，啪的一聲，球朝著另外一個方向發射出去。

芙莉普氣喘吁吁的衝過去撿球。「起碼牠有正確的概念了。」她說。

一整個小時他們都讓金絲雀投球。那球一會兒飛到東一會兒飛到西；有時候飛到五十碼遠，有時候只有十呎。有一次甚至投到康拉的背上，那隻巨象——還在生氣當中——立刻發出驚人的尖叫聲，衝出了空地。等到哈洛好不容易把牠拉回球場的時候，這頭大象幾乎就要衝回象棚了。

「這樣不行。」芙莉普說，來回的奔跑累得她滿臉通紅。

哈洛咧著嘴笑。「亨特先生會怎麼說呢？」

「噢。」她瞪大了眼睛。「千萬別讓他知道。」

他坐在玫瑰們的陰影底下，看著牠們不斷拿塵土往自己背上噴灑。「我得想別的辦法。」

「要想就要快，」她說，「時間真的不多了。」她在他身邊坐下，立刻又站了起來；兩腳不停的刷著泥土。「我討厭等待。像這樣坐著，快把人逼瘋了。」

哈洛看著她。他好羨慕陽光把她的皮膚曬成了褐色，一頭金黃色的頭髮那麼耀眼。他不在乎等待；像這樣等一輩子他也願意。

「聽著，」她說，「我要去訓練那些馬了。吃晚飯的時候見，好嗎？」

「好。」他說。

「今天晚上或許我會去你的帳篷。如果你教會了玫瑰牠們投球，我就到你帳篷，我們一起看星星；數星星。好不好？」

哈洛的頭點得飛快。他發覺自己已經說不出話來了。

「加油啊，待會兒見囉？」

他目送她走，她的頭髮燦爛得就像太陽。他沒有告訴她，星星在他眼裡只是一團模糊，一團模糊的東西他是沒有辦法數的。他沒有告訴她，昨晚他並沒有在那個帳篷裡睡，不過今晚他會。他甚至準備把他的衣物打包，整個搬過去。

他咧著嘴傻笑，整個人暈陶陶的，想要好好的繼續投球，卻怎麼也辦不到。最後他坐了下來，一手托著下巴。他的手指搓著下巴上那一根短毛，想著即將到來的夜晚。

在他心中，天已經黑了，他看見星光底下芙莉普坐在他的身邊。她把頭枕在他的肩膀上，看著天上的星星。他已經覺得她依偎著他；他聞得到她身上的香皂味和太陽曬過的膚香。他們倆手牽著手，他要對她傾吐自己的愛意。他的嘴唇不由自主的嚅動著，默默的說出了他心裡的話。我好想妳。

他的拇指在下巴上畫著圈圈。忽然間他停止了動作。他發現在第一根短鬚旁邊又多出了一根，他很清楚原來是沒有的。他全身一陣冷顫，芙莉普果然說對了。萬一你也像山繆那樣全身長毛怎麼辦？他沿著下顎摸到喉嚨，還好沒有別的短毛了。他鬆了一口氣，心想如果預先制止，不讓它們長出來，或許以後就不會再長了。

他立刻站起來，奔向流線型拖車。在鑽石載卡多的黑影裡，他撞見了吉卜賽瑪格妲。她坐在摺疊躺椅上，半邊身子曬著太陽。她眼睛閉著。「嗨，哈洛。」她說。

「嗨。」他說。

「你活在夢中了嗎？」她問。

「什麼夢？」哈洛說。

「那表示你還沒有。」她把頭轉向他，依舊沒有睜開眼。「你會活在夢中的，到那時候你就會懂得我之前對你說的話了。」

她的眼睛忽然睜開，陽光照著的那一隻眼睛。那眼裡的黑和深令他感到很不舒服。她說：

「你再不趕快，就要碰見他們了。」

他明白她的意思。這句話只有他最懂，他二話不說的向前奔跑。他跑上拖車，正如瑪格姮說的，車上沒人。他清出了小床後面架子上的衣物，把所有的東西都塞進原來的白色枕頭套裡。他把毛毯摺好，整齊的疊在沙發一頭。他摘下隔間的布簾，也一併疊在毛毯上。

哈洛提著枕頭袋穿過空地，走到樹林邊緣的橘色帳篷。他沒做停留；只扔下包袱就趕回去訓練大象。他們練投了一個小時，仍舊沒有什麼效果。這幾隻大象，他想著，大概永遠也學不會投球了。

「也許你們真的沒辦法做投手，」他說，「也許你們真的做不到。」

康拉對著他低聲嘟囔。

「沒關係，」哈洛說，「也許從一開始就不該做這個嘗試。」他用力拍了拍康拉的象腿，震得象腿上的塵土紛紛掉落。他無奈的嘆了口氣，去為牠們提水，他一桶接一桶的提著，每一桶水才剛一落地立刻淨空。大象們把鼻子伸進水桶，像吸管似的把整桶水吸乾，然後高高的捲起鼻子，把水注入口中。等到喝夠了，牠們再把水往背脊上噴灑，陣陣的水花在陽光下閃耀著。

「我必須想個辦法，」他對著大象們說，「我一定要教會你們投球。」

結果他想到的卻是芙莉普。不管他心思轉到哪裡，似乎都會想到她。如果到了開飯時間他仍舊教不會這幾隻大象投球，她還會來帳篷找他嗎？他們倆還會手牽手的數天上的星星嗎？

開飯鈴聲驚醒了他。啊，威克斯鐵定記錯了，提前了一個小時敲鐘。也就在這時候哈洛發覺太陽早就偏西了，他懷著絕望的心情站起來，在草叢中踢前踢後的找到了棒球，再大聲叫喚康拉。「再試一次，」他說，「真正的好好的再試一次，好嗎？」

可是不管用什麼方法，他就是沒辦法教會康拉。這隻大象只會把球到處亂扔，哈洛急得快哭出來了。「沒辦法，」他說，「真的沒辦法。」

他站在那裡整整十分鐘，瞪著康拉。他聽見身後有馬蹄聲慢慢吞吞的朝著他走過來。馬蹄聲很沉穩，踩在草地上的時候比較輕，踩在泥地上的時候比較重。哈洛慢慢的轉過頭，他以為看到的會是老印地安，結果卻是芙莉普，騎在薛曼將軍的背上。

馬兒看到大象騰起身子想要閃避，芙莉普把馬兒穩住了，離開大象二十呎左右。「怎麼樣，有進展嗎？」她問。

哈洛很想撒謊，很想說：「很棒。」他說不出口；他只能搖搖頭。

她高高在上，隨著馬兒的翻騰一上一下的顛著。她的臉一片模糊；他看不出她是在微笑還是生氣。

「應該還好吧，」她說，「應該有些進步了吧？」

「真的很難。」他說。

「那是當然。」馬兒在往後蹭。「因為牠們從以前到現在只會跳那些愚蠢的舞步。你教的是牠們連想都沒想到過的東西。我覺得你已經做得很棒了，哈洛。你真的很棒。」

他凝視著她。他的手，不由自主的，摸著自己的下巴。

「不要放棄，好嗎？連念頭都不要有。」

「不會放棄的。」他搖著頭說。

「現在快去吃飯吧。你已經在太陽底下曬一整天了。」

「好。」他真的開始在泥地上亂走一通。

芙莉普大笑。「哈呀，你怎麼不上來啊？」

她幫忙他騎上馬背。她抓著他的手，他跟在馬兒邊上笨拙的兜著圈子跑。她一把拽起他，他終於坐穩在她的背後。

「抓好。」她說。

他兩隻手輕按在她兩側的腰骨上。「緊一點。」她說，他放大膽按得用力一些。她拉起他的手腕環住她的腰，他感覺到了她的肋骨和柔軟的小腹。他全身抖了一下，她哈哈大笑。薛曼將軍輕鬆的跑起來，哈洛抱得更緊，遠遠超過之前抱住老印地安的程度。馬背上顛得很厲害，他卻覺得自己好像騎在雲端，跟著美麗的天使遨遊天堂。

他們先把馬兒牽進馬廄，再走去餐篷。兩人肩並肩的轉過拐角遇上了排隊的人。哈洛抽了一口氣；他們來太早了。畸形人在帳篷的陰暗處移動，慢慢走近門口。他想躲開，退到帆布牆後面，亨特先生卻已經看到了他。

「啊，你來了，」亨特先生說，「說到誰，誰就怎麼來著？我們正想著那些厚皮動物的進展呢。」

「呃？」哈洛說。

「就是那幾朵大玫瑰啊。怎麼樣，有進展嗎？」

「有，先生。有一點。」他狂亂的想找個地方躲起來。吉卜賽瑪格姐的鈴鐺在帳篷裡清脆的響著。

「到薩拉姆沒問題了？」

「希望是。」哈洛在芙莉普後面東張西望。他真希望亨特先生現在不要跟他說話，至少等吉卜賽瑪格姐走過之後。他最怕的就是她，她只要黑眼珠一瞟，那眼神就足夠令他無地自容了。

「牠們學會投球了嗎？」亨特先生問。

哈洛聳聳肩膀。他儘量讓自己縮在芙莉普背後，但所有的人都看著他，他全身冒汗。大家挑著眉好奇的盯著他，他的手不由自主的擋著下巴，他以為他們看的是他下巴上的鬚鬚。他忽然蹲了下來。

芙莉普回頭看。「你在幹嘛呀？」她說。愛莎抱著哇囉走出帳篷，哇囉那兩隻怪異的小腳扣著她的衣裳，他的頭靠在她的鬍子上。

「哈囉，哇囉，」亨特先生說，「嗨，愛莎，這件衣裳好漂亮。」

「啊，謝謝。」愛莎用她那副怪異的男聲說。裹著一堆絲巾，一身是黑的吉卜賽瑪格姐跟在她後面過來了，她目不斜視的緊盯著愛莎的背。山繆和提娜一起走出了帳篷，哈洛拚命低下頭，忙著綁他的鞋帶。

提娜說：「啊，他在這裡！嘿，哈洛。嗨，小乖。」

他只抬起眼，從圓圓的墨鏡裡望著她。

「你把東西全拿走了，」她說，「全部耶。」

他尷尬的點了點頭，什麼話也說不出來。

「我們好想念你。」她面帶微笑，山繆一臉怒容。「忽然空出那麼大塊地方我們都不知道該怎麼辦了，」她說，「是吧，山繆？」

他的小眼睛半閉著。「也許我們就像以前那樣坐那兒吧。」

「嗨呀，你這個傻大個。」她哈哈的笑著。「你還是會回來看看我們的吧，哈洛？等你有空的時候。」

他的頭點得太快，所有的東西糊成了一團，彷彿全都隔著一層磨砂玻璃似的。他必須偏過頭才能看見她。只是她已經走了。

31

從晚餐後到天黑，哈洛一直在訓練大象。芙莉普陪在他身邊，兩人合作先教金絲雀，再教康拉。一隻大象投得太猛，另一隻根本不肯投。當天空出現星星的時候，大玫瑰們就回帳篷歇息去了，牠們窩在厚厚的乾草堆裡，舒坦的側躺著。

芙莉普很失望。「也許明天牠們的表現會好一些。」

「希望吧。」哈洛說。他只想趕快離開這裡，跟芙莉普一起走回他的小帳篷。

「但願你能夠把牠們教會。」

「但願還有另外一隻大象。」哈洛說。為了表示這只是一句玩笑話，他笑了一聲。芙莉普卻不出聲。

「本來是有的。」她說。

她背對著他，撥弄著馬具。他完全看不見她的表情。

「牠是我的最愛，」她說，「牠的個子甚至比康拉還要大，簡直跟我們人一樣聰明。」

「牠怎麼了？」哈洛問。

「出意外死了。」

她輕輕的說，沒有轉身。哈洛必須湊近了才聽得見。

「我爸爸開車。我媽媽坐他旁邊。他們從懸崖栽下來，三個都死了。」

「天哪！」哈洛說。

「我坐在第二台卡車上。我和——一名裝配工人。我眼睜睜看著意外發生。就在我前面。」

「多久的事？」

「噢，好久了。一年吧，大概。一年多一點。」

哈洛聽見她在吸鼻子。鞍具在黑暗中喀啦喀啦的響著。

「我好愛他們，」她說，「我的媽媽和爸爸。我絕對不會像你這樣逃家。我會想我媽想到瘋。」

大象們睡著了，發出咯咯的聲音。牠們挪動象腿和長鼻子的時候，乾草堆發出劈啪的響聲。

「你不想念媽媽？」

「有一點。」應該說在想到她的時候會非常的想念。沒想到的時候也就不想了。老實說，他對那隻老狗的想念還更多些。他心中有一個部分始終都在想念著蜜糖，很小很小的一部分，但始終都能感覺到它的存在——就像牙痛——拋不掉甩不開。

「明白嗎？」芙莉普說，「如果我逃家我一定會想媽媽。走不到一哩路我就會跑回去了。」

她的悲傷感染了他，彷彿悲傷是一種細菌，會像感冒一樣擴散開來。

「但願我能像你，」她說，「我真希望我能夠逃家，你知道嗎？我真希望自己是那樣的一個人。」

這句話使他更加的愛她。哈洛這輩子都在希望自己能夠像其他的人。從來沒有誰會願意像他。

康拉在打鼾。起初是模糊的隆隆聲，慢慢增強成了咆哮。就好像一輛柴油大卡車疾駛過帳篷似的。芙莉普咯咯的笑起來。「我們出去吧。」

哈洛瞇起眼找尋帳篷的出口。他伸手在黑暗中摸索，除了看見自己那兩隻慘白的手，其他什麼也看不見。芙莉普過來牽引他走出去。她什麼話也不說；就像在帶領一個瞎子。他感覺帆布刷過他的肩膀，然後有風吹拂著他的臉。他摘下眼鏡，他的皮膚起了一陣寒顫。

芙莉普引導著他，她的手臂勾著他的。他看見模糊的銀河，帳篷和拖車窗裡透出來的燈光。他緊握著他的眼鏡，生怕搞丟了。

「媽媽最愛現在這樣，」她說，「大家在滿天星光下紮營。她討厭旅行。她最怕在黑夜裡開車。」

「我爸爸告訴我每顆星星都有靈魂，」話一出口連哈洛自己都嚇了一跳。他以為他早已忘了父親說過的每句話。「只要是一個人死了，天上就會多出一顆星星。他這麼說的。」

芙莉普突然靠近他。「真好。」她說。

奇怪的是在這之前他早忘記了星星的事。甚至在他父親過世的時候，他也忘了找尋一顆新升起的星星。如果這顆星真的是突然冒出來，沒跟其他的星星混在一起，那他早就該看見了。

他抬頭望，有好多黑色的洞遮蔽了銀河。一時間他以為星星要滅絕了，過一會兒他才發現，原來芙莉普帶他進入了樹林子，茂密的樹葉把天空都遮住了。再過一會兒他已經站在橘色的帳篷門口，芙莉普放開了他的手臂。

「唔，」她說，「我現在心情有點鬱卒。因為想到我媽媽還有其他的一些事情。如果留下來，我只會巴在你的肩膀上痛哭流涕，我想我還是走的好。」

他哪裡會在乎她巴在他肩膀上痛哭流涕呢。「不進來坐一下？」他說。

「不了，哈洛。對不起。」她慢慢離開，消失在暗影裡。「明天，好嗎？明天晚上我們就在帳篷外面坐上一整夜。一定；我保證。」

她走了，留下他一個人，他從來沒有感覺如此的孤單過。他恨自己為什麼要問起另外一隻象，為什麼要引起她的傷心，教她難過得不想留下來。

哈洛坐在帳篷的門邊，幻想著她也坐在這裡。星星高高在上，多到數也數不清，他的手按著地，就當是按著她的手吧。但是天上的星星使他覺得自己渺小又害怕；他無法想像要死掉多少人才會有那麼多的星星。他不知道哪一顆才是他父親的，或許，也有一顆是大衛的。他想起了母親；他想像著她在門口的台階上，不管是今晚、昨晚或是前晚，每天晚上她都在那兒發狂似的數著，只為了確定其中沒有一顆是他的。

一隻貓頭鷹在樹林裡叫著。遠處一個帳篷裡傳來幾聲清脆的笑聲，有一扇拖車的門吱嘎的關上了。哈洛鬼仔孤孤單單的坐著。活到這麼大，這是第一次，他完完全全的孤單一個人。

32

早上哈洛一掀開大帳篷，大象們就從裡面衝了出來。牠們呼嘯而過的時候，幾乎把他撞倒。他把眼鏡戴上，把襯衫釦子一路扣到領口，剛好遮住他的下巴，他跟著牠們穿過草地來到了被蹂躪得體無完膚的練球場。牠們已經在等著了，球棒平整的躺在本壘板上，就好像其中哪隻大象幫他擺好了似的。

「球呢？」他說。牠們站成一排，慢慢的拍著耳朵，嘴裡發出嗚嗚的聲音。

「沒有球我們怎麼打，」哈洛說，「快，是誰拿了？」

康拉搖晃著大腦袋，哈洛看見那顆紅黃兩色的大球安穩的窩在牠的鼻尖。他忍不住哈哈大笑。「你怕我要逼你投球，」他說，「對不對，康拉？」

大象發出咕嚕咕嚕的抱怨聲。

「好。我們先來練習接球吧。你是不是想這樣？」真蠢，他想著，大象哪裡聽得懂他在說什麼。他伸長了手。「把球扔給我，我們來練一圈吧。」

康拉的頭往後仰。

「把球扔給我就好了。」哈洛搭著手指。「快，康拉。」

象鼻子貼著草地揮動。球揮出來了，連彈帶滾的滾向哈洛。

「哇，大有進步。」他只要彎下腰就能撿到球了。「你真的有用心喔。你大概在睡夢裡也在練投吧。」

他揮棒打擊出去，大象們立刻趕著去追球。追到了球，牠們又補上一腳，再追。忽然康拉用鼻子把球捲起來，以牠一貫懶洋洋的姿態再把它拋回來——應該說甩回來。哈洛大為誇獎，另外兩隻大象因此也自動自發的偷學了這一招。

等到芙莉普來的時候，三朵大玫瑰就在甩球，把哈洛打擊出來的球一一的甩回去。她在一旁看著，象群垂著鼻子，拍著大耳朵，轟隆轟隆的在空地上來回奔跑。就在這樣的混亂當中一顆球飛了出來，筆直的彈向哈洛。

芙莉普尖叫。「我不敢相信，」她說，「你真的做到了！」

「還不完全。」他撿起球再揮出。玫瑰們繼續奔跑。

「什麼意思？」她說，「牠們能打能接能跑壘。現在又——」

「可是牠們並不會打棒球，」哈洛支著球棒說，「牠們必須把這些融合在一起。尤其投球方面牠們還需要多練習。」

球滾到他面前。他撿起來卻只是握著。

「怎麼了？」芙莉普問。

西邊的小山頂上揚起了一蓬沙塵。飛揚的沙塵下了山坡朝著他們移過來。一輛卡車出現了，車子後面拖著的塵土就像一條彗星的尾巴。卡車過了河，接近馬戲團的時候慢了下來。

「那是誰？」哈洛問。

「我不知道。」芙莉普說。

他跟著卡車的方向轉動身子。麥斯葛拉夫在草地邊緣對他大聲叫喚。卡車轉個彎消失在帳篷區。「妳看會不會是他？」

「誰？」芙莉普說。

「吃人王。」

「我看不是。」她說。

「很可能就是吃人王。」哈洛垂下手膀。球落到地上，就在剎那間——離他好幾碼外——三隻大象從斜側衝了過來。

哈洛等著那輛卡車從帳篷區後面出現。他的手在抖，他悄悄的把手縮進口袋裡。他現在不能確定自己到底想不想跟吃人王見面。

「哈洛！」芙莉普大聲喊。「我們沒時間管什麼卡車了啦。」

「是不是他？」他問。

「不是！」她說，那是非常生氣的聲音。很快的她又長嘆了一聲走到他身邊。「這樣吧。我過去看看，你就留在這兒。」

哈洛露出笑容。「好。」

「還有，」她說，「你用不著趕著去吃早餐；沒必要走這麼長一段路。我會幫你帶過來。只要告訴我你想吃什麼，我叫威克斯特別為你做。」

「他不會願意的。」哈洛說。

「只要我開口，他會願意的，」芙莉普說，「他好像滿喜歡我的。」她碰碰他的胳膊。「好嗎？我幫你把早餐帶過來。」

他又開始頭暈了，她的臉在他面前輕輕的晃。「妳用不著這麼麻煩，」他說，「我可以——」

「啊呀，我喜歡嘛。」她站得更近了。「我們可以來一次小小的野餐。」

「好。」他點點頭，他的下巴躲在襯衫裡。

她離開後他回頭繼續跟大象們練球。只是連第一聲早餐鈴都還沒響，牠們已經不想玩了。三隻大象像蛞蝓似的慢吞吞拖過空地，偶爾停下來啃啃青草。等到鈴聲第二次響起，康拉已經躺在地上，大口的喘著氣。

「你累壞了。」哈洛說。

他扔下球和球棒，慢慢的走向餐篷。他希望芙莉普看見他的時候會大感意外，果然，她臉上的表情正是如此。他從餐台上端起餐盤的時候，她目不轉睛的盯著他，她的眼睛睜得好大，就像他餐盤上那兩顆轉來轉去的熟雞蛋。

「你來做什麼？」她說。

他咧著嘴。「沒想到吧？」

「你不該過來的。」她說。

「我等不及了。」他坐在她旁邊，開心地發現她為他預留了一個位子，雖然這個位子對他來說似乎太大了點。亨特先生點了點頭，哈洛也向他點頭回禮。

「玫瑰牠們呢？」芙莉普說。她湊過來隔著他朝門口張望，彷彿她以為他把那三朵大玫瑰也帶來了。

哈洛哈哈大笑。「我讓牠們先休息一會兒。」她的頭靠他很近，他看見她的髮絲垂散在臉頰上。他忍不住用手碰了一下。

她猛地抽開。「不要碰我！」

哈洛猛眨眼睛。甚至連亨特先生也抬起頭來看。

「還有，別坐得這麼近，」芙莉普說。她順手把她自己的餐盤推開。「也別跟我說話。」

他不知所措的坐在位子上，戳著盤子裡的蛋，他想哭。「對不起，」他說。盤子裡的蛋彈過來又滾過去。「不管我做了什麼，很對不起。」說著他抬起頭，她在微笑。

哈洛也回她一個笑臉，可是她似乎根本沒看見。她看的不是他，她在看著門口，哈洛也慢慢的轉過頭。

陽光透過帳篷的門照射進來。門口有一個人影，一個年輕人——一個大男孩——有著寬闊的肩膀和結實的手臂。他在揮手。感覺上很像是在對哈洛揮手。

哈洛也向他揮揮手。他才發現那男孩揮手的對象並不是他；而是芙莉普。

「那是誰？」哈洛問。

芙莉普不回答。

他再問一次，怕她聽不見，這次聲音大了些。這時候亨特先生在位子上轉過身。他說：

「啊，羅馬人來了。太好了。我們明天可以上路了。」

大男孩拿了餐盤取了飯菜，再端著餐盤走向這張桌位。他站在哈洛背後。

「讓開，白鬼。」他邊說邊擠到哈洛和芙莉普的中間。

她突然又笑了，笑得非常開心。哈洛感覺自己的心在往下沉。他不停的吃，雖然他一點也吃不下。他覺得整個人被掏空了。他不斷的拿各種東西——鹽罐子、胡椒罐子，只要是能想到的東西，只要是能讓他傾身向前瞄見芙莉普的東西，他統統都拿。

羅馬人強壯黝黑。他就是哈洛夢中的自己——經常出現的那個美夢——在他醒來之前，在他看到自己慘白的手臂和手指之前。

羅馬人不管說什麼芙莉普都在笑。她親近他的樣子，就像今天早上她親近哈洛那樣。

不久餐桌上擺滿了各式各樣的東西，再沒有什麼可以拿了。等到芙莉普和大男孩站起來一起走向門口時，哈洛的早餐連一半都沒吃完。哈洛跟在他們後面，難受的看著他們親密的走著，親密到幾乎黏在一起了。他跟隨他們走出帳篷，就在這時候芙莉普回轉身。

「啊，哈洛，」她說，好像看見他跟在後面覺得很意外。「你快回去訓練大象吧，我待會兒過去。等我有空就過去。」

哈洛回來的時候康拉仍躺在地上，一副悲哀又困惑的表情。這頭大象已經把附近周圍能拔到的草全吃了，牠賴在地上——或許是太累了——連挪一下身子都懶得。見哈洛靠近，牠那顆大腦袋只稍微抬一抬，又倒了下去，嘴裡發出一些小得不能再小的嗚嗚聲。

哈洛坐在康拉的脖子上，貼靠著這頭大象。「她一會兒就來了，」他告訴自己說，「她會來跟我道歉的。」長長的象鼻子扭動著，哈洛抓著它。「我相信她馬上就要到了。」他說。

超大隻的黑蒼蠅在大象的厚皮上嗡嗚著。哈洛窩在康拉的陰影裡，努力想著發生的一切，事情怎麼會變得這麼亂。

大象發出愛睏的呼嚕聲，像極了蜜糖的聲音。哈洛輕撫著象鼻，想起以前他總是希望自己能變成一個小小人，躲在那隻大狗一身厚厚的毛皮裡。他的手順著象鼻遊上了大象的下巴，下巴上有一叢稀稀疏疏的硬毛。他立刻把手抽開，他不喜歡這種感覺，這讓他想起了自己那幾根短鬚。他的手指伸進襯衫領口，他用指背觸摸著自己的皮膚。不知道是不是因為這樣芙莉普才會表現得那麼奇怪——因為，她知道他快要變成化石了。

「她一定把我的事都告訴那個人了。」他對康拉說。

接近正午，遮蔭的空間愈縮愈小。太陽照到他的腳，爬上他的膝蓋，曬到他的褲管。他的胸口像火在燒，這股火一路往上竄燒。哈洛仍然留在原地，看著金絲雀和麥斯葛拉夫在沙土堆裡沖涼。

陽光爬過大象的背脊，他又再度進入了陰影，他明白芙莉普不會來了。他心裡的感覺一如過去每個星期六的早上，在自由市的車站看著火車呼嘯而去。現在，就像當時那樣，他輕輕嘆口氣站了起來。

「起來，」他說，「快起來，懶傢伙。」

他就像在叫喚蜜糖。大象動動身子抬起頭，肚子一頂把自己頂了起來。兩隻大耳朵啪搭啪搭的拍著，就像晾在曬衣繩上的被單。

哈洛拿起球棒。他把球棒交給麥斯葛拉夫，再把另外兩頭大象帶到斜坡地。「你們現在是外野手，」他對牠們說，「你們去追球，再丟回給我。懂嗎？」

他把球投給麥斯葛拉夫，麥斯揮棒把球打給康拉，康拉再把球投回給哈洛。即使心情再不好，哈洛也不由自主的咧開嘴笑了。他再投出，球咻的從他頭上飛出，飛得很高，呈現一個弧度飛過好幾個帳篷，飛過了空地。

「天哪！」哈洛說。

他趕緊去追球，跑下斜坡，繞過帳篷，穿過整排卡車，一直到看見了流線型拖車的銀色車形。

還沒看見人，他就聽見了聲音，先是提娜的：「嗨，看誰來了。」

哈洛放慢腳步，四處張望，希望趕在到達拖車之前找到那顆球。他也聽見山繆嘟囔的聲音了。「是啊。不就是我們以前認識的那個孩子嗎？」

他們坐在帆布椅上。提娜戴著一頂滿是假花的怪帽子，坐在她專屬的娃娃椅上。吉卜賽瑪格姐裹著一條灰色的毯子，山繆——兩腿交叉著——手裡握著一杯檸檬汁。

「沒錯，我想就是他，」他說，「看起來很面熟不是嗎？」

哈洛停住了。他感受到一股冷冷的寒意。他說：「我找球。」

「就在拖車底下，」山繆說，「你這次沒把車子打凹。」

哈洛想笑卻笑不出來。他站在那裡，有一種好近又好遠的感覺，很不好受。

「你聽不見嗎？」山繆說。

「山繆，別這樣。」提娜說。

「為什麼？反正他又不是什麼朋友。」

「拜託，」她說，可是山繆不理她。「在拖車底下，」他再說一次，「你不會是要我幫你撿吧？」

「不是。」哈洛說。他好想哭。

山繆率先站起來。他杯子一斜，檸檬汁潑在地上，然後一轉過身就走進了拖車，提娜跟著他走進去，只看了哈洛一眼。

吉卜賽瑪格妲的手指緊緊的抓著她的椅子。手指上的肉萎縮到只剩骨頭了，那些指環聳在手指上，留下一道道的戒痕。「你像流浪的小貓，」她說，「總是讓別人疼你照顧你。」她站了起來，身上的毯子滑開了，裡面是一重又一重的黑色絲巾。「流浪的小貓，很可愛，很難忘。」她的手鐲熱鬧的響著。她腳踝上的鈴鐺一聲聲帶著她走向拖車門。

「等一下。」哈洛說。

吉卜賽瑪格妲攏了攏肩膀上的絲巾。「可是這隻流浪貓，」她邊走邊說，「這隻流浪貓，晚上獨自一個人，對著暗影在哭嚎。」

車門在她背後關上了，太陽光在門板上閃爍。哈洛絞著雙手，彷彿在這世界上他一個朋友都沒有了。

他原地不動的站了一會兒，氣惱的瞪著拖車。過一會兒，他爬到車廂底下撿了球。這球滾得未免也太遠了，好像有人故意把它踢到車子底下似的。他必須整個人貼在地上才出得來。走回空地的路上，他經過那個橘色帳篷。

他的枕頭袋躺在地上，袋口開著，裡面的衣物撒了一地。好像是有人故意扔出來的，而且是很生氣的扔出來。哈洛慢慢的撿起衣物，揹起枕頭袋，走向待在斜坡上的象群。

三隻大象站在一塊兒，用近乎人類的眼神望著他。康拉的長鼻子掃起地上的沙土噴灑在自己的背上。牠臉上一副哀傷欲絕的表情。

大象搖搖擺擺的走向他。牠伸出長鼻吮著哈洛的手臂、肩膀。那鼻尖就跟人的手一樣，大象發出一種哈洛從來沒聽過的聲音。他揉著象鼻，貼著它。抬起頭，他看見康拉在哭；像指甲板那麼大的淚珠滴落到那張風塵僕僕的大臉上。

「你怎麼會知道的呢？」哈洛問，「你怎麼會知道我的感受呢？」

33

芙莉普沒有來看他。晚餐鈴響了又響，哈洛沒有離開球場。起初是因為害羞，之後是因為害怕。他繼續練了好幾個小時的球，練得並不認真，有時候甚至只是坐著不動，一直到太陽下山，他確定她不會來了。

他牽著康拉走向鋪滿乾草的大帳篷，另外兩朵大玫瑰首尾相連的跟在後面。牠們拖著沉重的腳步，彷彿都感染了哈洛的悲傷，大耳朵和長鼻子垂著。他看著牠們彎前腿屈後腿的在草堆上安頓好，麥斯葛拉夫翻身的時候整個帳篷都在震動。哈洛輪流拍拍牠們的頭，然後一個人晃了出來。

夜晚很暖很靜。峰峰相連的山頂上，星光佈滿了山谷，小小的上弦月為馬戲團的帳篷小城揮灑出一片銀光。

哈洛提著他的枕頭袋，穿過帳篷，經過流線型拖車，走向河堤。河水緩慢飽滿，像一條繁星融化出來的彩帶，夾在泥濘的草叢間向南流。他一個人坐在那裡，無處可去。他在黑暗中睡去，醒來卻在火堆旁。

小小的一堆煙火，老印地安蹲在那裡，圍著一條紅白兩色的毛毯。他在烤肉，肉條串在刀尖上，刀刃亮晃晃的。

「餓嗎？」雷打醒問他。

哈洛坐了起來。他的背僵硬；衣服也被露水沾濕了。

「你從哪來的？」哈洛問。

「這裡。」老印地安隔著毛毯拍拍地上。「我就在你睡的這個位置出生的。」

哈洛揉揉眼睛。他真不敢相信這不是在做夢。但他確實聞到了肉香和燒野草的味道；他甚至模糊的看見那匹栗子色的老馬在河堤邊啃食青草。

「那時候這裡有一百戶人家，」老印地安說，「一百間小屋子，雪好乾淨，高到馬肚子。」他轉動刀子。油脂滋滋嚓嚓的滴進火堆裡。「士兵們從那邊過來。就在你後面那邊。躲著清晨的太陽，像鬼魂似的過來，在雪地上騎著看不見馬腿的馬。他們的軍號吹得很好聽。可怕，但是很美。士兵們衝過來，他們騎的馬噴著白色的霧氣，在高過馬肚子的雪地裡奔馳——好像滑動在雪地上跟的蛇。白粉似的雪地升起一片濛濛的霧，士兵們就這樣把我們逼到了河邊。」

老印地安把刀子抽離火堆。他碰了碰刀子上的肉，用手指捏一下。

「他們把小屋全燒了，」他說，「火焰好高好細。一百間小屋子都在燃燒，煙氣瀰漫雪地，連太陽也變了顏色，變成了一小圈棕色的陰影。」他把刀子再伸向火堆，不停的轉動。「我的族人蜷縮在地上，到處都是，就像蟲子一樣。他們就這樣凍僵在地上，腿和胳臂僵硬的杵著。全部就我們五個人活著離開。」

「當時你多大？」哈洛問。

「三個星期。我第一件記得的事，就是那天早上的吹號聲。」老印地安往火堆裡扔了些野草，一陣悶燒的煙氣過後，很快冒出黃色的火焰。「我母親把我藏在雪地裡。她在河邊挖了很深很深的地道。等到士兵走了，等到煙硝味沒了，她才出來。其他人也出來了。我們開始走路；我們的馬匹全跑了。大家帶著我日復一日的走著，到最後只剩下三個人，我們來到了瘋馬村。」

老印地安在火上烤著肉。黃色的火焰在刀刃上閃亮。哈洛看著栗子色的馬，想像著幾個人在高到馬肚子的積雪中日夜趕路的樣子。他想到了吉卜賽瑪格姐，想到她也曾經在後面有追兵的雪地中逃命。

哈洛盯著刀刃上的火光。他不明白雷打醒怎麼會經歷過這麼多的事。

「他們討厭我們，因為我們喜歡活在星空下，不喜歡住在屋頂下，」老印地安說，「即使到了今天，人家看你帶著家當四處漂泊還是覺得很怪。這種感覺你一定懂，朋友，你也漂泊了好長一段路了。」

「唔，一點點，」哈洛說，「不過在我離家之前他們就覺得我很怪了。」

老印地安微微一笑。他從刀子上扯下一條肉，再把刀子伸到火堆上繼續烤。

哈洛接過肉條。肉很燙，外焦裡嫩。「哇，好棒。」他說。

「地鼠。」老印地安把刀子推向他。哈洛看著刀上那塊晃蕩的肉，搖搖頭。

「被車撞了。我在路上看到。從車輪的痕跡。我想應該是一輛阿凡提跑車。」

老印地安望著火，從火焰中望著哈洛。他身子向前傾，然後站起來走向那匹老馬。他在馬背的包裹裡摸索。

哈洛斜睇著眼偷看；對於雷打醒攜帶的東西他真的很好奇。他聽見吭啷吭啷的聲音。

「這個給你，」雷打醒說。他往包袱裡掏了一會，再把皮蓋子蓋好。他回到火堆邊上，手裡多了一個交叉的銀十字。「你要小心用它。每次用它的時候都要非常、非常的小心。」

哈洛認真的點點頭。他伸手接住這樣東西。這個護身符，他想著，一定會帶給他力量和勇氣。

老印地安用他的大手包住了哈洛的手。「你正在越過每個男孩都要超越的分水嶺，分水嶺的另一邊就是真正的男子漢了。那邊是一塊又長又陡，而且永遠回不去的坡地。這個東西會帶你平安越過。」

煙氣在他們四周繚繞。老印地安的手移開了，哈洛看著手掌。他終於看見雷打醒留在他手裡的東西，他大感失望。「是剃刀啊。」他說。

「這不只是剃刀。這是一把安全剃刀，」老印地安說，「明天早上就是你的第一次，用它來刮臉。從這次起你就開始跨越了。」

哈洛注視著它，哈哈大笑起來。他不會變成什麼化石；他只是長鬍子。他笑哈哈的鬆了一口大氣，但是他立刻發現自己做錯了，他不該笑的。老印地安看起來很受傷。

雷打醒裹著毛毯，在黑暗中嘟起嘴。「我不知道你為什麼笑，」他說，「這是一把很好的剃刀。花掉我兩塊錢買的。」

「我只是很開心，」哈洛說，「很開心。」

「這把剃刀可以用上一年。保證不生鏽。」

「我喜歡，」哈洛說，「謝謝你。」

老印地安似乎仍舊很難過。「變成一個男人最需要的就是這個；一把上好的剃刀。在別的方面，一個男人也不過就是穿了大號衣服的男孩而已。」

哈洛點點頭。他從各個角度研究這把剃刀；他想如果現在就把它放下似乎太沒禮貌了。

「將來有一天你也許會是醫生。」雷打醒伸展四肢，舒服的躺在地上。「你也許會賣皮鞋或是在法庭上辯論。你也許會蓋房子或是跟著馬戲團到處旅行。」他把毛毯圍住肩膀。「不管你做哪一行，你都需要一把上好的剃刀。」

哈洛靠近火堆。他再添了一把草，看著火焰沿著草梗往上升。「我希望像你一樣。」他說。

「你聽了也許會嚇一跳。其實在私底下，我們已經是一樣的了。」老印地安把毛毯攏緊。

「晚安，」他說，「等你醒的時候，我已經走了。」

34

早晨，雷打醒已經走了。只有草地上的印痕顯示他曾經在這裡待過：被火燒出來的一個圓圈；被栗子色老馬踩出來的一條小路。哈洛走到河邊，在黃得跟響尾蛇河一樣的水裡梳洗。他拿河水潑脖子洗頭髮。他把剃刀沾了水，刮除下巴上的兩根短毛。戴起眼鏡抬頭看，三隻大象慢慢的走過來了。

牠們並排走著，康拉在中間，芙莉普高高的騎在牠背上。大象們拍著耳朵，扭著鼻子，搖搖擺擺的走著。康拉忽然發出一聲長嘯，聲音清脆得就像清晨吹響的號角。哈洛想起雷打醒，當時才三個星期大的雷打醒，看著那些騎馬的士兵，就在這同一塊土地上奔馳。

芙莉普一面叫喊一面用拳頭敲著大象的背。牠們步子加快了，踩過草地，穿過泥濘，水花四濺的踏進水裡。

「鼻子放下！」芙莉普喊著，康拉聽話的跪在河裡。她從牠背上溜下來。

「嗨，哈洛。」她說。

大象像孩子一樣開心的玩著水。牠們順著水流進進出出；用長鼻子不斷的朝自己噴水，更互相噴來噴去。康拉甚至還對著哈洛噴水，牠對這個玩笑似乎顯得非常得意。

哈洛卻連一絲笑意也沒有。他生氣的瞪著這幾隻大象。

「你不是在生我的氣吧？」芙莉普說。

他聳聳肩。「妳說會來結果沒來。」

「我有事情要做，」她說著忽然生氣起來。「有些人必須工作的，你知道嗎，必須工作才能維持一整個馬戲團的生存。」

哈洛轉身走開。他走上岸，走過大象在爛泥地上踩出來的大腳印。

「你要去哪？」芙莉普說。

「沒去哪。」

「你不會辭職不幹了吧？」芙莉普跟在他後面，他也不回頭看。「你不會是要回家吧，哈洛？」

他聽見她跑過爛泥地。她拽住他的袖子不讓他走。「對不起，」她說，「我不知道我們還有事要忙。可是帆布篷到了，我們非得趕緊處理好才行，因為今天就要出發了。」

哈洛抽開了手。他慢慢的走回到昨天過夜的那一小塊焦土。他的枕頭袋濕濕的，上面沾著露水印子，他把它放到太陽曬得到的地方。他解開包裹，把剃刀收進去。「他是妳的男朋友嗎？」他問。

「誰？」

「羅馬人。」他說。

「喔，他很想。他自以為是吧。」

「其實不是？」

「喔，過去也許，」她筆直的站在哈洛面前。「可是現在我已經不喜歡他了。」

她笑咪咪的看著他，伸手撫平了他的衣領。「他只是個裝配工人。他負責搭帳篷拆帳篷。不像你。」她拍順了他襯衫肩膀上的皺痕。「你會教大象打棒球。他看到牠們就會害怕，你信不信。」

她的手在他的胸口遊走的時候哈洛閉起了眼睛。

「聽我說，」她說，「我們只有一個小時——就一個小時——就要開拔了。要不要再跟玫瑰牠們練習一下？」

他搖晃著，那種奇怪的感覺又回來了。他真蠢，他想著，她是在忙工作，他生哪門子的氣呢。他睜開眼，站在斜斜的河堤上，他的視線對上了她的。

「拜託啦？」

如果這時候說話，他想，發出來的鐵定是吱吱的怪聲。所以他只點了點頭。

「哇，太感謝了，」她說，「你真是一個好人，哈洛，你真的是。」

哈洛拿起球和球棒，他們就在河堤邊一塊比較乾燥的地上練習。哈洛跟康拉一組，由他示範投球的動作。麥斯葛拉夫負責打擊，金絲雀守在外野，這隻大象不斷的在河堤上呼來喝去，龐大的身軀抖得像塊大果凍。

芙莉普當捕手。「麥斯失誤的次數比打擊來得多。」她說。

「還好啦，狄克西・華克[17]也這樣。」

「可是很煩耶。」

隔著球場他們說話必須用喊的。「妳就站在那兒，」哈洛說，「站著不動。妳照樣可以玩各種有趣的遊戲。」

「譬如咧？」

「轉牠的尾巴，」哈洛說，「就好像準備要發動車子那樣。」

他走過來做示範。他騰起身子抓著大象尾巴轉了起來，邊轉邊笑。「要是這個大鼓手發出車子逆火的屁聲那該怎麼辦？」他摀住鼻子，裝出一副聞到了異味的模樣。

「好啦，」芙莉普說，「知道了。」

他一會兒把沙土踢到大象腳上；一會兒拽著大象耳朵輕聲細語的說話。他的動作活像個小丑，康拉——怒吼了一聲——生氣的衝進了河裡。

「要是牠再打不到，」哈洛說，「妳就把打擊區畫得更大一些。」他用腳跟在地上畫了一個，接著再畫一個更大的。他又假裝拿一把小刷子掃一掃，掃完了一把抓起麥斯葛拉夫的長鼻子，拿它來當吸塵器。

芙莉普笑到眼淚都迸出來了。「太棒了，」她又笑又哭的說，「啊，哈洛，太棒了。這真是我看過史上最棒的表演。應該說我們，我指的是。我們馬戲團。」

「問題是投球，」哈洛說，「這是個大問題。如果學不會，那就沒轍了。」

他看著康拉踏著淺灘不斷用鼻子吸水噴水。「牠又在發癲了。」他說。

「或許可以由小丑來投球。」芙莉普說。

---

⑰ Fred E. "Dixie" Walker, 1910-1982，美國職棒大聯盟著名外野手。

「不行。那等於是一般人在打棒球。一定要靠大象自己來。」

「沒有時間了。」她說。

暴怒的康拉在小河裡發狂，把河水噴得老遠，連哈洛的眼鏡都被水花濺糊了。他把眼鏡擦乾，忽然他的手停在半空中。「有了！」他大叫，「一個水桶。我們需要一個水桶。」

「什麼？」芙莉普說，「牠要扔水桶？」

「不是。」他拉起她的手。「我來示範給妳看。」

哈洛拉著她走向棒球，他撿起球帶頭走在前面，芙莉普跟著他。兩人踩過爛泥走下河裡，他吹著口哨招呼康拉過來，然後抓起大象的鼻子浸到水底下。「喝水，」他說。

象鼻子抽動著已經吸足了水。哈洛拉起它來立刻用棒球把鼻孔塞住。「噴！」他大吼一聲。

康拉沒得選擇，牠的鼻管裡裝滿了水。只好用力的噴，噗的一聲，連棒球一起噴了出來。黃底紅條紋的球飛了出去，一個完美無比的直球。球落在對岸的草地上，哈洛咧開嘴。「好球。」

「對了，」芙莉普說，「對了；真有你的。」她兩手抓著哈洛轉了一個圓圈。她抓著他一圈又一圈的轉著，一直轉到河水和大象在他眼鏡裡都看不清楚了，一直轉到康拉用牠的長鼻子把他們分開。

「嘿！」芙莉普喝斥著，口氣卻是在笑。她推開康拉的鼻子。「你是誰啊，他的保鑣嗎？」

忽然她的笑聲停住了。有個人站在那裡。

35

羅馬人平斯基只有十五歲。他的個子卻比大多數同年齡的男孩大上兩倍，又高又壯，因為經常在掄鐵鎚幹粗活的關係。他用三根手指捏著球棒最粗的一頭。

「什麼事那麼好笑？」他問。球棒在他手上就像一根細細的鈴鐺墜子。

芙莉普的樣子很狼狽。身上又是水又是泥，站在那裡還在喘氣。她用手撩了撩頭髮。「嗨，羅馬人。」她說。

他就站在泥地的高處，俯看著哈洛。「你在這裡幹嘛？」他問，「啊？你在這裡幹嘛，白鬼？」

哈洛把頭垂得太低，眼鏡差一點從他鼻子上掉下來。這一刻，彷彿自由市的一切又追了過來，一直的追著他，就像一群野狗，不管他到哪裡都追著他不放。

「我在問你話。」羅馬人挑釁的瞥著他。「你在這裡幹什麼，白鬼？」

芙莉普哈哈大笑。「你以為他在這裡幹什麼呢，傻蛋？他拿著棒球和球棒，還有幾隻大象。你說他在幹什麼呢？」

「殺時間，」羅馬人說，「鬼混而已。看起來這個白蛆跟妳一起在鬼混。」

「他的名字不叫白蛆，也不叫白鬼。他叫哈洛。」她站在他們中間，面對羅馬人。「他在幹嘛干你什麼事？」

「我不喜歡畸形怪胎。」羅馬人說。

「哈洛不是畸形怪胎。」

「他看起來就是。」羅馬人拿球棒敲著靴子，砰砰的聲音像在打鼓。「嘿，白蛆。你怎麼會這麼白啊？」

哈洛繃緊了肩膀；兩條胳臂貼著肚子交叉著。他現在只有靜靜的等待，他知道，只要等待，羅馬人就會走開。

「你是生病還是怎麼的？」球棒繼續在羅馬人的靴子上敲著。「你看起來就像個活死人。」

哈洛從眼鏡片的頂端看著他，模模糊糊的什麼也看不清楚。他四周圍的地面開始震動，金絲雀像一大塊灰色的果凍慢慢『罩住』了羅馬人的肩膀。

「嘿，芙莉普，」羅馬人說，「妳不覺得白蛆像個活死人嗎？」

她靠近哈洛，河水已經升高到他們的腳踝。「只管去幹你的活吧。不要來煩我們，好嗎？」

「誰來趕我走啊？」羅馬人咧開嘴。「是你嗎，白蛆？」

哈洛覺得自己在萎縮，在抽緊，就像一隻被棒子戳住的蜘蛛。他的腿想跑，身體卻不聽使喚。他會住口的，他心想著，他會走開的。

「妳看看他。那副蠢到不行的小眼鏡。摘下來，白鬼。我要看看你的眼睛。我打賭一定是粉紅色的，是吧，啊？粉紅色的小眼睛像老鼠一樣。」

「是藍的，」芙莉普說，「好了，不要再煩他了。」她很生氣，連聲音都帶著抖音。「把球棒還給他，不許再煩他。」

「這根球棒？」羅馬人把球棒舉起來。他走近一步，從草地踩進爛泥。「這是你的球棒嗎，白鬼？」

哈洛的手指僵硬的握成了拳頭。指甲都陷進了手掌心。這是大衛的球棒，不是他的，他真怕羅馬人一時興起，把它折成兩半，或是把它丟進河裡。

「你想要回你的球棒？」羅馬人把球棒向前伸，他又向前走一步，現在已經站在河水邊緣了。河水漫過來，把他剛剛踩過的鞋印子淹滿了。「來啊；來拿啊。我還有正事要辦，才不要老是站在這兒看怪胎秀呢。」

哈洛伸出手。他知道會發生什麼，果然，羅馬人果然把球棒抽開了。

「來拿啊，白鬼。」

這個遊戲他過去玩過上千次——上萬次，甚至——他的課本，他冬天戴的帽子，他的手套，他的釣魚竿。每次他都是淚流滿面的在玩。這次他做了決定，現在自由市遠在五百哩路之外，這次他決定不再玩了。球棒就在他前面晃著。

「來拿，白蛆。」

他不動——一絲絲都不動。球棒離他胸口只有幾吋。

「你這個笨蛋白鬼。」

康拉的耳朵在哈洛背後拍啊拍的，在羅馬人和河面上投下一大片的陰影。大象的喉嚨裡發出低沉的吼聲，如果在距離很遠的地方聽到這種聲音，哈洛一定會嚇得頭髮直豎。

羅馬人往上看。他倒退了一步，然後——咧開嘴——又重新向前一步。「你不想要你的球棒了嗎，白鬼？」

羅馬人的手指勾著球棒，輕輕戳著哈洛的胸口。「拿啊。」他又戳了一次。

要推倒他並不太難，可是哈洛卻往後退。

「我可以把你拆成兩半，」羅馬人說，「我大可以一拳把你摺倒。」他用手指戳著哈洛的胸口，一次比一次重。

康拉的吼聲更深沉了。牠的鼻子拍打著河面。

「你最好別這樣。」哈洛說。

羅馬人冷笑。他模仿鬼仔哈洛軟軟的聲音說：「你最好別這樣。」他再戳他，這次更重。「來拿啊，白鬼。」

哈洛往後退。他的腳後跟絆到了河床，踉蹌的摔倒了，一屁股坐在水裡。他聽見康拉發出可怕的，像是拉警報的吼聲，由低而高最後變成尖嘯。他感覺象鼻在打水，他瞧見羅馬人充滿恐懼的眼睛瞪得好大。

康拉衝上前，衝過哈洛，河水在他的大腳四周激盪。大象的肚子像一大塊烏雲似的罩著他。芙莉普尖叫，羅馬人丟下球棒轉身就跑。他在河堤上滑了一跤，他又爬又抓的把自己撐到岸上。手上的爛泥厚得就像戴了一副拳擊手套。他站在草地上大吼，「你叫那東西離我遠點。你這個臭怪胎。」

康拉吼個不停。牠的鼻子捲得好高。羅馬人抖掉手上的爛泥。他不斷向後退，一直退到河堤上只露出他的腦袋瓜。「給我記住，白鬼，」他叫著，「我一定會打爛你這張臭白臉。」

哈洛不動。羅馬人的叫聲漸漸消失，他看見芙莉普涉著水走向他，水花濺在她腿上，她的身體被大象擋住了。她彎下腰在康拉的大肚子底下張望。「你還好嗎？」她問。

他點點頭，爬了出來，象鼻子垂下來幫他。他靠著康拉的肩膀站著，他只想待在牠旁邊，哪裡也不去。

「快帶牠回帳篷，」她說，「把鞍具準備好，我待會兒就過來。還有，不管你做什麼，都不要離開玫瑰牠們。」

「妳要去哪裡？」他問。

「我要去跟羅馬人談一談。」她把哈洛臉上一塊泥巴擦掉。「我要把事情徹底解決一下。」

哈洛看著她走過爛泥，爬上河堤。他向她揮手，她卻沒有回頭。他把手搭在康拉的鼻子上。「走吧。」他說。

他繼續待在大象的陰影裡。康拉在他身邊，另外兩朵玫瑰跟在後面，他感覺到從來沒有過的安全感。這輩子第一次，他毫無恐懼的走過這一片空曠的野地。他走進大象的帳篷，從釘子上取下鞍具，把它拉到陽光底下。

他把鞍具攤在草地上。可是不管怎麼拼湊，他對這一大堆鍊子和環扣完全沒有概念。早餐鈴響了，他繼續忙著，愁眉苦臉的看著那些打得亂七八糟的結，一個比一個大。芙莉普走到了他的背後，他還蹲在那裡傷腦筋。她已經換上乾淨的衣服，手裡端著一個餐盤。

「我給你帶早餐來了。」她說。

他接過炒蛋和烤焦的吐司麵包，坐在草地上吃起來。康拉罩著他，一會兒左一會兒右的晃著，大耳朵緩緩的拍著。

「我猜想羅馬人一定很氣我。」哈洛說。

「猜得好。」她把一條鍊子穿過一個皮環，搭的一聲就扣上了。「他要亨特先生拿槍射死康拉。」

「什麼？」哈洛說，「為什麼？」

「因為牠變得太壞了。」

哈洛瞇起眼睛。「康拉沒有變壞。」

「當然沒有。」她大笑。「變的是羅馬人。」

「所以不會有事，對嗎？」哈洛把一小塊吐司舉到頭頂。康拉用鼻子接住。「亨特先生不會開槍打死牠，對嗎？」

「不會，」她搖搖頭。「現在我要你一起來幫忙了。」

哈洛把餐盤舉高，讓康拉吃光剩下的吐司和炒蛋，站起來幫忙芙莉普把鞍具架在大象身上。一旦看懂了訣竅，他的動作就俐落了。康拉先跪著，方便他們把皮帶安在正確的位置上。芙莉普再叫牠站起來，把象肚子底下的皮環扣緊。「鼻子放下！」她說。

康拉再一次跪倒在她面前，那種帶點笨拙的優雅，真是讓哈洛覺得百看不厭。膝蓋彎著；特大號的腦袋搭在地上；長長的鼻子整個伸直在草地上。

芙莉普踩著鼻子翻過額頭，踏上大象的背脊。她面向哈洛坐下來。「好了。上來吧。」

「我？」哈洛問。

「當然，」她說，「總得要有人駕馭牠啊。」

他笑得合不攏嘴，學著芙莉普的方式攀上了大象的背脊。象背比他想像中高很多，他抓住鞍繩轉過身子。

「把腳套進皮帶底下，」芙莉普說，「你要用腳來操控，就像踩雪橇那樣。」

她貼在他背後，兩手搆到前面來教他怎麼操縱，然後她的手臂就緊緊的環抱著他。「跟牠說：『鼻子起來。』」

「鼻子起來。」哈洛說，他立刻覺得自己從地上騰空往上升了起來。有一種輕飄飄在飛的感覺，他哈哈大笑。

她教他怎麼讓大象開步走，怎麼轉彎，怎麼停止，怎麼後退。哈洛拽著鞍繩，繞著帳篷先兜一個圈子，再掉過頭反方向繞一圈，芙莉普抱得他好緊好緊，他覺得她全身每一個部分都緊貼著他的後背。她實在是不得不；因為他在康拉的背脊上搖來晃去，簡直就像一個喝醉酒的人。

「腿要夾緊，」芙莉普邊笑邊說，「放開鞍繩。」

「我會掉下來。」

「你不會，」她說，「把手按在你的屁股上。」

他坐直了，隨著大象一顛一晃的步伐前前後後的搖著。

漸漸的他習慣了，大地在他下方模糊的移動著。芙莉普依舊緊緊的抱著他，貼著他的背，下巴擱在他的肩膀上。

「你一個人可以操控牠了吧？」她問。

「一個人？天哪，我不知道，」他說，「我——」

「用不著那麼擔心！」她捏他一把。「很容易的。你要去哪就去哪，只管把工作交代給康拉。牠能幹得很，你只要騎著牠就行了。」

「好。」他說。

「現在放我下來吧。」

他叫大象跪下來，芙莉普輕鬆的滑到草地上。

「鼻子起來！」哈洛覺得自己又開始騰雲駕霧了。他從不可思議的高度俯看著她，感覺自己變得好高好大，彷彿大象的體型和力量現在都變成了他的。

懷著再沒有任何東西可以傷害他的好心情，他去幹活了。

36

帳篷的側牆拆除了，電線和標竿移走了，大帆布頂垮下來了。抽掉了中心支柱，大帳篷區就此解體。工作人員沿著帳篷的邊緣排成一排，把帆布收攏，摺成四方形和長條狀，一大捆一大捆的扣好，重量至少有九百公斤以上。

大象是馬戲團裡的萬能機器。一會兒扮拖拉機，一會兒當集木材機，一會兒又是發動機，這會兒康拉拖著帆布和成捆的支桿等候卡車。鎖鍊接了又拆，拆了再接，滑輪和滾索不斷拉來拉去。這頭大象套著鞍具——駝著哈洛——踹著大腳印把整個馬戲團一次一噸的搬上一台台福特和雪佛蘭的車廂，一直到每台卡車發出呻吟，幾乎要壓垮為止。

最後一個裝載的就是這頭大象。哈洛駕著牠走上鑽石大卡車後方的梯板，進入邊上開了鐵窗的隔間。他把康拉上好鎖鍊走出隔間，發現車隊已經開動了。

卡車一輛接一輛，東倒西歪的越過野地，冒著蒸汽邁向西方。流線型拖車閃著陽光駛過，吉普賽瑪格妲的車子緊跟在後面。將近一哩長的卡車、拖車和黑頭大車迎著沙塵在路上綿延著。

忽然那輛黃色的吉普車一彈一蹦的開了過來，一個急轉彎車輪胎帶起一堆的灰沙。它停在鑽石大卡車後面，亨特先生把著排檔，戴著一副很大的護目鏡。「哈洛，」他說，「跳上來。」

哈洛從低矮的小門爬出來，跳上吉普車的座位，令他意外的是車座很堅硬，他緊緊攀著擋風玻璃框，吉普車向前疾駛。車子飛奔過野地，爬上大路，竄過車隊。卡車一輛一輛的呼嘯而過。

路上的碎石子不斷撲打著擋泥板，塵土飛揚，煙霧瀰漫，哈洛抬頭張望那些卡車上的駕駛。他看見吉卜賽瑪格妲站著開車，但她並沒有往下看。吉普車駛過流線型拖車，山繆的卡車搖搖晃晃的在他身邊跑著。哈洛靠著擋風玻璃站起來；他的頭高出擋風玻璃，帶著沙土的風猛烈的颳著他的臉。大卡車的前輪帶起陣陣灰沙，好像在他身邊冒煙似的。他朝山繆揮手，風沙硬生生把他的手給打了回來。

山繆向下望。他的嘴唇在大鬍子後面蠕動，提娜忽然在車窗裡露臉了，她咧著嘴朝他揮手。山繆既不揮手也不笑，他的手穩穩待在駕駛盤上。過一會兒他就落在吉普車後面了，別的卡車帶著沙土一輛輛的駛過去，吉普車很快的趕過他們，一路領先的開在晴朗溫暖的天氣裡。

哈洛回了座。他擦掉眼鏡上的灰土，望著前頭開闊蜿蜒的道路。路似乎不斷地朝著他迎面而來，然後自動的鑽到車輪胎底下，柵欄的柱子一根接一根的從他身旁溜過；灰沙立刻把它淹沒。

亨特先生摘下護目鏡。鏡片被土塵蒙成了灰色。風在擋風玻璃四周呼呼的吹，他把護目鏡往後座一扔。「唔，」他說，「你跟羅馬人起了爭執。」

「是的，先生。」哈洛說。風聲和引擎聲太大，兩人說話必須用吼的。

「別讓他隨便嚇唬你，」亨特先生說，「他是個打手；那是他的工作。」

「我以為他是裝配工。」哈洛用喊的。

「沒錯。那只是一種不需要用腦子混飯吃的工作。」亨特先生微微一笑。「表演開始，他就在大場子裡四處打轉。趕跑那些想偷偷鑽進帳篷看馬戲的小孩。我付錢叫羅馬人趕走他們。又快又好。」他補上一句。

哈洛點點頭。他想這個工作羅馬人一定愛。

「有任何麻煩，只管告訴我。」亨特先生說。

「是的，先生。」

「亨特阿綠馬戲團裡絕不姑息壞事。」

哈洛看著飛逝而過的柵欄。柵欄後面是玉米田，時不時的會出現一戶農舍。有個男人緊貼著路邊站著，哈洛對他揮揮手，亨特先生看了哈哈大笑。哈洛紅了臉。原來那是個稻草人，他是在看到那人僵直的手臂上停著一堆小鳥的時候才弄清楚真相。

從下午到黃昏吉普車一直向西行駛。哈洛和亨特先生兩人始終盯著前方，幾乎沒有對看過一眼。說話更累，必須用喊的，喊完了喘著大氣，再繼續努力的趕下一段路程。但是哈洛有些不自在起來，他覺得應該輪到他來說兩句話了，他側過身子使勁地喊。

「我什麼時候可以跟阿綠先生見面？」他問。

亨特先生皺著眉頭。哈洛以為亨特先生沒聽見他說的話，再重複問一次，這次更加大聲。

「快了，快了，」亨特先生說，「不必著急。」他挨著換檔器。「你一定會見到他的。用不著擔心。」

不知道為什麼，這句話聽在哈洛耳朵裡反而覺得更擔心。車子繼續向前，他知道又該輪到他說話了。

想不到還是亨特先生先開口。「能找到你真是我的運氣，」他說，「這陣子很慘；你知道。我最好的一個小丑上個月離開了我，這種分離最讓人傷心。接著馴獸師也帶著他的獅子走了。甚至連老虎也一併帶走了。」

「天哪，怎麼會這樣？」哈洛說。

「每個轉角都會有麻煩事。亨特阿綠大馬戲團走下坡了。慢慢的往下滑，很明顯，很悲哀……」他的手比劃了一下，拚命想要再說出一個『很』字開頭的形容詞。「走下坡了。」最後實在想不出，只好草草結束。

「天哪！」哈洛也想不出該說什麼才好。

「現在這幾隻大象。啊，是我們的希望啊。你是我們的棒球大貴人啊，孩子。你是我們的救星，是美好未來的支柱。」他的頭在細細的脖子上點個不停。「哈洛，我對你有絕對的信心。」

他在位子上坐直了身體，風在他們兩個人中間迴旋。哈洛靠在座位上，看著沿途起起伏伏的電話線。他睡著了，一會兒又驚醒，就這樣睡了醒，醒了又睡。然後他發現陽光在擋風玻璃上晃動，亨特先生正在搖他的手臂。

「醒醒，」亨特先生說，「我們到了。」

「哪裡？」

「崔克溪。」

這是一個很迷你的小鎮。大街的寬度頂多只有自由市街道的一半，街上的商店倒是明亮又好看。人行道上種著大樹，每戶人家的窗子都點綴著亮眼的花朵盆栽。道路鋪得很平整，吉普車以一小時十一公里的速度在路上走著。

哈洛往回看。車隊浩浩蕩蕩的跟在他後面，卡車一輛挨著一輛。人們從店裡，從屋裡，從車子裡跑出來，擠在街邊看著馬戲團經過。大家揮手歡呼，亨特先生笑得很樂。

「你覺不覺得自己像個軍人啊？」他說，「好像來拯救什麼似的。就像在荷蘭，哈洛。」

「你去過？」哈洛問。

「我看新聞影片。」亨特先生邊說邊向群眾揮手。他大聲喊著：「晚上六點開始表演！揮手，哈洛。」

哈洛揮手。他起先很害怕，甚至希望吉普車開得快一些。但是沒有一個人在取笑他；他們好像根本就沒看見他。一個接一個，哈洛慢慢的從他們旁邊駛過，人們踮著腳，拚命想要把所有的卡車一次看個夠。這個景象讓他想到了車隊經過時，在風中搖曳的向日葵，和不斷點頭的麥穗。他站了起來，兩手把著擋風玻璃，他的頭杵在玻璃上方，他不覺得自己像個軍人。他覺得自己像個英雄。

人群繼續不斷的在歡呼。有個小男孩居然在樹屋裡從上往下看。很快的，小鎮已經落在後面了。亨特先生油門一踩，吉普車往前急衝，飛快地駛過了一些零散的小屋。向左轉，有一根上面掛著三個箭頭的竿子，再向左轉，來到一個連著大片空地的棒球場。就在那裡，停靠在場地最邊緣的，就是吃人王的家。

那是一輛流線型的拖車，比山繆那輛小一些，連接著一台好大的黑車。車身上每一吋都塗滿了鮮豔的釉彩，畫的全是叢林的景致，底部的青草已經被塵土染黃了，畫面也被路上的碎石子割裂了。椰子樹在兩邊搖曳，許多猴子在藤蔓間盪來盪去的玩耍。彩色鮮麗的鸚鵡在林間輕快的飛舞。草叢裡堆著一大堆咧著嘴的骷髏頭。

「他就在這裡。」哈洛屏住呼吸。「吃人王。」

「他一直在這兒等我們，」亨特先生說。他把細瘦的一條腿『搬』下了吉普車。「現在得趕快了，孩子。我們有一整個馬戲團要搭建，分秒必爭啊。」

37

孩子們像蜜蜂，從四面八方擁過來。亨特先生拿著油漆桶和刷子走在空地上，一群曬得黑黑的，穿著破爛的小男孩前前後後的跟著他。他彎腰，他們也跟著彎腰，一個個張著嘴看著他拿白漆在草地上刷。等到那些光著上半身，扛著大鐵鎚的工人出現的時候，孩子們就撇下他改去圍繞那些人了。搭篷的工人繞著亨特先生刷的記號圍成一個大圈子。男孩們跟著那些工人一塊兒吆喝，配合著大鐵鎚的起落，把撐住大帳篷的樁子牢牢固定好。

白衣服上沾了泥垢的女孩們看著馬匹從卡車裡走出來，看著芙莉普法老帶領著牠們走下斜斜的鋪板，兩匹一排的走著，白色的鬃毛閃閃發亮，女孩們羨慕的希望能夠變成她。

但是當他們一聽見康拉誇張的吼聲，崔克溪的孩子們，無論男女，全部都被吸引過去了。

哈洛高高的騎在大象的背上，拖著一堆鐵桿慢慢走過空地，看見了四面八方趕過來的孩子們。他聽見他們的聲音；也看見他們爭先恐後的在跑，這時一群男孩衝了上來，他不自覺的害怕起來。

康拉總是會知道他的感受。鬆垮的兩隻大耳朵忽然僵直的撐開。象鼻子往上捲，發出一聲駭人的怒吼。拉扯鐵桿的鎖鍊抽緊，發出康啷康啷的聲音。

哈洛眼看著這群孩子包圍著他。大象走動的時候，二三十個人前前後後跟著一起動。康拉的大耳朵寬得像兩扇大門。牠的大頭又點又擺，長鼻子不停來回的甩著。唯一能拖住牠的就是那些鐵桿；牠很慢很慢的朝著一個紅頭髮的男孩跑過去，就像當時衝撞羅馬人那樣。

哈洛發現自己一點都不害怕了。現在他就是大象的一部分，他是『長』在這頭大象背上的一個小白點，是這頭將近六公尺高大東西的腦子。他兩手搭在屁股上，隨著大象的節奏搖擺，神氣活現的從這群孩子中間晃過去。

他們居然叫他「先生」。「牠叫什麼名字啊，先生？」他們喊著。「牠要吃多少東西啊？」「先生，牠有多重啊？」

哈洛一概不回答。他霸道的穿過孩子群，駕馭著康拉走向這片模糊的人群，走向另外兩隻模糊不清的大象身影。麥斯葛拉夫站在那裡，牠在跟康拉打招呼；兩隻大象一來一往的喊著。

哈洛的聽力比視力好得多。他立刻就聽出了羅馬人的聲音。

「嘿，白鬼！把桿子帶去那邊。」

他用腳輕輕推了推大象。成堆的桿子唏哩嘩啦的跟在他後面滑動。他筆直朝著羅馬人平斯基挺進。

「好，白蛆蟲。很好。」

他繼續向前，直到居高臨下的杵在羅馬人頭上，他仍舊繼續向前走。

「停，你這個怪胎！」

哈洛看著羅馬人驚慌的跳開，看著他在大象面前的糗樣，心裡暗暗好笑。羅馬人跑了至少十二碼遠才全身發抖的停住，其他人哈哈大笑的解開綁鐵桿的鎖鍊，讓哈洛離開。

現在，不管是誰擋在他面前，他都筆直的走過去，絕不轉彎，看到人們驚慌失措的跳開，他甚至有十分得意的感覺。他搬完了側竿、標竿，然後是成捆的帆布。他眼看著大帳篷的頂蓋撐起來了；中心的大支柱抓著四周的纜繩，高高豎起；帆布篷在團隊眾人的努力下，像彩色海波浪似的伸展開來；一根根的側竿看起來就像林子裡的枯樹；三隻大象拉扯著繩索，帆布不斷的往上升，漸漸的鼓脹成形。

帳篷比他想像中來得小，而且被太陽曬得褪了色，很破舊。新換的帆布區塊特別顯眼，其餘部分跟它一比更顯得寒酸，帆布面上東一塊西一塊的全是補釘。但依然令他驚嘆不已，這個大帳篷輕輕鬆鬆就把一整輛載滿環形座椅的平台大卡車吞了進去。

他把雜耍表演的帳篷和餐廚帳篷分批的運過來。慢慢的一座帆布城市就在他周圍建立起來了，他騎著大象走過窄窄的巷道——一個小時前——這裡還只是一塊什麼都沒有的空地。

馬戲團的消息一散播，整個下午人們就從好幾哩路外趕來了。他們在場地裡溜達，繞著大大小小的帳篷和一排又一排的卡車打轉。哈洛霸氣的穿過人群，閃過一個農夫和幾個孩子，轉個彎，眼前就是那輛塗滿彩繪的拖車。

他事先並沒打算要來這兒，甚至連想也沒想過。他身子向前傾，手肘撐在康拉的背上，兩眼緊盯著這個吃人王專屬的家。拖車開始搖晃，他以為是自己眼睛的問題。不料就在他的注視下，樹林分開了，兩棵大樹幹中間出現了一個大洞，門打開的時候，黑洞更大。哈洛坐直了。

吃人王走了出來，感覺上，就彷彿是從他的烏拉布拉曼波國大叢林裡走出來的樣子。

他穿著垂到膝蓋的豹皮，一邊肩膀裸露著。膝蓋以下，他的皮膚白得像死人骨頭，簡直跟哈洛一樣的白。他的頭髮是沒有顏色的顏色，就像照射在水面上的太陽光，可是蓬得又高又厚，像一大片樹叢，隨著他那兩條彈簧腿一上一下的顛著，他從拖車走向前面的大車。

「一個白子。」哈洛不自覺地脫口而出。之前他從來沒看過得白化症的人，除了他自己——鏡子裡的自己總是那麼白那麼怪。這個吃人王卻很英俊，幾乎稱得上漂亮，又漂亮又優雅，就像一頭花豹。他悄悄的向著大車挺進。

在他身後，跟來了一大群孩子，躡手躡腳的先靠近拖車，再衝入另一輛卡車的陰影。孩子們摀著嘴拚命的笑，從這個陰影躲進那個陰影，從這個車輪挨近那個車輪。吃人王忽然回轉身，伸開手臂，對著他們大吼了幾句八成是石頭族人的土話。

「嗡嘎！」他搖著巨大的手臂咆哮。「嗡嘎、嘟嚕、嗎啃哪！」

孩子們立刻四散逃開，他繼續向前走。打開後車門，拽出一只好大的硬紙箱，砰的一聲拋在地上。他用單腳推著大紙箱。

孩子們又回來了，就像小鳥看見餵食者的時候總會驚惶的飛開一會兒。他們圍著擋泥板，保險桿，車輪，一路偷看吃人王把大紙箱推向拖車。然後他彎下身，把手伸進紙箱裡，掏出一根骨頭，接著又一根，那是一根上面還連著手指頭的手臂。他拿骨頭朝著孩子們揮舞，一面揮一面吼。「趴狗趴狗、曼尼西基！」孩子們尖叫著一哄而散。

吃人王低沉的笑著。他舉起紙箱穿過車門，把自己關進了拖車。那門立刻消失在彩繪出來的大叢林裡。

哈洛盯著拖車，盯著上面那些鸚鵡和猴子。他好希望能夠住在這樣的地方，住在石頭族人的國度裡。在那裡他就是個正常人，跟其他所有的族人一樣，反而是羅馬人平斯基和黑面寇恩斯之類的才是畸形怪胎了。他好希望那扇門再度打開來，他好希望吃人王再度出現。

「去跟他見面吧。」有個聲音在對他說。說不定是他自己的心思吧，可是那聲音是從底下發出來的。他從大象的肩膀看下去，看見提娜仰望著他，化石人站在她旁邊。

「去啊，」她說，「你這樣辛苦的長途跋涉就是為了見他，現在只要再走幾步就行啦。」

「我可以嗎？」哈洛問，「我可以直接上去跟他說話嗎？」

「當然。」她兩隻小手比出一個聳肩的姿勢。「有什麼不可以？」

「他是國王。不可以隨便上去跟一位國王說話的。」

「啊呀，傻瓜，」她說，「我一天到晚都在跟他說話，他跟我沒什麼兩樣。」

「妳是公主。」哈洛說。

「別傻了，」她笑起來。「你要見他，只管上去。」

山繆始終沒抬起頭。「算了吧，」他說，「你是在浪費時間。看看他，高高在上的樣子，比誰都偉大比誰都好。你沒辦法再叫他回到我們這個等級啦。」

哈洛臉紅了。但願山繆至少肯抬個頭看看他。

「快走吧，提娜。免得到時候被他踐踏了。」

「哈洛不會的，」她說。她的高度還不到大象的腳踝，但是她一步也不退讓。「哈洛絕對不會對他的朋友亂來的。」

「他的朋友？」山繆說，「這附近哪有啊。」他彎下腰把提娜抱在懷裡。「如果我們有棟小房子，我打賭他絕對不願意靠近它，甚至連聽杜鵑唱歌都不願意。」

提娜隔著他的肩膀張望。她的手臂環著他厚實的，長滿長毛的頭頸，她望著哈洛。

「我的屋子歡迎他來，」她說，「在我的屋子裡他永遠受歡迎。」

山繆好像說了什麼，哈洛聽不見。他很快走過下一輛卡車，暫時被那車子卡其色的引擎蓋擋住了，等到他在卡車另一邊出現時，吉卜賽瑪格姐走到了他身邊，似乎她一直就在那兒等著他們。山繆蹲下來，提娜從他肩膀滑到地上，他們三個人並排的走了。

哈洛覺得彷彿被他們遺棄了，就像當初他逃離自由市那樣。感覺上彷彿從此再也不會跟他們說話了。

「唔，誰在乎啊？」他嘟囔著。「一群怪胎；誰在乎啊？」他現在比他們好太多了。他不但有一份正式的工作；他還有一個女朋友，不是嗎？當然，他還能坐在餐飲篷裡最好的位子上，甚至大家都搶著跟他打招呼。他不再是當時離開自由市的那個小男生了。這一點可是千真萬確的。

他目送著他們走遠，走到看不見，然後他掉頭再看那輛彩色繽紛的拖車。可是烏拉布拉曼波的叢林在他眼裡黯淡了，那種很想要見吃人王的渴望沒有了。不知道怎麼的，他忽然很怕見到他。

38

在接近另外兩頭大象的時候，康拉速度加快了。從踏步變成了疾走，大腳砰砰的捶著地面。一些婦女避之唯恐不及的把孩子們拖離開牠行進的路線；一些男人邊罵邊閃。甚至連哈洛也緊張起來；大象似乎失控了。牠發出長嘯，另外一頭也在回應，康拉兩隻大耳朵往後翻，繞著馬戲團的營區猛衝。

在帳篷的陰影裡，芙莉普正在為麥斯葛拉夫穿戴深紅色的羽毛頭飾。大象跪著，她站在牠的額頭上，康拉快速的衝到她旁邊，把圍觀的人群全部沖散了。

「別那麼愛現，」她說，「不要讓牠跑成這樣。」

「牠自己跑的。」哈洛說。

「那至少牠還知道牠應該在哪裡。」

康拉咆哮起來。「妳不要對我發脾氣，」哈洛提出警告，「康拉不喜歡。」

芙莉普的臉紅得幾乎跟那些羽毛一樣。「那你要去哪？」她問。

「我想帶牠先走一走，」哈洛說，「我想——」

「沒有，你沒有。」長長的羽毛在她臉上劃來劃去。「你根本什麼也沒想。馬戲團再一個小時就要開場了，有忙不完的事要做。快給我下來幫忙。」

哈洛用腳拉動扣帶。「鼻子放下。」他說，康拉不動。「鼻子放下！」他用力踢著牠的厚皮。

康拉站在芙莉普的面前，用力的噴著氣。牠向前一步。

「退後！」哈洛拉著皮帶大吼。他一陣心驚肉跳，以為大象要衝撞芙莉普了。就在這時，羅馬人平斯基從麥斯葛拉夫的長鼻子邊露出腦袋，慢吞吞的走開。

「你個白鬼，」他邊走邊說，「我警告過你，叫牠離我遠點。」

康拉用鼻子抽打著地面。哈洛哈哈大笑。「你最好快走吧，」他邊說邊笑，羅馬人急忙轉身衝進了帳篷。「對，你最好用跑的。」他很高興還有好多人在看著這一幕。

「你很得意是嗎？」芙莉普問。

大象跪下了，哈洛滑下來。一瞬間他覺得自己變得好小。他緊緊的挨著康拉。

「你把大象糟蹋成這樣，」芙莉普說，「你知道嗎？你教壞牠，讓牠變得惡劣又難看。」

「我沒有，」哈洛輕拍著康拉的鼻子。「羅馬人本來就不應該在這裡。」

「總要有個人來幫忙我。」芙莉普說。

「我不要他來。」

她瞪起眼睛。「你的口氣簡直就像羅馬人。」

「太好了。」哈洛嘴裡說著，臉卻漲得通紅。他聽見自己的聲音就像腦子裡的一個回音。他的聲音根本就是羅馬人的。

「好了，拜託你快過來幫忙吧。」她說。

他們合力把羽毛頭飾固定在麥斯葛拉夫的頭上。圍觀的人更多了，他們再把一套有著絲絨流蘇的毯具覆蓋在牠的背上，四隻大腳也穿上閃亮的腳套。哈洛笑嘻嘻的看著麥斯驕傲又得意的模樣，舉著鼻子得意的整理著頭上的羽毛。

「我要去做準備了，另外兩隻就全靠你了，」芙莉普說，「康拉在上裝之前先幫牠沖洗一下，等你忙完了給牠們各兩個橘子。鞍具箱裡一共有六個。」

「等會兒，」哈洛說。這時候人群愈聚愈多。「妳不能留下來嗎？」

「本來是可以的，」她露出燦爛的笑容。「可惜你來得太晚了。我得去幫那幾匹馬兒裝扮了，待會兒再回來幫你。」

「妳可以叫這些人走開嗎？」

「噢，但願我能，」她說，「不過在這樣的小鎮上，所有的一切都成了馬戲表演的一部分。說不定他們從來就沒看過馬戲團，更別提什麼大象了。」

他的視線在晃動。他必須斜歪著頭才能看清她。

「對不起，」她說，「你必須要習慣才行。這要是在巴南貝利大馬戲團，說不定有上萬個人在旁邊看著你呢。」

她碰了碰他的肩膀走開了，哈洛心裡暗暗叫苦。他笨手笨腳的拿起刷子，刷子在他手上像塊肥皂似的滑下來。他彎下身子去撿，卻又因為看錯位置，一腳踩到了它。圍觀的人群在他身後哈哈大笑；笑聲又大又尖。哈洛一轉身，看見康拉吸乾了一整桶的水，朝著群眾亂噴。有一個梳著油頭的小個子——看起來是個很體面的人——從鼻子到下巴都在滴水。他卻笑得開心得不得了。

哈洛笑了。他們看的原來是這幾隻大象，不是他。他開始對自己的工作感到十分的驕傲，對這些從來沒見過大象的人來說，這種動物真是太神奇了。康拉自我陶醉到了極點。牠再一次朝著群眾噴水，然後把水桶上下顛倒的翻轉過來，罩在自己的頭上。

「牠叫什麼名字？」一個女的問。

「康拉。」哈洛說。

「牠是猴子，對不對？」

「天啊，夫人，」哈洛真是替這個女人感到難過。「牠是大象。」

他幫康拉沖洗完，穿戴起羽毛、毯子和腳套，再幫金絲雀也同樣裝扮妥當。這時他拿出那袋橘子，大象嘟嘟囔囔的抽著鼻子。他乾脆來一套即興表演，把兩粒橘子拋給金絲雀，金絲雀從半空中一次接住。同樣的，他再餵兩粒給麥斯，他不但看見伸長了脖子圍觀的群眾，甚至連他自己也大開眼界，大象吃東西的方式太特別了，只見長鼻子往裡捲，把橘子塞進只隙開一條縫的大嘴巴裡。

就在他餵康拉的時候，聽見有個小男孩在喊，「媽媽！妳看。媽媽，大象用尾巴拿橘子，放進牠的屁屁裡。」

四周爆出一陣笑聲。每個人都在笑，除了哈洛。他腦子裡響起了吉卜賽瑪格妲高八度的詭異聲音。要小心用尾巴餵食的野獸。

他當下覺得應該馬上去看她，一分鐘都不能等。可是汽笛風琴的樂聲愈來愈大。而且，芙莉普已經過來找他了。

她穿著一件白色的袍子，腰上繫了一條發亮的黑色緞帶，她穿過了人群。「好了，」她說，「我們走吧。」

39

樂隊吹奏著尖銳刺耳的歌曲，芙莉普一開始先坐在康拉的背上帶領整個遊行的隊伍。由三隻大象鼻子連著尾巴的排成一行，一對小丑加上六匹亮閃閃的馬兒帶頭一起繞場，後面還跟著很多人。亨特先生穿著紅配金的大禮服站在場中央大聲的唱名，人群從後面的大門湧進來。三隻大象繼續邁著大步走著，其他的人和動物陸續的加入，遊行的圈子愈來愈大，好像沒有止境。最後又請出這三隻大象繞場一周，使得場面看起來要比實際偉大得多。

哈洛在馬戲表演的後台，一個正方形的帆布棚裡觀看。看台上至少有五百個觀眾，但是從他們的歡呼和跺腳的聲音聽起來，他會猜有五千人。吵雜的噪音令康拉很緊張；牠粗暴的甩著鼻子，發出沉沉的吼聲。

「去看住牠！」芙莉普大喊。她讓自己現在的坐騎靠近大象。「哈洛，抓牢牠的鞍繩。」

「我不能待在這裡，」哈洛說。他看到用尾巴餵食的野獸了。「我必須——」

「你必須看住牠，」芙莉普說，「你必須每分每秒的看住牠。」

哈洛儘管唉聲嘆氣，他還是聽從了她的命令。他把手伸進康拉的鞍繩，表演者們圍繞著他，不斷在場子裡進進出出，亨特先生輪番介紹每一位演出人。

「大膽無敵的捲毛飛人！」他高喊著。立刻，穿著一身白的一男一女從哈洛身邊竄出來。女的圓圓胖胖，男的很矮，兩個人都很老，頭髮都灰白了。場子裡揚起一陣緩慢的鼓聲，這兩人攀著兩根晃來晃去的繩子上到帳篷頂上的小平台，太陽光在帆布篷上製造出一條一條斑馬線似的花紋。觀眾鴉雀無聲的看著兩位飛人高高的站在上面。忽然一聲尖銳的喇叭聲響起，樂隊開始改奏〈在高空鞦韆架上的無敵飛人〉。兩位飛人在空中盪著。幾乎足足有五分鐘，他們一直在半空中的鞦韆架上來來回回的飛著。哈洛站在上場的台口觀望，好在他一隻手必須拉著康拉的鞍繩。這兩個飛人的表演實在沒有精采到讓他想拍手的程度。

這時候音樂換成了〈跳華爾滋的瑪蒂達〉，一名走鋼索的人上場了，只不過他整個人抖得像片葉子。觀眾也不歡呼了，大帳篷裡一時間變得無趣又空洞，場子整個冷掉了。小丑們的表演也只帶動一點點的笑聲；馴狗的女人甚至還惹出一堆噓聲。哈洛臉都紅了，他真替他們感到難為情。就在這時候，芙莉普站到了他身旁，她的白袍幾乎觸到地上。「很悲哀，」她說，「是不是？」

哈洛不回答。

「嗯，情況只會愈來愈糟。」

亨特先生的聲音在帳篷裡迴盪。「牠們會跳舞，會華爾滋，會探戈。牠們的體重有十七噸，牠們的腳卻像舞蹈家琴吉．羅潔絲⑱一樣的輕盈。各位女士各位先生，厚皮巨無霸！」

芙莉普接過康拉的鞍繩。「這個節目你要好好的看著。」

她帶領著三頭大象進場了，哈洛捨不得離開，這一刻他真的辦不到。他站在台口，三朵大玫瑰隨著〈小母馬吃橡實〉的音樂跳著。牠們就像豬圈裡的豬隻，隨著輕快的旋律笨手笨腳的一會兒前一會兒後，一會兒左一會兒右。

好不容易表演結束了，哈洛搓著康拉的長鼻子說：「很棒啊。」這似乎是一句安慰的話。

接著是翻跟斗的雜耍演員出場，這批人上台用衝的，下台用喘的。就在哈洛想要悄悄閃人的時候，他看見芙莉普帶著她那幾匹馬準備上場了。

「現在這一位！」亨特先生放聲大喊，「不得了，不得了，她美若天仙，簡直美到了極點！」

芙莉普解開了腰上的黑緞帶。她脫下袍子遞給哈洛。「幫我拿著。」她說。

「好嗎？」

「當、當然。」他紅著臉結巴的應著。她在袍子底下只穿了一件滿是亮片，小得不能再小的套裝，她全身閃亮的騎上了薛曼將軍。

「祝我好運吧。」她說。可是哈洛連一個字也沒辦法說了。

觀眾席上安靜無聲；大家早已經不再鼓掌。亨特先生的說話聲是帳篷裡唯一的音響。「她是集美麗與大膽於一身的奇蹟創造人。她就是大名鼎鼎，駕馭六匹白馬的美少女。她就是……」擊鼓聲開始了。「菲律賓娜法老！」

「菲律賓娜？」哈洛說。

「不准笑。」她輕輕推了推坐騎，馬兒一躍向前。

她騎著白馬從欄邊跳到鋪滿木屑的場中央，繞著場子一圈又一圈的快跑。樂隊演奏著〈她從山上來〉，另外五匹將軍排成一直線跟在她後面，間格距離完美得就像齒輪一樣。她衣服上的亮

⑱ Ginger Rogers, 1911-1995，美國著名影星、舞蹈家、歌手。

片閃著；木屑在馬蹄周圍飛揚。但是掌聲稀稀落落，有氣無力。

忽然芙莉普站了起來。她微微晃一下抓住了平衡點，在馬背上騰身一躍，一個後空翻，穩穩的落在格蘭將軍的背上，再趁著李將軍擦身經過的時候，又跳到了牠的背上。馬匹奔跑著，尾巴向後狂掃，她一匹接一匹的翻騰、跳躍，臉不紅氣不喘。

掌聲大起來了，當她轉身在狂奔的馬背上接力賽時，掌聲更大。緊接著有四匹馬轉了方向，她一次駕馭兩匹，不斷的交換騎乘。觀眾的口哨聲、鼓掌聲大到幾乎掩蓋了樂隊的聲音。

哈洛摘掉眼鏡。他兩隻眼睛眨得飛快，快得就像昆蟲的翅膀。雖然在他眼裡，那些馬匹只是白色的一團，芙莉普只是藍色的一條線，他卻從來沒看過這麼偉大的場面，連一半也沒見過。

一隻手落到他的肩膀上。紅色的大手指抓著他。「她真的不賴，以一個女孩子來講。」雷打醒說。

老印地安戴著頭飾，綁著綁腿站著，他的栗子色老馬跟在他後面。他筆直的握著那根垂掛著羽毛的長矛。「你睡得很好，」他說，「我早就跟你說過了。」

「說過什麼？」哈洛問。

「說你醒的時候，我已經走了。」

芙莉普騎著格蘭將軍從場地內場到外場。她在跑道上繞了兩次，迎著如雷的掌聲，她策馬快跑的穿過了出場的門。她顯得容光煥發，既開心又驕傲，她的臉亮得就像她身上的亮片。

「啊，嗨，包伯。」她向雷打醒打聲招呼，再從哈洛手裡取過袍子。

「很棒啊，小騎士。」老印地安說。

〈布吉伍吉號角男孩〉的爵士樂聲響起，又一個表演翻跟斗的人上場了，這人一出場就扭傷了腳踝。他一拐一拐地退回來，跟他錯身而過的快樂先生接著上場，他邊走邊轉動著那幾個銲接起來的金屬環。安靜的帳篷裡傳來一個孩子的聲音：「我知道它們會黏在一起。」亨特先生舉高雙手，好像在叫大家安靜，其實場子裡已經夠安靜的了。

「我們最精采的壓軸戲，」他說，「這一幕絕對令各位永生難忘。」

老印地安拉了拉他的鹿皮。「該我了，」他說著把馬兒牽過來。從馬背上取下一捆獸皮放在地上。「你可以替我保管嗎？」他問，「裡面有我的醫藥包。」

亨特先生頂著高帽和燕尾服站在場中央。「來自充滿野性的大西部！」他喊著。「來自小大角的戰場！紅人部落裡的最後一位大英雄！史上最勇，最衝，最不怕死的一位騎士！他曾經大戰卡士達將軍！他跟坐牛[19]大酋長並肩作戰！現在就讓我們熱烈歡迎雷打醒出場！」

老印地安騎著馬緩緩的，從容的走了出來。他繞場一周，場子裡唯一的聲音就是那匹栗子色老馬踩著堅硬的地面，躂躂躂躂的馬蹄聲。頭飾的長尾巴拖在他背後；長矛上的羽毛往後飄啊飄的。忽然，他大喝一聲，扔掉長矛，甩掉頭飾，腳後跟往大馬身上一夾。馬兒開始跑了，但跑得很慢，比走路快不了多少。

樂隊奏起一支充滿鼓聲和喇叭聲的戰爭舞曲，雷打醒在馬背上玩起各種花招。音樂的節奏很快，雷打醒的動作卻像流不動的糖漿，慢得簡直教人受不了。他就像發條快要走完的玩具，從馬

---

[19] Sitting Bull, 1831-1890，美國印地安蘇仁部落的酋長。

兒的一側換到另一側，一會兒坐到前面，一會兒移到後面，整個過程就像在水裡移動似的。觀眾看得哈哈大笑。

那匹老馬喘吁吁的繞著場子，一名小丑拿著來福槍走出來。他把長槍舉高讓老印地安接住，他在那兒站著，站了好久好久——不停看手錶，假裝打哈欠——最後，老馬總算走到了。雷打醒伸出手，抓住來福槍，他的動作給人的感覺——不知怎麼地——似乎忙得不可開交。他又慢又吃力的把來福槍顛來倒去的轉著，好不容易耍完了槍，觀眾簡直樂翻了，笑聲比之前更大。

他四仰八叉的攤在馬背上，看上去好像睡著了。忽然來福槍又從老馬的脖子底下凸了出來，馬兒繼續跑，他拿著槍對著看台亂射一通。

小丑轉身去追那匹老馬。因為穿著鬆垮的大褲子和超大號的鞋子，害他足足跑了二十碼才追上。他揪住馬尾，拐著他的大皮鞋，雷打醒只管繼續表演他那套慢到不行的把戲。觀眾笑得快要歇斯底里了。就在這時，小丑的褲子掉了下來，他沿著場子一路跌跌撞撞，最後總算衝到前面，趕上了那匹老馬。甚至還超前了好幾十呎。

一分鐘之後，老印地安進來了。他拉著韁繩，拍了拍馬頭。「你聽見他們的笑聲嗎？」他問。

「有。」哈洛說。

「他們很歡迎我，對不對？」他在馬背上咧著嘴直笑。「他們很喜歡我，對吧，哈洛？」

「是的，確實是的。」哈洛說。

「他們喜歡我的程度似乎還超過了芙莉普，」他的老臉裂出了一堆的皺紋。「你有沒有聽到他們在笑那個小丑？」

「有。」哈洛說。

老印地安笑著。「我的包包呢？我的藥包呢？」

「在這裡，」哈洛說，「你剛才交代我的。」

雷打醒接過醫藥包，把它扔回到馬背上。「由我帶著吧，」他說，「閉幕遊行的時候用得上。」

「結束了？」哈洛問，「馬戲團的表演就這些？」

老印地安點點頭。他把醫藥包固定好。

哈洛望著四周。樂隊奏起開場時的爵士樂。仍舊穿著一身亮片的芙莉普正在叫康拉跪下來。

音樂由大轉小，亨特先生宣布閉幕遊行開始。

「各位女士各位先生，各位小朋友，」他說，「容我再一次，也是最後一次，向各位鄭重介紹最偉大的亨特阿綠旅行大馬戲團。」

鐃鈸和鼓聲敲得震天價響。音樂的聲浪直衝帳篷的大頂。

「遊行排頭的是，」亨特先生說，「厚皮動物的代表，活生生走在崔克溪上最大隻的動物。」

哈洛轉身準備離開，好幾隻手抓住了他，把他拽到一邊。有好多的手，有好多模糊的臉孔。他只能靠聲音來分辨。捲毛飛人對著他喊：「快啊，哈洛。」

快樂先生在大聲嘀咕。「把他拉出去不就結了。」

「停，」哈洛大叫，「我得走了。」

他聽見芙莉普在笑。她就站在他前面，她把他推向康拉。「不行，」她說，「你現在還不能走。」

伸縮喇叭在呼喊；短笛在尖叫。「而在他背上的是，」亨特先生說，「一個名叫哈洛・克萊恩的男孩！」

於是所有的手都在把他往上舉，舉上了康拉背上的絲絨毯子。大象站起來了，他趕緊抓住手把。

「他是厚皮動物的好朋友，」亨特先生說，「他是最大隻哺乳類動物的心靈導師。」

康拉昂首闊步的向前衝。哈洛咻的就穿過了台口，進入了場子。音樂像波浪似的一波波衝擊著他，他看見左邊有一大群人的臉孔，一堆模糊不清的手在鼓掌。在他右邊是亨特先生，他也轉到了場中央。

「他即將在薩拉姆，為所有前往觀賞的貴賓們獻演一套空前驚世的絕技。各位趕快去薩拉姆吧，開車也好；搭巴士或是坐火車也行；再不就用走的，如果不能走，就算爬也要爬著去。反正一定要去薩拉姆，否則你會終生遺憾沒能親眼看見……厚皮動物打棒球！」

觀眾席震動了，歡呼聲此起彼落。康拉繞著大帳篷邊跑邊長嘯，哈洛緊緊的巴在牠背上。每一盞聚光燈都聚焦在鬼仔哈洛的身上，反射在他小小的墨鏡上；照耀在他無色的頭髮上。他舉起一隻手，一隻很白很白的小手，用微乎其微的動作揮著。

他眨著眼用力看著所有的觀眾，但是他的眼睛晃動得太厲害了，他沒辦法分辨出他們究竟是小孩還是大人，是男孩還是女孩。康拉繼續快跑著，牠的頭抬得好高，牠的叫聲好大，很可能牠以為這些歡呼聲都是衝著牠來的吧。跟在牠後面的是麥斯葛拉夫和金絲雀，捲毛飛人和鋼索人。

哈洛繞過半場的時候，他看見表演者們還在陸續的走出來，把金屬環當車輪滾的快樂先生，駕馭著六匹白馬的芙莉普。大夥把間隔距離算得非常精準，就在入口的地方哈洛和老印地安擦身而過。他穿過門簾走向後台的大帳篷。

等在那裡的是羅馬人平斯基。他站在陰影裡，緊貼著帆布篷。他的聲音從一堆沸騰的人聲裡傳過來，從那些湧出大帳篷，鬧哄哄的觀眾群裡傳過來。

「你以為你很了不起了嗎，啊，白鬼？」

哈洛沒有停下來。他催促康拉快跑，跑過後門。羅馬人追著，「給我回來，白蛆蟲。」但是大象已經衝出帳篷，哈洛催牠往右，幾乎撞到一個人，那人驚惶失措，像一把椅子似的栽倒在地上。康拉繼續橫衝直撞，哈洛在牠背上跳起跳落的指揮著，就這樣一直衝進象棚。水管還在放水，泥巴路更寬更深了。康拉劈哩啪啦的踩過去，停在乾燥的草堆上。

「鼻子放下！」哈洛大喊。「康拉，放下！」他滑下來的速度太快，摔了個狗吃屎。一個小女孩站在那裡吃驚的看著這一幕。

她手裡握著筆和紙。「我可以請你簽個名嗎，先生？」她問。

哈洛掙扎著站起來。「不行，」他說，「現在不行。」他拔腿就跑，筆直的跑向雜耍表演的帳篷區。

這裡形成了一條街道，一條狹窄的小巷在他眼前展開。人潮沿著小巷流進來，在擲圈圈的遊戲亭外，在叫賣氣球和小鳥的人面前，在裝著爆米花玻璃箱的推車周圍，自然形成了一個圓環。

他慢慢涉入人潮，任人群如潮水般推擠著他。他又成了原來的鬼仔了。

在一個垂著布幔的站台上，一個穿黑色燕尾外套的男人對著他大喊——應該是對著大家喊——「快上來，快上來看畸形真人秀！」他握著藤條，忽左忽右的指著兩面畫著山繆和提娜的巨型大旗。旗幟上的山繆看起來似乎比實際更大上兩倍，提娜站在他的手掌上，頂多跟他的拇指一般大。

「你們這輩子不可能再看到的奇觀，」宣傳扯著喉嚨喊，「從非洲大叢林來的一個活化石。一個比小嬰兒還要小的大公主。」

透過帳篷，透過帆布，哈洛聽見了吼聲和金屬碰撞的聲音，接著是一個女人驚慌的尖叫聲。

「我們已經把他關在籠子裡了！」宣傳在講台上猛敲著藤條。「在你們和那個半人猿中間隔著一道很粗很粗的鋼柵欄。」

另外一個站台上，一個穿著黑色燕尾外套的男人正在大聲的宣傳著吃人王。「他兇猛，他嚇人，他就在這個帳篷裡面啊。」哈洛停在台子底下，停在黑壓壓的人潮裡。他被人群推擠著，他注視著宣傳後面的旗幟，旗幟上面的吃人王跟他第一次在自由市看到的一模一樣。那顆掛在白色拳頭上的乾癟骷髏頭，現在看起來有一隻狗那麼大。吃人王的眼睛筆直的瞪著哈洛，當他隨著人潮推向遊戲區的時候，那對眼睛仍然一路的跟著他。

他隨波逐流的來到了遊戲區，汽笛風琴的聲音尖銳刺耳。他轉向左邊，走進一個小小的條紋帳篷，一面旗幟底下寫著，算命，解密。他撩開門簾走進去，把門帶上。

吉卜賽瑪格妲坐在擺著一個水晶球的小桌子後面。她穿戴著一堆紅金色的絲巾；耳朵上掛著銀環。

「真的發生了！」哈洛叫著。「我看見了。用尾巴餵食的野獸。」

她抬頭看他。「坐。」她說著揮手叫他坐下。

只有一把椅子。被撇在一邊，離開桌子有一段距離，好像有人突然把它推開，逃離現場似的。「真的發生了。」他再說一遍。

「你很驚訝嗎？」檯燈的光在她的銀環上閃亮。「我不是早跟你說過了嗎？」

「是的，」哈洛說。他一字不漏的把她當時說的話複述一遍。「小心那些有著不自然魅力的人物，還有用尾巴餵食的野獸。一個野人的友善，一個黑人的蒼白，突如其來的巨大傷害。」

吉卜賽瑪格姐笑了。「我知道的你都知道了。」她說。

「再下來的我就不知道了。」他搓著手。「妳可不可以告訴我？」

「我不能。」她說。

「看水晶球。」

「不在那裡面。」

「看一下嘛。」他說。

她伸出手，手鐲一陣叮噹，她兩手合住了水晶球。她的戒指吭吭的敲著水晶球面。「我看到的東西，」她說，「你不見得會高興。」

哈洛傾身向前。他聽見汽笛風琴吹奏的聲音，也聽見遊戲場上宣傳人員叫喊的聲音。他還聽見吉卜賽瑪格姐手上的銀戒指摩擦著水晶球時，發出來的嗤嚓聲，他聽到的就只有這些聲音。

她在椅子上搖擺著。她的絲巾在檯燈底下閃著金光。

「我看見一個男孩，」她說，「他好像很生氣；他身體裡好像有一場暴風雨。其他人，大家都很怕他。可是他喜歡這種讓人害怕的感覺，這個男孩子。」

「沒錯，」哈洛說，「那是羅馬人；我知道他。」

「噓！不要說話。」吉卜賽瑪格妲兩隻手揉著水晶球。她的動作細緻溫柔，就像雷打醒在呵護那一小堆餘燼，細心的把它吹出火苗來的樣子。她垂眼凝視著玻璃。「這個男孩，會帶來傷害，巨大的傷害。現在沒有任何東西阻止得了他。」

「會發生什麼呢？」哈洛問，「妳聞到死亡的味道，巨大的傷害指的就是這個嗎？」

「啊呀，沒有了。」吉卜賽瑪格妲兩手放開了。「我叫你不要說話的。」

「再看一次。」哈洛說。

她搖頭。「不能同時看兩次。」

「那就用猜的！」他的口氣出乎想像的嚴厲。「告訴我妳到底看到什麼。」

她往後一靠。耳朵上的銀環閃爍著。「我來告訴你現在我看到了什麼，」她盯著他說，「我看見一個人變了。一個男孩長大了，我看見一個男孩比過去的他強壯了，但是他並不能從做過的事情當中學取教訓。」

「我不明白。」哈洛說。

「那些士兵，」她說，「他們也是像你這樣的男孩。他們從農家從村莊——甚至有的從城市來的。這都不重要；他們只是孩子，無所謂好或壞，都只是孩子。你認為，究竟是什麼使得那些白白淨淨的孩子做出那種事呢？」

「我不知道。」哈洛說。

吉卜賽瑪格妲用一根細瘦的手指指著他。「我曾經對你說過，絕對不要以為自己不如人。當時我也應該告訴你，絕對不要以為自己高人一等。」

40

哈洛離開小帳篷的時候人潮沒那麼擁擠了。他輕鬆的穿過人群走向吃人王的巨型看板。他站在那裡抬頭望。現在就該去看他，以後可能再沒機會了。他很想匍匐在吃人王的腳下說：「我是哈洛鬼仔。我現在很害怕，不知道該怎麼辦才好。」

門口沒有排隊的人。他可以直接走進去。

忽然間他想起雜草叢生的校園裡那個生了鏽的鞦韆架，想起他和山繆、提娜還有瑪格妲一起玩撲克牌。這不只是想而已；當時他就在那裡。他又聞到了青草的氣味，又感受到了炙熱的太陽曬著他。他不明白怎麼回事，最後才發現汽笛風琴吹奏的正是那天的同一首曲子，山繆把它叫做〈崩潰歌〉。然後他就聽見了隆隆的卡車引擎聲，看見大帳篷的一頭已經傾斜，帆布篷降下來了。

他不在場幫忙芙莉普會很生氣。亨特先生也會生氣。「我叫你守著那幾隻厚皮動物。」他一定會這麼說。哈洛不在場，芙莉普就得做他的那份工作；芙莉普就會跟羅馬人一起工作。

他不知道該怎麼辦才好。吃人王的門戶敞開著。雜耍區盡頭的帳篷大頂還撐著。他朝這個方向跨一步，又朝另個方向跨一步。吃人王的大眼睛注視著他的一舉一動。最後，不是他跨過這道門；是這道門像個漩渦似的把他吸了進去。

一名場地工人站在梯子上，正在拆卸金屬柵欄的嵌板。柵欄後面是一個有著許多階梯的超大舞台，階梯上鋪著絲絨地毯，一路通到最頂端一張用木頭和深紅色皮革打造的超級大王位。王位邊上立著許多交錯的椰子樹，互相密合的葉片形成了一把巨大的遮陽傘。

哈洛再走近些。他看著這幅跟提娜那張明信卡裡一模一樣的景致，當時他們為了追上吃人王，正開著車趕路，她拿出明信片給他看。他記得她笑得好樂。那些怪樹好好玩。

他撞到了一張木頭長凳。場地工人聽見了並不往下看。「表演已經結束了，」他說，「出去吧。」

「吃人王呢？」哈洛問。

「你錯過了。」

「這麼快就走了？」其實也很合理。吃人王總是第一個走的，他想著。他要率先趕往西邊，好讓整個馬戲團跟著他沿途的記號走。

場地工拆下一塊嵌板，把它扔到柵欄後面，舞台上發出鏗鏜一聲。椰子樹晃得像遭到了颶風吹襲。緊接著其中一棵倒向另一棵——像骨牌似的——一棵一棵的全部從舞台倒了下來。

哈洛不敢相信——它們幾乎沒有什麼聲音。這些椰子樹互相刮擦著，只悶哼一聲就全部癱了下來。原來只是一些紙做的樹。

「嘿，」場地工說，「我不是說了要你出去嗎。」

哈洛東倒西歪的走了出去。一到外面，哈洛開始狂奔。他的手肘亂擺，他的靴子亂踢，他狂奔到大象的帳篷。

一看到康拉他不禁叫苦連天。這頭巨象在泥水坑裡翻滾，牠的領圈、羽毛還有毯子全部糊滿了爛泥。麥斯和金絲雀濺得全身都是圓圓的泥巴塊，頭上的羽毛垂得像落湯雞。

「天哪，」哈洛說，「你看看你。你看看你把這身衣服弄成什麼樣子。」

他被自己這番話惹笑了；這簡直太像他母親的口氣了。「我的口氣怎麼那麼像我媽媽，」他說，「我看還是趕緊幫你沖洗乾淨吧。」

他把水管從爛泥裡拉出來。他找到水桶卻找不到刷子。「刷子呢？」他問。

羅馬人平斯基從暗處走出來。「在找這個嗎，白蛆蟲？」他問。刷子就在他手裡。

哈洛停住。他握著水管，水汩汩的流到他的靴子上。在他背後，康拉邊踹泥巴邊咆哮。

「白鬼真以為自己是個了不得的大人物了，」羅馬人就像在對這幾頭大象說話，「可惜白鬼不過就是一坨爛泥。」

「少來煩我。」哈洛說。

「少來煩我，」羅馬人掐著聲音說，「是啊，他說對了。他的口氣就像他媽。」

哈洛瞇起眼睛。芙莉普在那裡，就站在羅馬人的後面。她從同樣的陰影裡走出來，一面用力拽著身上的亮片小套裝。他的恐懼轉變成了另一種更壞的東西。他懷疑，在他來到之前他們兩個不知道在做些什麼。

羅馬人把刷子放在他的肩膀上。「白鬼大得連褲子都繃不下啦。」

「夠了，」芙莉普說，「別說了，行嗎？」

「白鬼得學點教訓才行。」

哈洛放下水管，往後退。「別讓他隨便嚇唬你。」亨特先生對他說過。可是現在亨特先生不在這裡。

「你媽媽呢？你媽在哪裡啊，小怪胎？」

哈洛蹣跚的往後退。羅馬人追上來。

「白鬼，你不是要這把刷子嗎？」他把刷子遞過來。

哈洛想拿。他跑上前伸出手，結果卻撲了空。他搖晃了一下站穩了，再轉身面對羅馬人。

「好險，」羅馬人說，「你嚇死我了。喔喲，我在發抖了。」

「啊呀，夠了啦！」芙莉普說。

康拉翻身起來。上半身雖然從泥巴裡掙直了，四條腿仍舊屈在身子底下。牠吼了一聲，羅馬人回頭看。

「牠卡住了。」羅馬人哈哈大笑。「太糟糕了。是吧，白鬼？這不是太糟糕了嗎？」

羅馬人舉起長刷子，舉過肩膀，再一棒子揮下來。哈洛抱著頭。

那一棒卻始終沒有敲下來。康拉的長鼻子已經圈住了羅馬人的腳踝，把他往後拖，往下拽。

羅馬人像棵樹似的倒了下來。

「不要！」芙莉普尖叫。

康拉把這個大男孩拖進了爛泥巴裡。羅馬人不斷的在大象的掌握裡掙扎，他扭得像條蛇，終於他的後背蹭上了地面，兩隻手卻還埋在土裡。象鼻子繼續往內捲，羅馬人的腿、屁股，然後肩膀全都沒入了爛泥裡。

「救命！」他大吼。

「鼻子起來！」芙莉普喊著。她衝上前一把抓住羅馬人的手。她拚了命的拉扯，結果反而把自己也拖了下去。像樹樁般的大腳猛踩著羅馬人的肩膀。「鼻子起來！哈洛，快阻止牠啊。」

哈洛驚嚇得不會動了。他看見象鼻子鬆開來，然後高高舉起。

康拉發出駭人的狂嘯。牠一身泥巴的站了起來。緊接著，牠身體向前傾，低下頭，把牠那超大超寬的前額壓上了羅馬人的胸膛。爛泥巴在那孩子的肩膀、胸口和屁股四周圍亂噴亂濺。芙莉普仍在尖叫。「鼻子起來！康拉，鼻子起來。」

她撲向大象。用拳頭捶打康拉的腦袋。現在泥巴已經漫到了羅馬人的耳朵；這男孩真的快要滅頂了。芙莉普就在他旁邊，拚了命的捶打大象的臉頰。

所有這一切就發生在一瞬間，就在哈洛抱著頭，眼睛一開一閉的一瞬間。這幾秒鐘彷彿幾分鐘，彷彿永遠。在這幾秒鐘裡，哈洛大可以放手不管，任由大象去完成牠的瘋狂報復。在這一瞬間，他看見曾經羞辱他的那些男孩，看見訕笑霸凌他的那些女孩，這些人全部都在爛泥裡慢慢消失。

「救命！」羅馬人說。他的手臂從泥巴裡掙上來，兩手推著象鼻。「牠要殺死我了！」

哈洛奔過去。他滑倒了爬起來再跑。他抓住大象亂拍亂翻的耳朵，他大喊：「停，康拉！讓他起來。讓他走！」大象屈著兩條前腿，所有的重量都放在牠的膝蓋和腦袋上；牠隨時都能把這男孩壓扁在爛泥巴裡。

「聽話，」哈洛說，「噢，拜託你讓他起來吧。」

他推著，使勁的拽著：一個四十一公斤的瘦小孩和一頭十七噸重的大象。「康拉，起來，」他說，「鼻子起來！」

很慢很慢的，康拉站了起來。牠的腿撐直了；牠的腦袋抬起來了。牠噴著鼻息，用牙根輕輕摩擦著哈洛。

羅馬人在泥巴水裡掙扎。芙莉普一把抓住他的襯衫以最快的速度把他拉上來。一直拉到離水坑六公尺外的地方才停住。現在輪到他衝著哈洛咆哮了。

「你個臭怪胎！」他尖叫。「你個又臭又賤的怪胎！」

康拉的長鼻子還在滴泥水。牠揚起鼻子暴吼。

「叫牠離我遠點！」羅馬人厲聲的叫。

芙莉普幫他刮除了臉上和頭髮上的泥塊，再攙扶他站起來，帶他離開小河。

「你看你做了些什麼？」她惡狠狠地瞪著哈洛。「你現在開心了？」

哈洛不回答。

「待在這裡，」她對他說，「待在這裡等我回來。」

41

哈洛拿水管替康拉沖洗身上的爛泥。水柱噴灑著大象的厚皮匯成一條條的小河沿著象肚子淌下來。

「你真敢啊，」他說，「天哪，你真敢啊。」

他聽見一陣類似咳嗽的聲音，發電機啟動了。於是夜晚突然就被燈光照得絢爛起來。燈光淡淡的打在康拉的身上，亮在大水坑裡。汽笛風琴嗤呼嗤呼的吹奏起破鑼似的歌聲。

哈洛期盼著芙莉普趕快回來，過了幾乎有一世紀那麼久，等到的卻不是芙莉普。來的是亨特先生，他帶著一把開著槍膛的獵槍。槍管往下，又細又硬，就像從他肩膀垂下來的另外一條手臂。

哈洛扔下水管。他站在大象的下巴底下。

「你不需要親眼目睹，」亨特先生說，「你還是走開的好。」

「你要開槍打牠？」哈洛一把摟住垂在他胸前的象鼻子。「你不會是要對牠開槍吧，不會吧？」

「是的，我就是要這麼做。」亨特先生把獵槍夾穩在胳臂底下，從口袋裡掏出一枚子彈。

「我不喜歡那個孩子，那個羅馬人平斯基。他魯莽毛躁，目中無人。不過就算康拉踐踏的不是羅馬人，也有可能是別的人會遭殃。」

哈洛撫摸著象鼻子上層層的皺紋。「牠沒有踐踏過任何人。」他說。

「不要跟我耍嘴皮，」亨特先生說，「我得到的消息是，牠幾乎踩死了那個孩子。」

哈洛垂下頭。

「抱歉了，孩子。不過厚皮動物一旦嚐到了這個『甜頭』，牠們就會明白自己有多麼高大，而一個人又是多麼渺小，到時候牠們就不會任人擺布了。康拉很瘋狂的，孩子。牠天性惡劣。」

「牠不是，」哈洛說，「你現在拿了槍站在那裡。牠就讓你把槍管指著牠的頭然後對牠開槍，牠的惡劣就是這樣。」

「你不懂。」亨特先生把子彈推進槍膛。「下次牠的目標可能轉向你，也可能轉向我，或者轉向看台上的小朋友。而且毫無預警；牠說做就做了。」

他推上槍膛，那喀的一聲顯得又大又堅決。他把槍桿舉到肩膀上。

「不要，」哈洛說，「求求你不要。」

汽笛風琴停頓下來，換了一首不同的曲子。康拉的耳朵悲傷的拍打著。牠發出奇怪的啾啾聲，兩條左腿蹣跚的蹺起來。他搖晃著，躺下來，身體側向右邊。兩隻前腳開始挪動，在爛泥巴裡蹭來蹭去。牠在跳舞——跳得那樣努力，那樣笨拙，哈洛哭了。眼淚緩緩的從墨鏡底下流下來，他抬頭望，看見大象也在哭泣。

一時間甚至連亨特先生似乎也下不了手了，他的臉頰離開了槍管。

康拉在泥巴裡來回的搖擺著。牠的動作愈來愈慢，牠的大腦袋垂了下來，牠不動了。

「噢，天哪！」哈洛說。

亨特先生嘆了口氣。「你只是在拖時間罷了。老天知道我也不願意這麼做，可我還是非做不可。」他的手指溜上了扳機，他把獵槍托上肩膀。

「不！」哈洛大叫。「這不公平。這根本不是牠的錯啊。」

「不是牠的錯？」亨特先生看著槍管。「牠差一點就踩死了一個孩子。」

「是他先拿著棒子來對付我！」哈洛說。

「真的嗎？」亨特先生垂下獵槍。「羅馬人拿棒子威脅你？」

「一把長柄的刷子；沒錯，先生。他準備用那個攻擊我。」

「康拉過來救你？」

哈洛猛點頭。「你不可以因為這樣開槍把牠打死。真的不可以。」

「我就知道，」亨特先生說，「這一部分的事實被隱瞞掉了。」他看著獵槍，無奈的鎖著眉頭，然後抬頭看著康拉。「告訴我：兩隻大象打得成棒球嗎？」

「不能，」哈洛搖著頭說，「絕不可能。」

亨特先生舔舔嘴唇。「你說羅馬人拿著棒子要對付你？」

「是的，先生。」哈洛說。

「他蓄意要攻擊你？」

哈洛用力哼一聲。「我非常非常的肯定。」

「好。在情有可原的情況下，我決定暫緩行刑。」亨特先生打開槍膛，把子彈倒在手上。

「不過從現在起，你絕對不可以讓這隻厚皮動物離開你的視線。你要跟牠一起睡一起吃，騎著牠一起上工。白天黑夜隨時隨地都要守在牠旁邊。」

「是的，先生。」哈洛說。他死命地摟著象鼻子，大象的鼻尖捲了上來，拿軟軟的吸盤觸摸著他的手。

「在不工作的時候，我要牠每分每秒都銬上鎖鍊。每分每秒；聽明白了嗎？」

「是的，先生。」

「現在給牠架上鞍具。幹點活可以消消牠的野性。」

哈洛解開了康拉的領圈，摘下糊滿泥巴的毯子和羽毛頭飾。他架上鞍具，繫好繩索，輕聲細語的在康拉的耳朵邊說著悄悄話。就在綁好最後一個結扣的時候，他聽見芙莉普走過來了。

「羅馬人沒事，」她說，「他會好起來的。」

哈洛聳聳肩膀。他發現自己根本就不在乎。

「他被推進爛泥巴裡已經不是第一次了。」她貼緊鞍具，抽出鬆散的部分。「不過，攻擊他的多半都是人。」

他很不開心，康拉差一點就要死掉了，她還老是想著羅馬人。「嗯，康拉也還好，」他說，「亨特先生還好沒開槍打死牠。」

她哈哈大笑。「當然不會。你以為他真會嗎？」

「喔，有子彈哪，」哈洛語氣刻薄的說，「有槍啊。他什麼都準備好了。」

「他絕對不會那麼做的。」她把索帶再抽緊。「這幾隻大象和這裡所有的東西在他眼裡都是鈔票，大堆大堆的鈔票。也許他真想，不過不可能。」

「我不知道。」哈洛說。

「當然。他只是想嚇嚇你。」

哈洛皺起眉頭。這個馬戲團好複雜，沒有一件事像他表面所看到的樣子。就像快樂先生那些焊接起來的金屬環，就像把山繆變得太大，提娜又變得太小的假面帳篷和旗幟，所有的東西在他接近以後，在他看清楚以後發現都是假的。甚至連芙莉普，他想著，也經常是兩個完全不同的人。

他拉了拉康拉的鼻子。象鼻子搭下來，彎成一個台階。他站在上面，讓大象把他舉上去。

「總之，」芙莉普說，「羅馬人今天晚上不會幹活了。所以你不必害怕會碰見他。」

哈洛坐穩在鞍具上。「我不會害怕。」他說著駕著大象走開了。

42

一個小時前，馬戲帳篷的大頂還只是攤在主桿周圍的一大片帆布。一個小時後，就只剩下一圈木屑留在壓扁的草叢裡，留在到處是包裝紙的空地上。哈洛騎著康拉走上鑽石大拖車後面的裝卸板。他替大象仔細上好了腳鍊，才繞到前面靠乘客座位這邊的車門。

車門實在太高了。他必須先爬上一級台階，站穩了才能搆得住門把。車門一拉就開，速度之快幾乎把他撞翻。他朝裡面張望，駕駛座艙又髒又熱，飄著一股汗味。座位上千瘡百孔，每個破洞都用透明膠帶黏著，只是黏貼時間過久早已失去了黏性，哈洛一碰就發出沙沙的怪聲。一只滿是黃斑的舊枕頭覆蓋在駕駛座一側。後照鏡上晃著一個塑膠娃娃，一個小裸女。

哈洛把行李袋塞在座位後面，再把球和球棒往袋子上一扔，就坐在位子上等候駕駛。他想不出開這台鑽石大卡車的會是誰。

一輛輛的卡車不斷從他兩旁駛過。黃色吉普車帶頭，帳篷，氣球，假鳥像護航車隊似的開上了大路。不一會兒整個場地就變得空蕩蕩的，終於，駕駛座的門打開了。兩隻手摸索著方向盤，粗粗的手指，嵌滿污垢的指甲。哈洛瞄向駕駛座。千萬不要是羅馬人，他心想著。拜託拜託，千萬不要是羅馬人平斯基。上來的是廚子，威克斯。

「什麼日子。這過的是什麼鬼日子，」他說著一屁股坐下來，一身髒兮兮的衣服加上一身的肥油。「到底要什麼時候才可以真正賺到一點錢啊？啊？告訴我，小子。明天我們會不會有滿場的觀眾啊？」

哈洛皺起眉毛。「也許吧。」他說。

「少廢話！乾脆一點，會還是不會？」

「我希望會，」哈洛真的很困惑。「我看大概要到時候看了才知道。」

威克斯對他怒目相向。「你就只會這樣坐著等，是嗎？」他催油門，方向盤一轉，擠進第二輛車，顛顛簸簸的開上了路。他擠進第三輛，擠進第四輛，座位的彈簧壓得吱吱作響。「你不想說，沒關係。我們先把話講清楚，」他說，「我不喜歡聊天，我不喜歡唱歌。我不喜歡自以為聰明的傢伙搭我的車。」

哈洛轉頭看窗外。他靠著車門，望著圍籬的竿子一根接一根的退過去。車廂裡充滿了令人作嘔的汗臭味和油味。哈洛把窗子搖下來。

「我也不喜歡風，好嗎？」威克斯說，「把窗子關起來。」

兩個人就這樣一言不發的開了四十八里，外面一片漆黑，車頭燈照著的盡是黃褐色的沙塵。道路在低矮的黃土丘之間彎來彎去，哈洛盯著擋風玻璃中間那個晃動打轉的塑膠娃娃。他真希望現在能夠坐在亨特先生的車上。甚至，他希望能夠跟山繆和提娜坐在一起。他們會玩雜貨舖的遊戲，他想像著提娜坐在蘋果箱上的樣子。他們一路有說有笑，他們談著將來，希望將來能擁有一棟屬於自己的屋子。

車頭大燈照著前面的流線型拖車，哈洛專注的看著流線型拖車的每一個弧度。

「我猜你很有錢。」威克斯突然開口說話，把他嚇了一跳。

「為什麼？」他問。

「少裝啦！」威克斯說，「我聽說你們白子嗅得出黃金的味道，就像馬嗅得出水的味道。不對嗎？」

「我不知道，」哈洛說，「黃金是什麼味道？」

「我說過了，別在那裡耍聰明。你們用木棒啊，」廚子說，「白子會找黃金，這不是千真萬確的事嗎？」

「我不會。」哈洛說。

「為什麼？」

哈洛聳聳肩膀。「從來沒想到過吧，大概。」

「哎，」廚子兩道眉毛皺得都打結了。「天黑的時候，很黑很黑的時候，你看得見嗎？」

「看不見。」哈洛說。就算在白天他也幾乎等於看不見。

「可是你看得見未來，對吧？」

「我會猜。」哈洛說。

「廢話！」廚子聳了聳肩膀。他在冒汗。「那你就不是真的白子。真的白子，他們都能找到黃金。他們生活在黑暗裡——山洞之類的——不到天黑絕不出來。他們天生就有看到未來的本事。」

「哇，」哈洛說，「那吃人王能做得到這些嗎？」

「廢話，當然不能。他也不是真的白子。」

超大的鑽石載卡多轟隆隆的跟著護衛車隊開了過去。好多甲蟲飛到擋風玻璃上，威克斯啟動雨刷，玻璃上立刻糊滿了黃色的黏漿。

「那他是什麼？」哈洛問。

「吃人王嗎？」威克斯說，「他只是個該死的白鬼，一個冒牌貨，跟你一個樣。」他用力踩下離合器，打排檔。「可惡！我看你除了皮膚頭髮，其他跟個普通人沒什麼兩樣。」

「你幹嘛生氣？」哈洛問。

「你根本沒半點特別！」威克斯暴烈的搖著頭。「可惡！我看這世界上沒什麼好指望的，全都一個樣。」

「我從來沒說過我特別啊。」哈洛說。

廚子用拳頭抹一下額頭。「我想也是，」他說，「我只是抱著希望罷了。」

卡車斜向一條小溪，隆隆的駛過木橋。一隻夜鷹在車頭燈前面飛過。廚子換個檔，車子吱吱嘎嘎的經過了十字路口，擋泥板吐出一堆碎石子，他們跟上了前面的車隊。

「你幾歲？」威克斯問。

「快滿十五了。」哈洛說。

「那就是十四。你有家人嗎？」

「還好。」哈洛說。他攤在座位上，膝蓋頂著儀表板。

「這話什麼意思？」廚子按著排檔。「你總有個父親吧？」

「沒有，」哈洛說，「打仗的時候死了。」

「是嗎？」廚子轉過頭。「夠衰的。」他兩手搓著方向盤，再開口說話時，口氣不再那麼衝了。「那你總有個母親吧？」

「差不多。」哈洛說。

「有還是沒有。」

「當然是有。不過她變了。她以前很好，很漂亮。現在她……我不知道。」他鼓起臉頰，讓自己看上去像個胖子。「她嫁給了那個傢伙，一個銀行員……」

「你不喜歡他？」威克斯說。

「不喜歡。」

「所以你逃家。」

「大概吧。」

「你逃家她會開心嗎？」

哈洛沒想過這一點。這個念頭讓他先是難過，然後是罪惡感。最近這陣子他的確對她不好，應該說有好一陣子了，他甚至不記得有多久沒對她好了。

「你要回去嗎？」威克斯瞥著他說。

「唔，也許。」哈洛摳著腿上一小塊乾掉的爛泥巴。「我不知道。」

「你到底知不知道要去哪裡？」

「奧勒岡。」哈洛嘆了口氣。「當年我的曾祖父去那邊的時候只有一匹馬一輛篷車，靠自己白手起家的。你只要去奧勒岡一切就可以從頭開始，在奧勒岡什麼願望都能達成。」

「你頭腦不清楚，」威克斯說，「那裡跟哪裡都一個樣。」

「那是當然。」哈洛摳掉了泥巴，用手指把它碾碎。車隊在他們前面蛇行，攀過了一座小山頭。「我哥哥也會去那兒，我們會想辦法弄兩匹馬。然後一起騎到又深又涼的樹林裡，像山地人那樣過日子。」

廚子大笑一聲。那是一種不屑又短促的笑聲，令哈洛覺得自己渺小又幼稚。每次只要他放學後晚回家，母親就會出現這種笑聲。「我猜你是跟女朋友在約會吧。」她會來上這麼一句，再哈的笑一聲。

卡車慢下來，廚子換個檔開始上坡。「現在哪有什麼山地人，」他說，「早就沒啦。」

「沒有了？」哈洛問。

「就算有也早把他們關進瘋人院了。」威克斯用手抹一下嘴巴。「那種自由早沒啦。終結了。」

「可是雷打醒，」哈洛說，「他——」

「誰？」

「那個老印地安。他——」

威克斯哈哈大笑。「老頑童。他們早該把他關進去了，那傢伙。」

「他想去哪就去哪。」哈洛幾乎是自言自語的說。

「聽我說，小子。」威克斯拍著方向盤。「我為了追求自由一路打拚到德國，你知道怎麼著？結果我自己放棄了。這個世界變得太快，又太擠，擠到沒辦法讓人自由自在，任何人都不能。」

「可是你做到了。」哈洛說。

「別讓我笑痛肚皮了。」他再換一次檔，車隊就在前頭。「我現在把車子轉個向，走另外一條路，讓你看看我的自由有多少。還沒到達縣的邊界，我就會沒汽油、沒食物，也沒工作了。」

卡車爬上小山。後面，有一隻大象在吼。前面，車燈一閃，流線型拖車忽地衝過小山頭，就像衝上天空似的消失不見。

「嗯，他們很自由，」哈洛說，「山繆和提娜。」

廚子再度大聲笑，同樣是短促的哈一聲。「一千個人一天花一毛錢來看他們。加總起來就是一百塊，小子。一天一百塊，他們拿到多少？一毛也沒有。亨特先生——天底下難得一見的大好人，自私自利到了一個極點——他全部拿走。然後他再讓他們去推銷那些白痴小卡片，賣出的錢他照樣也拿一半，因為馬戲團必須靠這些來維持。自由？小子，他們被這個馬戲團套牢了。到時候他們死了，亨特先生會把他們用繃帶裹起來，一次要價兩毛錢給人看木乃伊。」

可是他們的房子，他很想說。他們將來想買一棟有窗簾和咕咕鐘的房子呢。

「你應該回家，」威克斯說，「不管怎麼樣。你都應該上學，應該學習待人處事。那才是前途，小子：好好的做人做事。」

哈洛往角落縮，透明膠帶裂了開來。引擎在響，小洋娃娃在晃，他就在這輛往西行駛的卡車上睡著了。他一覺睡到天亮，醒來時太陽照著他的眼。

感覺上很像前一天，也很像很多天以前，他一時也記不得到底是哪一天，甚至也不記得到底在哪輛車上。他眨眨眼，發現駕駛座艙裡空空的，他害怕起來，忽然他看見小人偶懸在那裡一晃也不晃。原來卡車停住了。

哈洛撐直了身子，從擋風玻璃看著前面的烏拉布拉曼波。塗著彩繪的拖車就停在那裡，再前面是一片只剩下斷株殘根的林地。

引擎蓋底下發出嗒嗒的聲音，接著在他後面砰的一聲巨響。仍在半睡半醒中的哈洛弄不清怎麼回事。引擎還很熱，裝卸板開著；卡車八成才停下沒多久。他爬下駕駛艙，看見其他人也陸續從車上下來，一個個不是揉眼睛就是在抓頭。

開工了，又開始進行一座城市的打造工程了。哈洛騎在康拉的背上，眼看著這座城市在他周圍快速地豎立起來。這座城市跟之前在崔克溪的完全相同，甚至連木樁的榫頭也分毫不差，他難免有些小失望。過去他從來沒想到過馬戲團居然每次都會是同一個樣子。孩子們跑來了，看上去連這些孩子也像是之前崔克溪的同一批人，看著他們對這一切感到新奇無比的興奮模樣，他不禁為他們有些難過起來。這些孩子讓他想起農夫赫爾家的小孩——「窮得要命。」他母親說——聖誕節的時候，赫爾家的小孩只得到一些二手玩具，可是他們從來不在意。

哈洛從卡車到空地來來回回走了一百多趟才把活忙完。他很留意羅馬人的行蹤，所幸到他騎著康拉回進大象棚之前都沒瞧見這個男孩。金絲雀和麥斯葛拉夫已經在帳篷裡，腳踝上戴著鎖鍊，在那裡啃食麥草。另外還有幾捆散置在地上，羅馬人就站在散開來的一捆麥草堆上，正在把黃綠色的草梗往帳篷裡拋。他抬起頭，立刻跳到草堆後面。

哈洛低頭看著。他很想從象背上下來，但是現在他不敢。

「別再靠近了，」羅馬人說。他把草耙當盾牌握著。「我只是在把這些草堆耙開來，行嗎？牠們一吃就是一頓，一隻就要吃上一頓麥草。」

一聽到他的聲音，康拉的頭開始轉向。

「你可不可以叫牠別過來？」羅馬人問。「牠不會再攻擊我吧？」

康拉低聲怒吼。

「不要讓牠接近我。」羅馬人的聲音在發抖。

忽然間他似乎變得好小，一副受驚嚇的樣子，哈洛忍不住想到了自己，想到從前的哈洛鬼仔。哈洛彎下腰，拍拍大象的腦袋。「沒事，沒事。」

康拉舉起鼻子叫囂。

「好啦好啦，我走，」羅馬人說。他放下草耙，兩手一攤。「我這就走，行了吧？不過我要說……呃——哈洛。我想……之前我沒對你說……我……」他的臉忽然變得蒼老又悲情。「謝謝……」他嘆了一聲。「反正就是謝謝，好嗎？」

哈洛點點頭。他看著羅馬人離開，就在這同時，他心裡那一大塊害怕的大石頭也離開了。本來一直跟著他的大石頭忽然不見了，就好像他身上的一部分忽然被扯掉了。大象在不在對他來說似乎已經沒有什麼作用——他只覺得整個人空空的，這種感覺他不喜歡。也許他天生就習慣了害怕吧，他想。

「鼻子放下！」他大吼。

康拉一放下他，立刻過去攻擊那一堆麥草了。一會兒工夫空氣裡便瀰漫著一片綠色的煙塵，康拉的背上全是細細碎碎的草末。哈洛幫牠鍊上腳鍊，坐下來等待芙莉普。

他知道她一定會幫他帶早餐過來。她會端著一個裝滿餐碟的托盤，兩個人像在野餐似的一起吃著。幾大捆的麥草都進了大象的嘴巴，她卻沒有出現。他想會不會她還在生他的氣，會不會她並不知道他不能離開這幾隻大象。他想會不會她在等他，他朝著帳篷四處張望，他想——說不定——她以為他在生她的氣。

哈洛站起來，來來回回的踱著。他愈想愈肯定芙莉普在等他。他認為他應該去吃早餐，他走了幾步，看著康拉，想起了亨特先生。他又坐了下來繼續等。

孩子們成群結隊的來了。他們站在那裡盯著這幾隻大象。他們站在那裡盯著哈洛。

他假裝沒看見他們。他背對著他們，可是每一個叫聲每一個笑聲都令他尷尬得臉紅，因為他不知道他們究竟是在談論他還是那三朵大玫瑰。他乾脆站起來進帳篷裡坐著。他拾起麥草，把草梗放進嘴巴裡嚼著。甚至一度無聊到把草梗戳進耳朵。他就這樣頭上插著一枝麥草坐著，芙莉普終於來了。

他聽見她的笑聲立刻轉過身來。

「你在做什麼啊？」她問，「你坐在這裡好像一隻猴子。康拉還架著鞍具呢。哈洛，你幹嘛坐在這裡啊？」

「我在等妳。」他說。

「為什麼？」她皺起眉毛。

因為我愛妳，他很想說。結果他只是紅著臉說：「我不知道。」這話聽起來很蠢，他覺得。

「你應該趕快練習啊，」她說，「你知道我們離薩拉姆多近嗎？你沒看見那些山嗎？」

「沒有。」他說。

她帶他走出來指給他看。兩個人站在帳篷的前門口，眺望著曠野地。太陽幾乎已照上了頭頂。

「你看。」她指著說。

他兩手舉到眼鏡上，把它們當望遠鏡似的瞇著眼從手指縫裡看。他看見遠方的山脈，襯著天空的一抹藍。小小的，灰白的，模糊的山嶺，看在哈洛的眼裡卻覺得無比壯觀。光是看著它，就讓他產生一種渺小又巨大，悲哀又快活的感覺，像他第一次看見聖誕樹的感覺，也像那天一架飛行器低飛過大草原上空的感覺，它飛得那麼低，彷彿伸手就能觸及。他想大聲喊叫，又想輕聲細語；他這輩子從來沒看過這麼美妙的東西。

「奧勒岡在那裡嗎？」他問。

「在山的另一邊。」

他嘆息。「天哪，這些山太美了。」

「哎呀，別管那些山了。」她把他的手從眼鏡上拉開。「你沒發現我們離薩拉姆有多近嗎？你難道不擔心玫瑰牠們還沒準備好嗎？」

「牠們會的，」他說，「妳放心，牠們會的。」

「我一點也看不出來，如果你只是頭上插滿麥草的坐在這裡，怎麼可能。」

「妳為什麼生氣呢？」他問。

「因為你根本沒在聽。我不相信玫瑰他們不練習就會。」

「當、當然會的。」他結巴著。

「那你最好馬上就去幹活，」她說，「馬上去拿球棒和球，馬上去工作工作工作。」

「我還沒吃早餐。」他的視線開始晃動。遠方的山脈閃得像藍色的火焰，他必須偏著頭才能看見她。「而且我不能離開這幾隻大象。一分鐘都不能。亨特先生交代過的。」

「噢，哈洛，他不是這個意思，不是一分一秒都不行。你太一板一眼了。」

他低頭看著自己的靴子。

「好啦，快去吧，」她說，「去吃點東西，我來卸下鞍具。吃完了就趕緊回來幹活，你現在已經浪費大半天了。」

「唉，我非常盡力了。」他說。

「我知道，哈洛。」

他咬著嘴唇輕輕的說：「我覺得好像不應該由妳來告訴我該做什麼。」

「那你就自己用腦子想想，」她說，「你已經不再是小孩子了。」

他當然覺得自己像個小孩子。他走向餐篷的時候，他真的覺得自己就像一個又蠢又笨的小小孩。不過才兩天前，當時他是那麼的快樂。他還記得，當時康拉學會了投球，芙莉普開心的拉著他在小河裡跳舞。現在忽然一切都破碎了，他再也沒辦法把它兜攏了。他不知道該如何收拾。

還有那山。他對著遠山凝望了片刻。那是他長久以來的嚮往，他多麼希望看到高山，芙莉普卻不許他看。他必須工作，她說。他必須工作，工作，工作。如果是個不知情的人，他會以為她把工作看得比他重要得多了。

他的靴子絆到一塊石頭。他停下來把它踢開。石頭飛到前面。

他覺得很對不起那山。看了這麼久的大草原，再沒有比看到高山更開心的事了，提娜曾經對他說過。他記得當時跟提娜和山繆一起坐在車上，他第一次看見那些小山丘，還誤以為就是高山。等你看到高山你自然就會知道了，她說。我說啊，你知道到時候我們會怎樣嗎？我們會停下來開個『趴踢』。就算停在路中間也沒關係——喲呵！——我們就是要給自己開個趴踢來慶祝一番。

沒錯，他是要去一個趴踢。一個人去，去餐篷裡吃飯。

他再踢起石頭，石頭沿著小路往前跳。他甚至希望提娜現在會在餐篷裡。當然還有山繆，只是他不確定能不能再跟山繆言歸於好。想到這令他很感傷；他好想要一個大大的擁抱。他好喜歡大大的擁抱，現在大概不可能再有了。那些被山繆緊緊擁在懷裡的日子遠得就像自由市一樣，回不來了。

他追上那塊石頭，再一次踢出去。就這樣一路踢到餐篷的門口，帳篷頂上煙霧騰騰。他走進去，偌大的帳篷裡只有他和威克斯兩個人而已。

哈洛坐在他的老位子上，廚子在餐台上喊他。「有人問起你啊。」

「芙莉普嗎？」哈洛說。

「不是。」威克斯嘿嘿的乾笑兩聲。「吃人王。」

哈洛抬起頭。他真的沒想到，他以為吃人王甚至不知道有他這個人存在。

「他問說你會不會來吃早餐。我跟他說你早就不跟那些怪咖坐一起了。」威克斯走出餐台。他吃著手上的培根，那一大把培根肉像開花似的抓在他手裡。

「他瘋了。」

「是嗎？」

「他說：『我不是怪咖，我是吃人王。』我以為他會把骨頭都拆了，他真的生氣。我不覺得這是冒犯，凡是跟山繆和哇囉一起吃飯的人本來就是怪咖。」威克斯再咬一口培根。「總之，他想見你。」

「為什麼？」哈洛問。

威克斯聳聳肩。「他看見你四處打轉；他想見見你。」

「什麼時候？」

「隨時。」威克斯說。

哈洛推開早餐。他站起來跨過板凳。

「你現在就去？」威克斯問。

「差不多。」

廚子點點頭。「好主意。在他剛吃飽的時候去就對了。」

43

彩繪拖車的門關著，一開始哈洛找不到門在哪裡。他沿著板壁摸索，兩隻手在畫面上掃著，感覺就像在撥開層層的叢林。最後他終於找到了鎖卡，再來是門把，他對準中間的位置敲了敲。

沒有回應。

他再敲，一面大聲喊，「哈囉？」他轉動門把，門吱的一聲彈開來，嚇了他一大跳。拖車全部只有一間房，一個很小的櫃子當成廁所，只是圓形部分隱在牆壁後面，所以看上去是四方形的。房間一頭有一張桌子和一把椅子。還有一個小小的洗手台和一個電爐。房間其餘的部分幾乎整個被床霸佔了——一張堆滿了小枕頭的超級大圓床。

牆壁上滿滿的全是圖片。有一張是秋天的樹葉，有一張是一個穿著紅外套的男人騎在馬上，不過大部分都是雪景：在雪地裡的一個村莊，一條冰凍的小溪，一個四周圍著白色長青樹的冰湖。每張圖片都大得不得了，可惜都很模糊，無論哈洛怎樣眨眼，他還是沒辦法看得清楚。

哈洛關上門。他覺得自己只是站在門口張望，就連想進去的意願都沒有了。原先他以為裡面會是一座皇宮，結果發現只不過是一間起居室。但他並不失望。這樣也好，至少讓吃人王顯得比較平易近人。

他從鑽石大拖車裡取出球和球棒，急匆匆的趕回大象的帳篷。他很高興看到芙莉普還在。她仰躺在最後一捆麥草上，太陽光照著她的手，襯衫的下襬扯了上來，幾乎能看見她整個肚子，雖然他不太好意思盯著看。

她慢慢地抬起手，遮到眼睛上。「你去哪了？」她問。

「吃早餐。」他不想說出剛才去過吃人王拖車的事，卻又忍不住。「妳有沒有看過吃人王的拖車裡面是什麼樣子？」

「誰要看哪？」她說。

他不理會她的話。「妳覺得會是什麼樣子？」

「啊呀，我不知道，」她說，「很嚇人吧，我猜。毛骨悚然。」

「是啊。全都是骨頭。」哈洛說。

她從指縫中間看著他。「才不是呢。有時候在晚上你會聽見他在敲東西。我不知道他在敲什麼，他只是坐在車子裡一直敲。就好像有一面超大的鼓。我敢說你看到的一定就是這個，一面超大的鼓。」

哈洛想到了那張超大的圓床。那真的會是一面鼓嗎？

「管他呢？」她兩腿一叉坐了起來。就在她的裙襬還沒歸位之前，哈洛瞥見了她腿上的皮膚。那片白皙令他大為吃驚。「我們來打棒球吧。」她說。

「妳跟我？」哈洛問。

「還有大象，笨。」

「可是妳跟我？」哈洛說，「妳也要留下來一起練習嗎？」

「當然。」

她滿面笑容的看著他，哈洛又出現了微微顫抖的感覺，那種害怕自己會就此迷失的那種詭異感覺。

「我在想，」她說，「我最近太少跟你在一起了。所以，在日場開始前我們一起來練習吧。」有芙莉普在，他練得更賣力。時間也練得更久，中間完全沒有休息。他們接球打球；不斷的提水來給大象做投球練習。最後他們開始模擬一次小賽事，這下失望出現了。

康拉只肯投球給哈洛，不願意投給打擊手。而外野手也不肯把球投回來。牠只肯帶著球繞著壘包一圈一圈的跑。

「我以為牠們都學會了。」芙莉普說。

「牠們是學會了，」哈洛說，「只是沒有合併在一起過。牠們能打能接能投，這些動作都是分開來做的。」

「哈，真是太好了。」她望著遠山。中午剛過，那山似乎更大更近了。

「牠們一定學得會的。」哈洛說。

「是啊，牠們非會不可。」

哈洛走到她身後，她仍然凝望著遠山。他兩手顫抖的觸摸著她的手臂——兩手同時——把住了她的手肘。芙莉普也在抖，彷彿他的手刺痛了她。

「這對我太重要了。」她說。

44

日場結束了，哈洛在空蕩的大帳篷裡練球。他在木屑上標出壘包的位置，這是他標示過最小號的一個棒球場。擠在木頭間隔的圓形場地中間，量一量，從二壘到本壘不過九公尺。這樣的空間對三隻大象來說實在太擁擠了，不過倒是更凸顯了大象的巨大，也更增加了棒球賽的精采刺激。

他在訓練守備的時候，芙莉普帶著一只硬紙盒走進了帳篷。她把硬紙盒放在他身旁。

「我給你帶了一樣禮物，」她說，「你看一下吧。」

哈洛掀開盒蓋，從盒子裡拉出一大團布料、線繩和硬紙板。

「我叫服裝師做的，」芙莉普說。「另外兩隻大象的他們正在趕工。」

原來是一頂棒球帽，大象的尺寸，用紅白兩色的線繩做的，看起來有點像馬戲團的帳篷，帽子正前方有一個好大的英文字母P。哈洛握著帽緣，帽子幾乎垂到了他的膝蓋。

「這是加了四級的特大號，」芙莉普笑嘻嘻的說，「喜歡嗎？」

「太棒了。」哈洛說。他讓康拉跪在他前面，他自己再站上木頭的橫檔，幫大象把帽子戴上。這頂帽子要比一般人的大八倍以上，戴在大象的頭上卻小得非常滑稽。頭上戴著帽子，下巴底下綁著線繩，康拉看起來就像一個又胖又笨的小孩，不像一隻真象，倒像是卡通片裡的小飛象嘟寶。

「這P字代表什麼？」哈洛問。

芙莉普把頭一扭。「你說呢？」

「厚皮動物[20]？」

「當然啦。沒錯，就是這個字頭。」

她踏上橫檔，慢慢的繞著圈子。「玫瑰牠們在這裡看起來狀況挺好的，」她說，「今晚來試試看，好不好？完完整整的一場球賽，由康拉主投。」

「牠還要幹活啊。」哈洛說。

「今晚不需要。我們會待到明天。二日秀。」

哈洛抓抓頭。「我怕牠們還沒準備好正式上場。」

「這是最後一次的機會了，」她說，「明天晚上我們要去一個亨特先生知道的好地方，叫做極樂園，那是一塊很大的野地，長滿了青草和樹林。有河流，有一大片可以讓馬匹盡情奔跑的空地。我們會在那裡把大帳篷攤開來仔細徹底的刷洗。還有卡車之類的，把所有的東西都洗得乾乾淨淨，因為下一站就是薩拉姆。我們一定要光鮮亮麗的在薩拉姆亮相。」

「太快了。」哈洛說。

「那也沒辦法。」她站在橫檔上看著他。「吃人王已經先去極樂園了。他要花上一整天的時間沿途為我們做記號。」

⑳ Pachyderm，厚皮類動物。

哈洛嘆一口氣。「那我們得加緊練了。」

他們一直練到夜場秀開始，暖風從山那邊吹過來。三隻大象不停的練習，進展卻不多。風繼續在增強。入夜之後，全靠聚光燈的亮度撕破周遭的黑暗，帳篷在哈洛眼裡像是幢幢的鬼影。拉索不斷發出詭異的口哨聲和低語聲。整個帳篷都在搖晃，大象們非常緊張。牠們把球亂投亂揮；帆布篷被風颳出了層層波紋，牠們也像被雷轟到似的猛翻白眼。這場練習簡直一塌糊塗。

芙莉普坐在那裡哭泣。她哭得很輕，起初哈洛不知道她在哭。他看見她低頭坐在圓環的邊緣，剛好是燈光聚焦的位置，他還以為她只是在想事情。

「真希望再能多一天就好了。」他說。

她抬起頭，臉上掛滿了淚水。「可是沒有了！」她大叫。「我還發瘋似的以為這個會成功。真的是發瘋。」她兩手用力捶著木檔。「你根本不懂怎麼教大象。你根本不懂大象，你剛剛才弄清楚大象到底是個什麼東西。」

哈洛眨著眼看著她。

「我早該聽羅馬人的話，」她說，「他就說你做不到的。」

哈洛有些站不穩了。

她幾乎是在對他咆哮。「我很會教動物，牠們很聽我的，」她拿他的話當箭似的射回去。「或許我可以做一名馴獸師。」她哈哈大笑。非常惡毒的笑聲。「我怎麼會那麼蠢哪？」

哈洛用力吸氣。他用指尖推了推眼鏡，一句話也沒有說。等到她站起來衝出了帳篷，他還是連一個字也沒有說。

康拉走過來，用鼻子揉蹭他。長鼻子一呼一吸的嗅著他的胸膛，他緊緊的緊緊的抱住它。

「你就是學不會嗎？」他仰起頭看著康拉的眼睛。「你不能再努力一些嗎？」

他再繼續練球，現在只剩他和三隻大象，還有低語的風聲。他帶玫瑰們回帳篷的時候已是午夜，馬戲團的場地一片死寂。風掃起了沙塵，颳得帳篷柱子嘎嘎作響。大帳篷裡的聚光燈隨著帆布擺盪，在這片黑暗的世界裡，哈洛看見了一點異樣的亮光。野地的邊緣燃著一堆篝火，那鐵定是雷打醒露宿過夜的地方。但是哈洛守著大象，就著乾草堆睡在牠們中間。他緊挨著康拉，像個巴著象鼻子的迷你白娃娃。

那晚三隻大象不見了。

天還沒亮，哈洛醒過來發現帳篷是空的。黑暗中，他傻呼呼的在草堆中摸索，彷彿他只是因為一時眼花，才看不見這幾隻重達十七噸的大象。他穿好長褲，套上襯衫，連眼鏡也沒戴，東倒西歪的往外衝。他從黑漆漆的帳篷飛奔到星光黯淡的野外。遠山就像一條高低不平的黑線。

跟蹤大象的足跡很容易。牠們踏進過廚子的餐篷，吃光了一整袋馬鈴薯。牠們衝撞過一個小吃攤，吸光了一大鍋煮玉蜀黍的水。又把另外一個攤位上的檸檬水整桶帶走；直接連塞子一併扯走。接下來牠們慢慢晃到了空地的一個角落，太陽升起的時候哈洛就在這裡發現了牠們——正在那裡練習打棒球。

空地上凹凸起伏的陰影襯托出三隻大象又大又黑的身形。牠們的動作起先很緩慢，甚至懶洋洋的提不起勁。康拉把鼻子伸進檸檬水桶，再拿起球投出去。麥斯葛拉夫對著投出的球揮棒，金絲雀乒乒乓乓的跑過去接球。

哈洛在一旁看著，太陽光照到了他的背上，他看見山頭轉成了紅色。每投出一球，康拉就搖一搖頭打個噴嚏。哈洛忍不住笑起來，他想一定是檸檬汁刺得牠鼻子發癢。慢慢的，速度加快了，那球愈投愈快，打擊也愈來愈用力，三隻大象興奮的開始『吹號』。

亨特先生來觀戰了。威克斯、芙莉普和快樂先生也來了。捲毛飛人檔頂著一頭剛睡醒的捲毛也來了。他們背對著太陽站成一排，專注的看著三隻大象在打人類的棒球賽。

來的人更多了，有小丑和雜耍演員。整個馬戲班都來看這三朵超級大玫瑰了，除了那幾個畸形怪咖。甚至連老印地安也來了，他說——他的眼裡泛著淚光——他說從遠處看這幾隻大象就像大水牛。

「太棒了，」亨特先生說，「你做到了，孩子。可喜可賀，佩服佩服。一百——一千個的！——佩服！」

哈洛咧開嘴笑了。他感覺有好多手在拍他的背。威克斯重重的拍了他兩次，便趕著去準備早餐，小丑也慢慢晃開了。不一會兒只剩下哈洛一個人，他完全不在意。他坐在草地上；現在他不必再陪訓了。他只要坐在那裡笑呵呵的觀賞大象打棒球就行了。

一直到敲響第二次開飯鈴，他才起身離開。餐篷裡擠滿了人，大家都好忙的樣子，他站在門口往裡探。

不知道什麼原因，沒有一個人坐著。一大群人全站著，就像秋天野地裡的加拿大野雁，不停的聒噪。哈洛斜睇著眼，讓眼睛適應這黑壓壓的一片。一張臉轉向他，接著又一張，就在一瞬間，整個帳篷忽然安靜下來。有一陣笑聲，然後又安靜了。每個人都在盯著他看。

「進來，」亨特先生大聲的喊著，「哈洛，別不好意思啊！」

忽然所有的手臂都舉了起來，握著酒杯。歡呼聲四起，直衝上帳篷頂。威克斯大吼一聲，「哈洛，你排第一個。」

哈洛彷彿有一種冷水澆頭的感覺。他真的活在夢中，一如吉卜賽瑪格妲曾經對他說過的那句話。

45

那一整個上午，雲層不斷從西邊翻湧過來，爬過山頭，把山影都模糊掉了。雲層遮天蔽日，日場演出到一半雨就開始下了。雨勢不可思議的大，嘩嘩地打在大帳篷上。雨水淹沒了空地，匯流到帳幔底下，把鋪了木屑的場地變成了一灘黃褐色的爛泥。

老印地安在泥水裡做完了他的慢動作表演，騎上他的栗子色老馬離開場子。他摘下頭飾換上雨衣。「我們極樂園見。」他對哈洛說。

「那晚場呢？」哈洛問。

「我沒時間了。」他已經騎進了大雨裡。「到蛇谷還有好長一段路要趕。」

其實他不上場反倒好。晚場的表演簡直是一場徹底的災難，亨特先生把這種夜晚叫做來亂的。

一個小丑的鞭炮爆得太快，當場把他臉上的假鼻子給炸掉了。他痛得在地上打滾，觀眾看得大樂，還以為這是表演的噱頭。站在台口的捲毛先生趕緊派另外兩個小丑進場用擔架把他抬走。

而捲毛先生自己也從鞦韆架上栽了下來。他漏抓一個把手，整個人撲空往下墜，直接從纜索彈到鋪了木屑的場子裡。他的太太嚇到臉色發白，像人形鐘擺似的在他上方來來回回的擺盪。他很幸運，只扭傷了一個腳踝，可能沒辦法在薩拉姆上場了。

大夥都在等第三個意外事件的出現。

「接二連三，」亨特先生說，「這是鐵律，跑不掉的：連三壞。」

少得可憐的觀眾一出帳篷就被大雨吞噬。沒有人有興致在雜耍區停留。就算有也沒辦法；那些帳篷就像泥海中的小島。大雨一直下，汽笛風琴奏起了〈崩潰歌〉。

哈洛騎著康拉，在厚得像巧克力布丁似的爛泥巴裡拖運著帆布和帳篷柱子。車隊開動的時候，就像一長列在大雨中爬行的泥巴塊。

哈洛精疲力竭的癱在座位上，鑽石大卡車怒吼著在黑暗中前進。雨刷來回的刷著，他衣服上的雨水把車窗也弄模糊了。身旁的威克斯不時的在換檔。

「你真做到了，」廚子說，「你把這幾隻又大又笨的傢伙教會打棒球了。時間剛好趕上。」

「希望如此，」哈洛說，「要到了薩拉姆才知道。」

「唔，芙莉普認為你做到了。她好高興，對不對？」

哈洛聳聳肩。從前一晚之後，從她哭著衝出帳篷之後，他再沒碰見過她。

「我知道，」威克斯說，「她是個好孩子，只是她不太會為別人著想。」

「噢，她對我太好了。」哈洛說。

「因為這件事對她好處多多。靠這幾隻大象你可以讓芙莉普大大的出名。你可以讓她發財。她當然要對你好。」

「你這話什麼意思？」哈洛問。

「這幾隻大象是她老爸的。他死了之後，好像就由亨特先生接收。聽說他是分期付款買下來的，每個星期付一點點錢。當時是他的一番好意；因為這幾隻大象沒什麼用處，就只會跳跳舞。

算到今天他已經積欠了她一大筆數目，看樣子這筆錢他擺明不想付了。」

卡車顛了一下，搖搖擺擺的轉了個彎。「現在他沒得選擇了。他非付錢不可啦，明白吧？」

「這是好事啊。」哈洛說。

「對芙莉普是好事。對阿綠先生就不怎麼好了。」

聽見這名字哈洛抬起頭。一直以來他都對這位神秘的阿綠先生非常好奇。「他在什麼地方？」他問。

「你是問，他究竟是什麼東西。」威克斯說。

「啊？」

「林肯阿綠是什麼？」威克斯挑起一道眉毛。「你問的是那個傑克遜林肯阿綠㉑？」

哈洛搖頭。

「鈔票啊，孩子。」威克斯哈哈大笑。「亨特先生以為多加一個名字，他的馬戲團就會大發：亨特阿綠。結果亨特是夠多了，阿綠卻不夠。」

哈洛坐在位子上悶不吭氣。他不能相信芙莉普心裡想的，只是要這幾隻象更加值錢。

「嘿，別傻啦，」威克斯說，「不只是芙莉普靠這幾隻大象。就是你、我，還有馬戲團的每一個人都靠牠們哪。只要牠們在薩拉姆表演得好，我們大家就能吃香喝辣。」

㉑ Jackson Lincoln Green，指的是綠色印有傑克遜和林肯像的美鈔。

46

車隊把大雨拋在後頭，駛入了銀色的月光。車隊由北向南，迂迴的穿過了土丘和樹林。然後翻過山頭開始往開闊平坦的蛇河平原前進。就在經過高山的時候，哈洛睡著了。

他醒來，失望的發現高山已經落在後面，黑漆漆的襯著晨曦，高大得令人敬畏。車隊彎來彎去的開向河谷，在每個轉彎的地方他都回頭看。「我們真的已經越過這些高山了嗎？」他問。

「越過？」威克斯又發出他的招牌笑聲。「你腦袋秀逗啦？是經過，孩子。是兜著繞著經過。」

「喔，」哈洛說。他還以為這條路會爬上最高的山巔，翻山越嶺的跨過這一條美國的脊樑骨。「可是我們就快到了，對不對？就快到奧勒岡了。」

「接近了。」威克斯說。

「多近？」

「明天晚上。我們大概傍晚會離開極樂園，接下來，馬上就過界了。」

哈洛瞪著前方。他看見有一棵樹上釘著吃人王的箭標。道路彎彎曲曲的繞上小山丘，再下到一座橋，沿路都有標示的箭頭。威克斯換了檔，鑽石大卡車向左轉，跟隨著車隊開上一個陡坡。

一大片暗黑的松樹林圍繞著他們。路變得很窄，樹枝不斷的刮擦著車身。地上縱橫交錯著好多小路，到處是紅色的箭標。忽然右手邊的樹林稀少了，哈洛往下看，大約三十公尺的地方有好大一塊綠地。

「極樂園。」廚子說。

有一條河流迂迴的穿過這塊空地。一列冒著蒸汽的火車正駛過一座高架橋。緊接著樹林又密集起來，大卡車呼嚕呼嚕的下了土丘，轉個彎，到達了這塊青草地。草地又綠又厚，哈洛真想躺在上面，就這樣躺著什麼事也不做。

透過擋風玻璃，他看著車隊歪歪斜斜的停了下來。所有的車門都打開了，一大群人爭先恐後的往草地上撲。亨特先生下車了，一面揮手，一面大小聲的維持著秩序。

「先搭餐篷，」他說，「快，大家一起。把帆布卸下來，大象準備好。」

裝配工人群裡立刻發出一片抱怨聲。一小坨一小坨的泥土從四面八方朝著他飛過來。不過大家還是乖乖的爬起來開始幹活。

哈洛下車跟威克斯在卡車後面會合。兩個人合力打開車門，大象的氣味立刻衝了出來。一隻肥大的蜜蜂在哈洛頭上嗡嗚，他動手揮打的時候，蜜蜂兜個圈飛走了。

威克斯大笑。「這地方多的是蜜蜂。」

麥斯葛拉夫和金絲雀一下車就可以自由活動了。哈洛覺得很對不起康拉，看牠跪在地上，呆呆的看著面前的青草地，等著套上鞍具。「放心。你還有很多時間可以玩。」哈洛安慰牠說。

整排的車隊盡是開關車門，搬動東西的聲音。芙莉普幫馬匹鬆了綁；大聲呼喝著牠們下車，馬兒開始盡情奔跑，高山就在牠們後面，白色的鬃毛在飛揚。

帳篷慢慢的，很謹慎的在大家的吼聲和叫囂聲中搭建起來。每天一面工作一面唱歌的裝配工人，這會兒一個個都像悶不吭氣的騾子。現場有一種緊張又緊繃的氛圍；每一個人，從亨特先生到灌氣球的球僮，大家都知道不久一定還有一個意外發生，湊足所謂的『連三壞』。

哈洛尤其特別小心。他已經印證了活在夢中；他也見證了用尾巴餵食的野獸。他相信接下來的肯定是死亡，就像他當初相信那一個有麻煩的人肯定會在暴風雨中出現。而且，他認為，這事八成跟羅馬人脫不了關係，那一個在吉卜賽瑪格妲水晶球裡的男孩。他異常小心謹慎地騎上了康拉，開始幹活。

裝配工人提心吊膽的工作著。搭餐篷的一個索工一鬆手，樁子脫開了，沉重的主桿立刻猛烈的左右搖晃。一堆工人像狗身上的跳蚤似的從帆布篷上甩下來，差一點還壓到了威克斯。這天諸事不順，原本只要一個小時的工作今天花上三個小時還搞不定，到中午天氣更熱了。

帳篷總算搭好了，所有的人都在鬧情緒發牢騷。工人們在小溪裡清洗衣物，為了一雙襪子最後居然演變成全武行。

哈洛帶領著象群去到河邊一處柳樹林。三隻大象拉扯著柳枝大口的嚼著；一面用葉子不停的拍打自己的背。

天氣熱到沒辦法練球。哈洛背靠著樹，躺坐在青草地上。炙熱的陽光把樹和山形成了海市蜃樓般的幻影。熱得連空氣都在閃動，芙莉普走過來的時候，整個人就像天使般的發光。

「你沒在練球啊。」她說。

「太熱了。」哈洛說。他等著她發脾氣，等著她吼他起來。

她卻只是哈哈的笑。「的確是熱了點，」她用袖子擦了擦額頭。「我看等傍晚再說吧。」

「妳不生氣？」哈洛問。

「不會。當然不會。」她說。

哈洛皺起眉頭；他真的完全不懂她。她在他身旁坐下來，手指揪著青草。

「哈洛，」她說，「有些事我一直沒跟你說。」她的頭髮遮住了眼睛。「我父親死的時候——」

「亨特先生接收了這幾隻大象。我知道。」哈洛說。

她抬起頭，看了看他，再繼續玩著青草。「沒錯。不過事情還沒完。你知道，那時候我跟羅馬人很要好。非常要好，甚至……」

哈洛感覺一顆心往下沉。他可以清楚的感覺到它離開了原來的位置，像一大塊布丁似的趴搭落進了肚子裡。

「甚至，我們類似就要結婚了。」芙莉普說。

哈洛不知道接下來他是不是就會死掉了，因為心碎而死。他說：「什麼叫做『類似』就要結婚了？」

她臉一紅。「我們還得等一會兒。我們要等到——」

她不說了。

但是哈洛知道她要說什麼。「等到你們賺到一些錢。」

「對。」她嘆了一口氣之後，忽然面對他，握住了他的手。「聽我說，哈洛。你千萬別以為我只是在利用你，我沒有。你是個好人，最好的好人，我真的非常喜歡你。」

他試圖把頭轉開，不讓她看見他在哭泣。但是她硬湊過來。

「真的，」她說，「你知道我為什麼要現在告訴你？我為什麼不等到了薩拉姆再說？」

「因為我已經把這幾隻大象教好了，」哈洛說，「該會的我都教會牠們了，之後任何人來帶牠們都沒關係。任何人！」

「不是，」她說，「不是這樣的。那是因為你人太好了。我想到你去薩拉姆會有多開心，又想到你知道羅馬人的事會有多麼的不開心。所以我決定先說出來；這樣你才不會太難受。」

「呵，真是感謝，」哈洛說，「呵呵，太棒了，不會太難受。」

她幾乎笑出來。她確實笑了。她摘下他的眼鏡，摺疊好。她用手指為他擦掉眼淚。「你有一對最特別的眼睛。」她的語氣溫柔到了極點。

哈洛顫抖了。從來沒有誰在他不戴眼鏡的情況下這樣逼視他的眼睛。

鬼仔哈洛嘆了一聲。「那時候妳不可能喜歡我的，」他說，「沒有一個人喜歡當時的我。」

他們倆並肩坐了一會。她黝黑的手指搭在他雪白的手指上。一隻蜜蜂在他們中間湊熱鬧，很快又飛向草叢去了。三隻大象拿柳枝為自己遮陽。忽然芙莉普站起來說：「我要走了。」

哈洛留在原地。過了好幾個小時，他仍舊動也不動的坐著。甚至聽見水花四濺的聲音，他也不抬頭。

枝椏低垂的柳樹林形成了一條自然的隧道，雷打醒戴著他的羽毛頭飾，手裡握著長矛，騎著馬從這條隧道裡慢慢的走過來。栗子色的大馬拖著疲憊的步伐，踩著石頭踢踢躂躂的走著。

老印地安催促馬兒走上草地，他下了馬，取下馬背上的藥包，把它放在地上，老馬一副累垮的樣子，頭尾垂著，膝蓋也彎了。

「我把牠累壞了，」老印地安說，「我們一路走——走了好長好長的路——這是第一次停下來歇腳。」

「從我上次看見你？」

「對。」

哈洛把頭靠在柳樹幹上。「天哪！」他說。

老印地安坐到他旁邊，正好是芙莉普剛才坐著的位置。「你看起來很悲傷。」他說。

「說的是。」哈洛說。他的女朋友要跟別人結婚了。

「我剛剛經過吃人王的營地。他問我有沒有看見你。」

「他在哪裡？」哈洛問。

「在下游。他的拖車藏在樹林子裡。」

哈洛騰出一些位置讓老印地安也能靠在樹幹上。兩個人排排坐著。

「你害怕見到他嗎？」雷打醒問，「對於困難的事情確實會感到害怕。」

「我想我不是害怕，」哈洛說，「我是……我不知道。有點擔心吧。」

老印地安點點頭。他面向著東方，哈洛朝著北方。「當時族裡的戰士跟我說卡士達將軍要來了，那時候我就是這種感覺。『晨星之子啊！』他們叫喊著；當時他就在山丘的那一邊。啊，那天我真的怕死了。我畫上出征的彩妝，我兩隻手抖到每一條直線都畫得像閃電。我把所有屬於我的東西全部送走——我的馬，我的妻子，我的小屋，我小時候的一個皮娃娃。我說：『喏，全部拿走吧；這次我不會回來了。』我以為晨星之子只要看我一眼我就死定了，他那麼大那麼強。他的眼睛會噴火射子彈，當時我真的就是這麼想。」

哈洛轉過頭。他看著老印地安的側臉，他的鷹勾鼻，他垂著的髮辮。

「然後我看見他死在小大角河畔，我看見他就死在那草原上，我當時以為一定是太陽把他曬乾了，縮成像一顆小葡萄乾；他不過是一個小矮個子罷了。他只是一個留著大鬍子的小個子，看起來挺可笑的。」

老印地安拿肩膀在樹幹上磨蹭。「所以說，其實沒什麼可怕的。人終歸只是個人，不管你怎麼稱呼他。」

哈洛吞著口水。「你願意幫我看管一下這幾隻大象嗎？」

「好啊。」雷打醒說。

47

哈洛沿著溪邊走下去。他真希望順著小河能夠直達烏拉布拉曼波，可惜不能，他看見小河裡有一大群人，可能芙莉普也在其中，他想。突然間好像有好多人他都不想見到，包括芙莉普，羅馬人和瑪格妲。他選擇離餐篷周圍最遠的一條路線。他又回到了原來那一個鬼仔，蹣跚的走在野地裡，在廣闊的曠野中顯得渺小而蒼白。他在樹林中躲躲閃閃，萬不得已非要經過露天的空地時，他甚至踮起腳尖，伸長了手，拚命摸索著下一個掩護。

他的眼睛在抽搐。腳下的草叢一團模糊。

他真希望現在能騎在大象背上。騎著康拉直達彩繪拖車，像王侯一樣直接上門去見大王。騎著康拉他會顯得尊貴而重要，他就不會再是現在徒步走著的這個害羞害怕的男孩。

現在想回頭也來不及了。他已經站在鑽石拖車旁邊。只剩二十碼不到，隔著一些草地幾棵小樹，就是長著白楊樹的河畔了。他看見流線型拖車停在白楊旁，拖車旁邊是吉卜賽瑪格妲的卡車，另外有個黑亮的車影，想必就是吃人王的超級大車。

哈洛開始踏上這一道小小的間隔。他閃過一棵樹，再閃過另一棵，兩手緊緊地抓著樹幹，就好像一個登山客在陡坡上努力尋找抓口。他繼續閃過第三棵、第四棵，盯著白楊樹林的四周張望，然後頭一低，他看到了迷你琴公主。

她坐在樹枝底下，在看漫畫，那書在她小娃娃似的手裡大得像塊告示板。

「看誰來啦，」她說，「嗨，小乖。真是好久不見。」

「我一直都在忙，真的很忙。」哈洛說。

「噢，我知道。大家都在談論著呢。」她把漫畫捲成一個筒子。「他們從來沒看過這麼棒的表演。可憐的芙莉普；她興奮得快瘋掉了。她恨不得馬上就到薩拉姆，向那些探子獻寶。」

「探子？」哈洛說。

「對啊。巴南貝利他們總是會派兩個探子待在薩拉姆。」

哈洛心裡一陣刺痛。芙莉普還是沒有把全部的事都告訴他。

「你真是做了件好事，」提娜說，「我早知道你是個很棒的孩子，你費了這麼大力氣就是為了讓她能夠離開這兒嗎？天哪，一般人是做不到的。」

「我想也是。」哈洛說。

「這裡人人都好喜歡她；我猜亨特先生會想她想到發瘋，那可憐的蠢蛋。」

哈洛點點頭。他坐在小公主身邊的草地上。

「你真的太棒了。」她用漫畫書敲敲腳趾。「嗨，她現在可是出名了，她的父母親該多驕傲啊？法老夫婦！那三隻大象戴起可愛的小帽子，帽子正面還有個大大的P字。」

鬼仔絕對不哭。他這樣對自己說的時候，四周的樹、卡車、帳篷卻愈來愈模糊。原來她都在欺騙他；一直以來她都拿謊言和虛假的承諾在欺騙他，她用迷人的微笑和輕輕的觸摸掃除了他的恐懼。她那些裝模作樣的魅力。小心那些有著不自然魅力的人。一直以來他總以為吉卜賽瑪格姐指的是這些畸形怪人。

「怎麼了？」提娜問，「啊呀，你氣色好壞。看起來好悲傷哦。」

她站起來。擔心的表情全寫在她那張奇特的臉上。「你都不知道嗎？」她說。

「噢，哈洛，這些事你一點都不知道嗎？」

他搖頭。他什麼都不知道。

「唉呀，真是。」她說。

「沒關係。」他試圖笑一笑，發出來的卻只是哼的一聲。

她握起他的手，拽了一下，這小小的一個動作卻讓他真的笑了。「別放在心上，哈洛，」她說，「她沒有那麼偉大。不過是個自以為了不起的人罷了。來，進來跟我們坐一會，說不定山繆會給你一個大大的擁抱呢。」

「我要去看吃人王。」他說。

「真的？啊，太好了。你先去看他，再來找我們。好嗎？」

他由著她把他拉起來，他刻意彎腰駝背的站在她旁邊，不讓自己顯得太高。「我該說些什麼呢？」他問，「我該怎麼做？」

「只要上去說聲嗨就行啦。」

「對一個大王？」

「我就是這樣說的。」她說。

「妳是一位公主啊。」哈洛說。

她抬頭看著他，原先的笑臉變得嚴肅了。「嗨呀，」她說，「你不會當真的相信吧？」

「妳不是？」他問。

她兩手按在他的手上。「你這個小可憐，」她說，「那只是噱頭，只是花招。他們把我說成迷你琴公主才好招徠觀眾，總不能直接說：『快來看這個侏儒小女子。』天哪，哈洛，我不知道你真會相信耶。」

「那山繆？」他問，「他也不是化石人？」

「不是。」她小小的頭悲哀的搖著。

哈洛嘆了一聲。他的背似乎更駝了。「我真笨，」他說，「我真的笨到不行。」

「你不笨！」提娜說，「你是一個肯相信別人的大好人。任何事情你都看到它好的一面，也許有時候會有些混淆，可是，我覺得你好得不得了。」

48

哈洛走向白楊樹林，走向那輛黑色的車子，擋泥板反射著耀眼的陽光。拖車在黑車的後方，沒有連在一起，拖車四面的彩繪跟周圍的樹林太接近，幾乎難以分辨。就在這時，他聽見砰砰的響聲。

聲音很大很穩定。不是打鼓，倒像是工人敲打鐵鎚的聲音。砰砰的聲音停了，門鉸鍊吱嘎的響了起來。

哈洛站在車旁。引擎蓋上有一隻漂亮的鉻合金鳥，非常逼真。可惜已經從銀色的小座子上折斷了，一邊的翅膀歪在車蓋上，只靠一根鐵線連著。車身其餘的部分也跟那鳥一樣，很亮眼很破。擋泥板垮成了凹凸不平的踏腳板。閃亮的散熱格中間也裂開了，其中一個凸得像甲蟲眼睛的大燈不見了。輪軸上貼著一小塊毛皮；保險桿上塞了一撮羽毛。

他繞著車身走。車身上到處都是凹痕，但是照樣打了蠟，擦得雪亮，就當看不見似的。他彎下腰想窺探駕駛座的窗口。他的手才按上玻璃，就聽見樹林裡一聲咆哮。

樹枝劈哩啪啦的分開了。哈洛連忙轉身。只見吃人王從白楊樹林裡衝出來，揮舞著一把長長的彎刀。他的胳臂底下夾著一顆沾著血污的頭顱，光著上半身。

哈洛緊靠著車子，大聲的喘著氣。

不料吃人王直接從他面前衝了過去，再打個轉回過身，手裡揮著那把閃閃發光的彎刀。「滾開！」他吼著。「快滾，滾出去！」

忽然他停住了，他的頭微微的向左傾斜。他的眼睛跟哈洛的眼睛一模一樣，也是淺淺的水藍色。鬼仔哈洛和吃人王兩個人似乎是在看著樹林，其實卻是在用同樣好奇的眼光打量著彼此。彷彿他們當中只有一個是真人，另外那個是哈哈鏡裡的投影。

哈洛注視著這一個他長途跋涉趕來求見的人物，他看著那一頭散漫狂野的頭髮，看著那兩隻鼓鼓的手臂，看著那一圈圈的肥肉，不自覺的讓他想起滿得溢出來的冰淇淋甜筒。

吃人王抖動身子。他甩甩頭，舉起彎刀朝空中劈一下，再舉起來，又朝耳朵邊上劈一下。「蜜蜂，」他說，「天哪，我最討厭蜜蜂。」

哈洛笑了。他聽見蜜蜂一直嗡嗡的繞著吃人王轉。他看見他胳臂底下夾的頭顱也不是真的頭顱，只是半個白慘慘的西瓜。

吃人王也笑了。「嗨，」他說，「我是吃人王。」

「我是哈洛，」哈洛說，「我從自由市來的。我辛苦走了這麼多路為的就是要來看你。」

「你看起來還好，啊？」

「我儘量，」哈洛說，「我——」

「沒關係。我了解。」

蜜蜂找上了哈洛。牠繞著他的頭兜圈子，他用力一揮。蜜蜂掉到地上，歪歪倒倒的從樹林奔向陽光。

「要不要上來看看烏拉布拉曼波？」

哈洛咧著嘴，點著頭，跟隨吃人王穿過樹林走向那輛小拖車，現在他明白了，這裡就是烏拉布拉曼波的全部。「你不是真的食人族，」他對著杵在他面前的那一大塊白色的背脊說，「對不對？」

那頭白髮搖了搖。「但願我真的是。有的時候，啊？有不少人我真的很想把他們丟進鍋子裡煮。」

「你說的那種語言，」哈洛說，「是哪裡的話啊？」

「蘭德麥克奈利，」吃人王說，「我把一些島嶼的名字背下來，啊？再自己隨便編幾個字。」

「那一箱子的骨頭呢？」

「假的，」他說，「什麼都是假的。那都是表演的一部分。」

不到一分鐘他們就走到了拖車。車門開著，拖車底下的草叢綴滿了一瓢一瓢挖到見底的西瓜皮。

「你要不要來一點？」吃人王問他。他拿出那大半個哈洛原先以為是頭蓋骨的西瓜。

「好啊。」

彎刀一閃。手起刀落，一大塊楔形的西瓜切了下來。刀尖往紅紅的果肉裡一插，吃人王連刀帶瓜的遞了過去。

「謝謝。」哈洛說。

又一大塊西瓜切了下來，哈洛和吃人王一起坐在烏拉布拉孟波的門階上。兩個人傾著身子讓滴滴答答的西瓜汁落在地上。

「你的眼睛痛嗎？」吃人王問，「我是說，在太陽底下，啊？會不會痛？」

「會。」哈洛說。

「看出來的東西會不會怪怪的？有點模糊，斜著看最清楚？」

「會。」哈洛邊吃著西瓜邊點頭。

「還有那些小鬼。他們會不會戲弄你？他們還會取笑你罵你，啊？」

「當然會。」哈洛說。

「一票爛人，啊？」吃人王三口就吃完一塊西瓜，把皮一扔。「你知道嗎？慢慢會好的，哈洛。會好起來的。等那些小鬼長大了，他們就會發現自己也會碰到各種各樣倒楣的事。到那時候他們就不會再叫你雪人或是冰人了，因為他們會怕你反過來對付他們——啊？——反過來罵他們是大耳朵、包打聽之類的。等著瞧吧，你說對不對？」

「對，先生。」哈洛說。還從來沒有人叫過他冰人或雪人，他發現自己在笑，他想到了一個畫面：又白又胖的吃人王活像個大雪人。

「還有，你知道嗎？」吃人王用手背抹抹嘴巴。「有時候我覺得待在帳篷裡面，反而比那些在外面愣頭愣腦往裡面看的人來得開心。怎麼說呢。像我和山繆、提娜之類的，至少我們假的只是外面。其他那些人，他們假的是裡面。你明白我的意思嗎？」

「明白。」哈洛說。他想起那天看見山繆在河水高漲的岸邊，看著他那一對深邃的眼睛，在他全身毛茸茸的外表和醜陋之外似乎看到了一個不同的人。

「那些人，」吃人王說，「他們外表看起來正常，其實裡面才是真正的畸形。全是些扭曲、醜陋、卑鄙的畸形小人。」

「我懂。」哈洛說。

吃人王露出笑容。「我知道你懂。」他站起來，車身彈了一下。「喏，你要不要進來坐坐？」

「好啊，」哈洛說，「就坐一會兒。」

吃人王帶頭。他把自己儘量往門邊上擠，好讓哈洛走進去。「歡迎光臨烏拉布拉曼波。」他說。

哈洛沒說他已經擅自探望過了。他由著吃人王得意的介紹著屋子裡的東西。他專注的卻是那張桌子。桌上攤著一幅完成了一半的拼圖，在拼圖片上面擱著一柄很大很重的木槌。拼圖畫面是一堆小孩在雪地上打曲棍球。

「我玩拼圖。」吃人王說。

「你怎麼看得見？」哈洛問。

「哇塞！」吃人王朝額頭上一拍。「之前從來沒人問過我這個問題。從來沒有，哈洛。他們認為一個大人還玩這個是件蠢事，他們不知道對一個沒辦法看見一小片一小片拼圖的人來說，這有多麼的困難。這是世紀大謎題，啊？你知道嗎？我全靠感覺，哈洛。我經常是閉起眼睛在拼。」

哈洛斜過眼看拼圖。他湊上去，觸摸它，他看見有好些圖片是硬擠進去的——全都卡錯了位置——那些小小的硬紙片全被木槌敲得變了形甚至敲破了。

「我已經完成了一些。」吃人王說。

哈洛再次看著牆上的那些圖片。因為拼圖片的位置卡得不正確，每一張都是模模糊糊的。

「這些圖片讓我想起我的家鄉，」吃人王說，「我從加拿大來的。加拿大的一個小鎮。」

哈洛一張一張的看。他走過坐在樹皮獨木舟裡的漁夫，停在那張穿紅外套男人的圖片前面，現在他才看清楚那是騎著一匹黑馬的加拿大騎警。原來這些全都是加拿大的照片，全部扭曲又模糊。在現實生活中吃人王所看到的應該就是這種樣子。這個比他年長的男人，哈洛難過的想著，他的眼力顯然比哈洛還要壞。

「你怎麼開車？」他問。

「慢慢的開，」吃人王說，「就像這樣。」他擠著眼，把臉頰擠得幾乎碰到了眉毛。「我頭痛到不行，可是我喜歡開車，啊？我喜歡開車時候的自由自在。」

「我也是。」哈洛說。

「喏，就這樣了，」吃人王露出不好意思的表情。「烏拉布拉曼波都在這裡了。」他拿了件T恤套在頭上。「我們去看你的朋友吧。」

他們倆一起穿過樹林，同樣是乳白色，頭髮也同樣像陽光的兩個人，一個瘦小，一個肥大。兩個人一樣吃著西瓜，一樣把西瓜皮往後扔。

「天哪！」山繆從椅子上站起來。「烏拉布拉孟波的石頭族來啦。」

吃人王哈哈大笑。「曼波。」他說。

「是孟波醬波吧。」山繆說。

吃人王扣住山繆的胳臂，山繆扣住他的背，兩個人像大熊寶寶似的玩起了摔角。過一會兒山繆抽開身子笑笑的看著哈洛。「歡迎回來。」他說。

天色向晚。白天的熱浪消失了，哈洛看見自己的手膀被涼颼颼的山風吹得起了雞皮疙瘩。提娜來了，吉卜賽瑪格妲她們也都迎上來了。

「太棒了！」山繆喊著。「快來啊！」他用力的向大家招手。「快來抱抱這個小東西吧。」大夥圍著他，搖他抱他，哈洛哭了。大家稍微背過身子，讓他擦乾眼淚，然後大家一起坐在小樹林裡。他覺得自己就是這個團隊裡的一部分，卡在這裡就像吃人王拼圖板上的一小塊圖片。

「哈洛，」吃人王說，「你怎麼來的，啊？」哈洛正準備開口。提娜卻打斷了他的話頭，接著山繆也插一腳，他們敘述著他經過的每一段路程、每一天、每一哩路。

「記得那個加油站嗎？」山繆起勁的描述著。

「還有那個農夫？」換提娜起勁的描述著。

「還有，」山繆說，「記不記得我們停在那個小操場？有鞦韆和旋轉木馬的那個操場？」

「啊，我愛那個旋轉木馬。」提娜說。

「後來我們還打棒球，」山繆說，「對不對，哈洛？」

「對。」他點頭。「我們還玩撲克牌。」

「後來吉卜賽瑪格妲在草叢裡迷路了。」

鈴鐺手環一陣亂響。「嘿，我才沒有，」吉卜賽瑪格妲說，「我只是在玩迷路的遊戲。」

山繆大笑。笑過之後他嘆了一口氣，這聲嘆息似乎感染了每一個人。大家都坐在那兒，帶著微笑，靜靜的看著各自的鞋子。

哈洛搓了搓手膀。他站起來伸個懶腰。「我得回去了，」他說，「那幾隻大象都鬆散了。」

「大象鬆散了！」吃人王笑著大叫。「你連說話都像石頭族人了。」

哈洛微微笑著。他有些難為情，大家都坐著只有他一個人站著。「我不應該離開牠們的，」他說。

「我們了解。」提娜說。

吃人王站起來。「那是真的嗎？」他問，「牠們真會打棒球？」

「真的，」哈洛說，「牠們真的很棒。」

「牠們會在薩拉姆表演嗎？」

「我不知道。」他踢著草地。「我不知道到底該怎麼辦。」

「順其自然吧，」吉卜賽瑪格姐說，「未來就像你站著的青草地；你把它剪掉了，它又會長出來。長得還更快。」

「妳真的知道未來嗎？」哈洛問。

她點點頭。「是的，我知道。」

「妳多大年紀了？」他問。在他眼裡，她似乎跟地球一樣老。她微微笑著，在她枯乾無牙的臉上，他看見了她的羞澀，看見了她遠遠比他想像中來得年輕。

「足足比你大上兩倍，」她說，「也許還少那麼一點點。比兩倍少一點點。好了，你快去吧。」

哈洛出發了。山繆忽然說：「等等。你知道我真正喜歡做的是什麼嗎？我喜歡跟大象打棒球。」

「是啊，我也是，」提娜說，「我們可以嗎，哈洛？我們可以去嗎？」

哈洛回轉身。「好啊。」他說

「坐我的車吧。」吃人王說。

幾個人一起擠上車，全部坐在前面，他們就坐著這輛大破車開過空地，一夥人笑得跟孩子一樣，破車一顛一跳的經過餐篷駛向柳樹林。

車子辛苦的通過跟擋泥板等高的野草。六匹馬從他們左邊奔向右邊，大象就在前面，一隻隻伸長了鼻子搆向最高的樹枝。

「好像在非洲。」山繆說。

「啊呀，你個傻大個。」提娜哈哈的笑著。「你從來也沒去過非洲。」

老印地安從柳樹林裡出來迎接他們。他舉著手，張開手指，吃人王把車停了。

「嗨，包伯！」山繆邊喊邊衝出車門。「嘿，包伯！」吃人王邊說邊從另一扇門下來。

老印地安點點頭。「你們要幹嘛？」他問。

「我們打棒球，」提娜說，「哎，你要不要來打？」

「好啊，」他說，「你們怎麼個打法？」

哈洛拿來球和球棒，三隻大象熱烈的叫喊著奔跑過來。他用球棒畫出一個球場，幾個人把鞋子當成壘包。山繆的鞋最大，就當作投手板。他把所有的鞋仔細的擺好位置。「這兩個球隊叫什麼呢？」他問。

「我不知道。」哈洛說。

「叫做怪咖對大象怎麼樣？」

哈洛皺起眉頭。「那我在哪個隊呢？」

「你說呢？」山繆說，「當然是大象隊。」

吃人王當投手，大象打擊。牠們擊出平飛球，開始跑壘。跑過一壘吼一聲，跑過二壘再吼一聲，牠們的厚皮大腳把鞋子都踩扁了。

跟老印地安一樣，吉卜賽瑪格妲這輩子從沒打過棒球。她站在右外野，每次出現安打的時候，她就奔過去接球，她的絲巾在身後飛揚，鈴鐺手鐲叮噹亂響。怪咖們又叫又笑；他們以觸碰大象的膝蓋和尾巴演出封殺。甚至連提娜也封殺掉了康拉，她緊跟著牠從二壘奔到三壘，整個人撲上去觸碰牠巨大無比的腳跟。

歡笑聲和大象的吹號聲吸引了其他人來到空地上。威克斯上來扮演二壘手；瘦得跟球棒一樣的亨特先生也來了，他用力一揮，把球打到了河對岸。那些裝配工人也加入了；飛人捲毛先生拄著枴杖，把棒球當高爾夫球打。平常只會互相埋怨的人們這會兒肩並肩的一起揮棒打球，又成了好朋友。他們自動轉換球隊，分數節節上升。

三隻大象不斷接球打球，不斷跑壘踩壘。

芙莉普來了，羅馬人跟她一起，他們只是站在樹林邊緣觀戰。

哈洛正等著揮棒。他瞧見山繆蹲在三壘上，搖擺著他那雙毛茸茸的光腳丫。威克斯準備開跑，他守在三壘等候康拉揮棒。以往這兩個人在餐篷以外的地方根本說不上兩句話，現在兩個人有說有笑，山繆咧著嘴，一口爛牙閃啊閃的。

亨特先生投球。他細瘦的手臂把球奮力投出。康拉揮棒；這次牠揮出的力量比全壘打王娃娃還要大。因為太大力，球飛出去時，他自己在原地轉了半個圈。全場爆出笑聲，叫聲，歡呼聲：聲音之大，響徹整個蛇谷，在高山峻嶺間不斷迴盪。

「太壯觀了，」雷打醒說，他跟哈洛站在同一排。「我曾經看過水牛在這兒經過；花了六天才走完。我曾經看過這整個山谷──每一根野草──都在燃燒。我也看過一個篷車隊在這兒圍成一個圓圈，有個男人彈著一架真正的鋼琴，其餘的人都在跳舞。可我還從來沒看過像這樣的場面。」

「太棒了！」哈洛說。

康拉把球棒往地上猛敲。亨特先生再投出。大象掄起球棒。一聲類似發射大砲的聲音，棒球咻的飛過了空地。康拉第一個奔過去。

「扔下球棒！」二十個聲音同時發喊。

老印地安吁了口氣。「你知道你做得有多好嗎？」他問。

「不是我，真的，」哈洛說，「是這三隻大象。」

「不對，我的朋友。」老印地安一手搭在哈洛的肩頭。「是你。是你把這些人拉攏在一起。你就像雪白的水牛女。你把所有的人都融合在一起了。」

「沒有所有的人，」哈洛說，「並沒有。」

他跨出打擊線，蹣跚的橫過空地。天色漸漸暗了，四周的黑影不斷愚弄著他。他又絆又跌的繼續向前走，走過樹林，走向芙莉普和羅馬人。

他們兩個本來站得很近，芙莉普稍微移開一步。

「嗨，哈洛。」她說。

「嗨。」他對著她說。

羅馬人只是瞪著眼看他。

「你做到了，哦？」芙莉普做作的笑著，一種不自然的魅力。「你提早一天都做好準備了。」

「那些探子應該會很高興吧？」哈洛問。

她瞪大了眼睛，眉毛高高的挑起。「你全都知道了？」她問。

「大部分吧。」

「吉卜賽瑪格妲，對嗎？我就知道她會告訴你。」

「告訴我什麼？」

「是她叫我去跟你說的。」

哈洛微微一笑，他想起吉卜賽瑪格妲確實曾經想要幫他。「沒有，她並沒有告訴我這個。」

他側過臉斜視著芙莉普。「妳應該一起過來玩球。」

「你要我參加嗎？」

「是啊。妳對我那麼好，而且……」他聳一聳肩。「那個時候，很多人對我並不太好。」

「你人真好，你知道嗎？」她湊近他，彷彿想要親他似的，哈洛退開了。

「羅馬人也可以一起來玩。我不介意。」

「門都沒有，」羅馬人說，「我絕不靠近那幾隻大象。現在以後，絕對不。」

「哦？」哈洛說，「我還以為從現在起要由你來照顧牠們了。我還以為清洗、裝扮、打掃棚子之類的事以後都要由你來負責了。我以為你是芙莉普和法老家的象僮呢。」

「放屁，」羅馬人往後退著說，「去死吧你，白鬼。」

「哎，等等！」芙莉普叫起來。

「還有妳，」羅馬人咆哮著，他的腳步並沒有停下來。「什麼馬僮象僮，我什麼僮都不做。」不一會兒他就走得看不見了。芙莉普噘著嘴，用力的跺著腳。「真是太謝謝你了，」她說，「誰跟你說他是什麼象僮？」

「沒有人，」哈洛說，「我只是想找麻煩吧。」

49

落日將盡；球員們的影子在草地上拉出長長的紫色隊形。只要有人再得一分，賽事就結束了。但是沒有人，因此延長賽就在泛著星光的暮色中繼續著。

一個人出局的情況下，哈洛揮棒。他閉著眼睛打擊，他從來沒失誤過。球飛離山繆的大鞋，從威克斯的兩腿中間穿過，撞上捲毛先生的枴杖再反彈回來。哈洛奔向一壘。

吃人王搶進中外野接球。他把球投給守在右手邊，一身叮叮噹噹的吉卜賽瑪格妲。她漏接了，哈洛就在眾人的歡呼喝采聲裡繼續奔向二壘，他覺得自己就像在為道奇隊而跑。

一個裝配工人一把抓起球，投向二壘，提娜伸長了兩隻手在壘上等著。哈洛跟球賽跑。黯淡的天色，加上閃爍的星光，哈洛根本看不清楚。他只能感覺到球在那裡，他拚命的跑，他和球幾乎一起到達壘包上。

「你出局！」提娜高喊。她繞著鞋子壘包又蹦又跳。「你出局了，小乖！你出局啦！」

「安全上壘！」老印地安大吼。

亨特先生是總裁判；他每次都是最後一秒才做出裁判。「這孩子很明顯已經到達鞋子壘包上了，」他說，「我看見他衝上去，所以，這孩子安全上壘。」

怪咖們唉聲嘆氣。大象們快樂的吹起號角——在場邊的球員全部都像大象那樣吹起了號角。

球傳回到了投手。提娜笑呵呵地抬頭看著哈洛。「嗨呀，我真替你驕傲啊，小乖，」她說，「我這輩子從來沒這麼快樂過。」

康拉擊出一支內野高飛。紅黃兩色的棒球飛得像火箭，怪咖們全部衝向山繆的大鞋。二壘上，哈洛和提娜驚奇的看著一堆球員人仰馬翻的倒在內野。吉卜賽瑪格姐的鐲子一路叮噹亂響。吃人王連衝帶滑，像塊白色的大肥皂。那顆球卻消失在星空裡。

康拉扔下球棒。這是牠第一次做到這個動作。牠扔下球棒，大搖大擺的走向一壘。

「停！」哈洛發一聲喊。他從來沒想過要教這三朵大玫瑰棒球規則。「回去。回去。」

康拉反而加快了速度。牠拍著大耳朵，搖晃著大頭，繼續向前走。

棒球從星空落下來了。

「把大象封殺！」威克斯大吼。巨大的吼聲感染了怪咖們。「把大象封殺！」

康拉繞過一壘。身子一斜，大腳一蹬，轉個彎，長鼻子在地上刷了過去。

「停！」哈洛喊著。

提娜笑彎了腰。「你快跑吧，」她說，「牠要趕上你啦。」

哈洛伸出手阻擋。「快回去！」他邊喊邊笑。

「快跑啊，小乖！」提娜推他。她哈著腰，用肩膀頂他，撞到了他的膝蓋。

吉卜賽瑪格姐急轉身，身上的絲巾轉成了一道黑色的漩渦。「不要啊！」她尖叫。

哈洛一個踉蹌，栽倒在地上。

提娜哈哈大笑。「嘿，小乖！」她邊喊邊捶著他的肩膀。

康拉稍微調整方向，一個滑步停了下來，牠把頭仰到最高點，把長鼻子舉得比頭更高，再捲回到額頭上。牠仰天長嘯一聲，這樣憤怒駭人的吼聲，在場沒有任何人聽過。緊接著牠出手了。

像雪崩似的，牠朝這個看似在打哈洛的小女人衝過來。

只聽見一聲尖叫：很短，很可怕的一聲尖叫。大象踩過鞋子，踩過壘包，踩過提娜。牠灰色的大腳往上提，再重重的落下。往上提的時候腳底板向下垂，落下來的時候整個抽緊，只見牠的腳底慢慢的變紅，被鮮血染紅。

球撲通掉到地上，緩緩的移向本壘板。

50

山繆抱住迷你琴公主。他托起她小小的肩膀，讓她的頭搭在他的腿上。從腰部以下，她彷彿都不存在了似的。她黑色的小衣裳平坦得就像地上的一張紙片。

「嘿，山繆，」她說。她抬起手臂；兩手抓住山繆的長毛。她的臉很白很白，臉上緊繃著痛苦的表情。她想笑，但表現出來的只是抽搐。

「你以後都得自己做了，」她說，「你得自己收拾屋子，拉窗簾了。」她的手指緊緊的揪著他茸茸的長毛。「還有，別忘了你的咕咕鐘。」

「噢，提娜，」山繆說。淚水從他可怕的臉頰淌下來，流到他糾結的大鬍子上。「妳沒事的，」他說，「撐著點。妳沒事的。」

「抱緊我，」她說，「給我一個又大又緊的擁抱吧，山繆。」

他整個人裹住了她。他搖著低聲的唱著，他全身發抖，他的淚水沒有停過。

「太好了，」她說，「太好了。」她的聲音漸漸淡了。

哈洛直直的看著她的眼，看著她的臉，現在她的臉轉向了他。

「嘿，」她說，「哈洛在嗎？」

「在。」哈洛說。他跪倒在她身邊。所有的人圍在他四周，安靜得像天上的星子。

「你在哪裡，小乖？」

「在這裡。」他說。

她把一隻手從山繆的長毛裡抽了出來，哈洛緊緊的握住。「對不起，」他說，「天哪，我對不起妳。」

「不要難過。」她抽搐呻吟，嘴唇上冒出了一點鮮血。「沒關係的，哈洛。我沒事。只是累了點。我有點累。」

她的手在哈洛的手中抽緊。「去看看你媽媽，」她說，「好嗎？她很想念你的，小乖。」她閉上了眼睛，癱軟在山繆的懷抱裡。

「提娜，」哈洛喚著，「噢，提娜，提娜。」

「噓——」山繆把她往他腿上拉得高一些。他的手爪幾乎整個遮住了她的胸口。「她走了。」他說。

哈洛跌坐在地上。他不能相信她就這樣死了，怎麼會這麼快，怎麼會比棒球起落的速度還快。

「沒錯，她走了。」山繆抬頭看著大家的臉，他的手爪緊緊的箍著提娜。「你們可不可以走開？」他問。「所有的人？她不喜歡被人家這樣看著。她不喜歡人家一直盯著她看。」

大夥安靜無聲的走開了。他們拍著山繆的肩膀，低低的說著抱歉。現在只剩下哈洛沒走。他站起來，看見吉卜賽瑪格妲在看他。「把她帶回來！」他吼。

吉卜賽瑪格姐沒有動。哈洛奔向她——應該說衝向她——他一把拽住她的絲巾。「把她帶回來！」他再說一次，邊說邊用胳臂撞她。那些手鐲叮噹亂響。

「快點！」他哭喊。「妳把農夫的女兒救回來了，現在快把她救回來。」

吉卜賽瑪格姐抱住他。他整個人倒向她，偎在她的絲巾上啜泣。

「妳救不回她了嗎？」他問。

「她回來做什麼呢？」她說，「你看看她的樣子，告訴我：你以為她願意像這副樣子活著？」

哈洛抖著，他不看提娜。

「她不能跑。她不能走，」吉卜賽瑪格姐說，「她永遠不能靠自己坐上蘋果箱或是搖椅。不，這樣的日子不是她要的。」

哈洛呻吟著，卻沒有爭辯。他任由吉卜賽瑪格姐帶著他離開。

她把著他的肩膀，帶領著他走向柳樹林。他們停下腳步，哈洛回頭望。

山繆已經成了空地上的一個小黑點。繁星在他頭頂上，草地和遠山圍繞著他，感覺上他好像就是大地的一部分，好像一塊永生永世矗立在那兒的石頭。

「真希望我能幫他做些什麼。」哈洛說。

「你什麼也幫不上的，」吉卜賽瑪格姐說，「他在那兒回憶很多事情。所有的悲傷必須由他自己消除。」

空地的遠處，一道橘色的光在黑暗中閃現。哈洛聽見槍響，這個聲音令他不寒而慄。接著是砰的一聲，一個絕望的，倒地不起的聲音，某個東西重重的倒在草地上了。

哈洛的淚水湧上來。他想起康拉第一次打球的樣子，想起康拉吼著叫著趕到河邊來救他的樣子。他記得康拉的鼻子觸摸他的感覺，還有康拉關愛的眼神。槍口對著康拉的時候，不知道牠會不會又開始跳舞。他想著康拉中槍倒下的樣子，膝蓋往下彎，身子抖動著，一聲嘆息，倒地不起了。

剎那間他承受不住了，所有的希望都絕滅了。他把臉埋在吉卜賽瑪格妲的絲巾堆裡。「我不明白，」他說，「妳在水晶球裡看見了那個男孩。妳看見的明明是那個羅馬人。」

「不是，」她說，「我看見的是你。」

「我？」

「你在大發脾氣。」

「天哪。那是我的錯了，」哈洛說，「所有的每件事，都是我的錯。」

「不是，」吉卜賽瑪格妲說，「你教大象的東西，別人根本做不到。而提娜，你帶給她很大的快樂。很大很大的快樂。相信我——快樂的價值要比活多久大上好多倍。」

「可是妳看到了，」哈洛說，「妳也曾經警告過我。」

「我只看到一點點。」她的鐲子在哈洛的手臂上揉搓。「就算我看到了，你也沒辦法做任何改變。」

他們倆一直待到月亮升起。她帶著哈洛走向白楊樹林，走向流線型拖車，然後她走了。哈洛躺在沙發上，他睡不著。他清醒的意識到房間裡的空蕩，意識到山繆在那裡輾轉反側，不時的哭泣。

51

早上他向大家告別。在空地上，他一一的走過這些人。他向威克斯、捲毛夫婦、快樂先生道別，快樂先生還擁抱了他一會。他向鼓手和吹伸縮喇叭的樂手道別，也向麥斯葛拉夫和金絲雀道別。最後他走向亨特先生，跟他說再見。

「你要離開我們了。」亨特先生說。

「是的，先生。」哈洛說。

「等我們在薩拉姆表演過後，我猜想還有很多人會離開。也許不會。」他聳聳肩。「也可能是一個新的開始吧，一個美好的新開始。有誰能看見未來呢？」

哈洛抬起頭。亨特先生俯身向著他，不過他的手並沒有伸進口袋裡。哈洛明白，亨特先生絕不會為他這些日子的付出發給任何工錢。他知道他已經沒有機會認識阿綠先生了。

他回頭走向流線型拖車。他跟愛莎握了握手，對哇囉，他真的不知道該怎麼做才好。「再會了，」他說，「祝你好運。」

哇囉咧著嘴。「也祝福你。」

他向吃人王說再見。在烏拉布拉曼波的台階上，他們一上一下的坐著，就像一根奇怪的白色圖騰柱。「你大老遠的來，走了這麼長的路，」吃人王說，「我希望你不會太失望。」

「噢，當然不會。」哈洛說。

「你知道嗎？」吃人王坐在比較高的台階上，兩手按著哈洛的肩膀。「我一直到成年了才敢照鏡子。很蠢吧，啊？」

哈洛搖搖頭。「不會。」他說。

「過去我經常做夢，夢到自己變了樣子。變成另外一個人，啊？後來我以為不再夢了，可是昨晚，我又夢見了。」

「我經常做這種夢。」哈洛說。

「可是你知道嗎？」吃人王傾身向前。「我夢到我變成了你。」

哈洛笑了。他站起來，跟吃人王握了握手。他繼續往前走，穿過白楊樹林，去做最後一個，也是最難的一個道別。

吉卜賽瑪格姐叮鈴噹啷的走過來迎接他，山繆擁著他們倆。三個人圍成一個小圈圈搖晃著，少了提娜，這個圓圈顯得特別小。

「你打算去哪？」山繆問。

「回家，我想。」哈洛說。

山繆摟緊他。「太好了。」

毛茸茸的兩隻手揉著哈洛的背。他閉上眼。「芙莉普會怎樣呢？」他問吉卜賽瑪格姐。

「我不知道，」她說，「也許她會留下來跟著亨特先生。也許她會發現這裡還是她的家。」

「那我呢？」他問。

「不管做什麼，你都會做得很好的。」她說。

他讓他們摟著，一起搖著。山繆濃密的長毛更讓他想起了蜜糖，他好想再摸摸她。「我要走了。」他抽離了小圈圈。

「這個拿著。」山繆說。他的手裡忽然握住了一卷鈔票，這是賣掉明信片換來的錢。

「我回得了家的。」哈洛說。

「有了這些錢你可以更快回到家。」他把鈔票用力塞進哈洛手裡。「這本來就是提娜的意思。」

過後不久馬戲團就拔營了。一輛輛的卡車形成了一列車衛隊，回頭朝著山嶺的方向邁進。留在他們後面沒帶走的，是那一大片被蹂躪過的土地，還有邊上一個很小——很迷你——標著一個素淨白十字的土塚。留在他們後面的還有兩個人，老印地安，和哈洛鬼仔。

男孩和老印地安坐在溪畔一棵柳樹下。老印地安兩腳架在他的藥包上面。

「你會去薩拉姆嗎？」哈洛問。

「不會，」雷打醒說，「雖然很想。我從沒去過喀什喀特山脈以西。」

「那你打算做什麼呢？」

「啊，我可能往南。要是能找到合適的地方，可能會在洪堡紮營過一兩個星期。」雷打醒拔起一根草梗，把它掰成四段，任它從指間滑落。「馬戲團回來的時候我會跟上的。」

哈洛點點頭。

「我載你一程吧？」

「不用了，謝謝。我想走一會兒，再搭火車。」

老印地安吹口哨叫喚他的栗子色老馬。他把腳從藥包上移開。他起身的時候嗚哼了一聲，臉上閃過一抹痛苦的表情。「年紀大真的很辛苦，」他說，「我只有八十歲時能做的事，現在都不能了。」

老馬過了河，停在對岸，等候牠的騎士。

「那，後會有期了，哈洛。」雷打醒說。

「哎，再見。」哈洛說。

老印地安彎腰拎起藥包，他臉上又顯出痛苦的表情，獸皮包裹從他手裡掉下來，滾到斜坡上整個散開了。小瓶小罐全部散落在草地上。

「我的藥！」雷打醒喊著。

哈洛急忙追著去撿，一接觸到冷冷的玻璃瓶，他忽然好想家。他母親在浴室的小櫃子裡存放了一整排這種小玻璃瓶。他小時候，曾經拿這些空瓶子搭過城堡。他喜歡再一次握著它們的感覺，所以他收拾得特別慢。但是老印地安只顧著把這些瓶瓶罐罐往皮革上扔，儘快把藥包捲好。

「這下你知道了。」老印地安說。

「知道什麼？」哈洛問，他是明知故問。

老印地安笑笑。「你是個好人，我的小白朋友。」他提著藥包走下河，河水升到他的膝蓋。他笨拙的跨過水裡的石頭，涉水走向栗子色的老馬，就在河中心他滑倒了。前一秒，他還平平的浮在水面，下一秒就沉了下去。他很快又站起來，全身濕透，河水把他身上的鹿皮都浸黑了。圍繞在他周圍的河水潺潺的流著，沿著河岸曲曲折折的流向海洋。它帶走了老印地安臉上、手上滴落下來的殷紅血漬，還給他完整乾淨的原色。

老印地安看著自己的手背。灰色的長辮子垂搭在他臉上。「真是奇蹟啊，」他大笑著說，「人在倒楣的時候，真的是諸事不順。」

哈洛點點頭。他轉過身背向著老包伯，開始踏上回家的路。

52

哈洛鬼仔搭乘火車回到自由市。火車停在灰塵滿佈的老火車站，他出了車站穿過市區走向他的家。

他肩膀上扛著包袱，拿球棒當作提把。他看起來還是老樣子，仍舊是幾個星期前離開自由市時候的模樣，然而他真的不一樣了。他走得很穩健、很快，頭抬得很高。碰見那些因為火車停下來，好奇跑來看熱鬧的孩子們，他既不放慢腳步，也不低下頭。他照樣走他的路。

「嘿，是鬼仔！」黑面寇恩斯喊起來。「是哈洛鬼仔！」孩子們立刻趕上來圍著他。一個女孩說：「我們還以為你死了。」黑面叫著，「他還是那副德性！」

大家拽著他的衣服，拉扯他的包裹。但是哈洛感覺自己變得從未有過的高大、強壯，他不發一語的向前走，不理會那些圍繞著他的孩子。

「你去了哪裡？」他們問，「你都在做什麼啊？」

他繼續走著。肩膀上的包袱很沉重。

「你躲起來了嗎？」黑面問，「你好像躲到大石頭底下去了。」

哈洛微微一笑。他摘下小圓眼鏡，用手背摸了一下眼睛，再把眼鏡戴上。他的頭髮豎得像一大簇白草。

圍著他的圓圈更大了。圈圍愈來愈大也愈來愈安靜了。一個女孩走到他身邊。「你是不是跟馬戲團在一起，哈洛？」她問，「你是不是一直都在那裡？」

哈洛掂了掂包裹，繼續向前走。他想起總是開開心心，在人群裡一路走一路笑的迷你琴公主提娜；他想起討厭被人家看成怪胎的可憐的山繆；他想起因為被人家叫成大雪人，哭得像個胖小孩似的吃人王。他想起倚老賣老，一直很自負的老印地安；然後，他又想起了提娜——這些人裡最最好的一個——提娜跟他說過，與眾不同是很辛苦的。

他停在大街上，停在這些圍著他的孩子中間。他環顧著這一大圈模糊的臉孔，他們都在看著他，好奇著他到底去了哪裡，也看出了他的改變。你並沒有比其他人更好或更壞，你跟大家都是一樣的人，吉卜賽瑪格姐曾經對他說過。但事實上現在的他變得更好了；比從前的他好太多了。

哈洛鬼仔把包袱換個肩膀扛著，繼續沿著大街走下去。孩子們在他前面散開了，除了黑面寇恩斯。穿著沾著草垢的工作服，一雙攤著鞋舌的破靴子，黑面站在那裡瞪著他。滿是雀斑的臉上擺出鄙夷的表情。他的頭髮像古銅色的羊毛。

「你都去了哪裡，白蛆蟲？」他問。

哈洛停下來。他驚訝的發現自己居然比這個牧場小工高出一些，黑面站在那裡的架式就像羅馬人平斯基，叉著兩腿，聳著肩膀，像鴿子似的呼著氣，這讓他顯得比實際上來得高大。因為雀斑太多，整張臉看上去是花的，他的頭髮更是紅得像專門耍寶的那個小丑。

多少年來哈洛一心指望自己能夠長得像他那樣。他一直以為只要長得像黑面寇恩斯，就沒有人敢欺負他了。現在他認為他們還是會欺負他取笑他，但是方式變了。他們欺負到的是他的內心，而不是他們看見的外表。

「嗨？」黑面說，「你去了哪裡？」

他去了奧勒岡，去見吃人王。他長途跋涉，一路走到了最遠的高山才回頭。但是他只簡單的說：「很遠的地方。」他說：「我去了很遠的地方，現在累了，我只想回家。」

黑面寇恩斯握起拳頭。一時間他也不知道究竟該做什麼。他把大拇指插進工作服的吊帶，踢著地上的土。他使哈洛想到一隻狂吠的狗忽然聽話的不亂叫了。他的雀斑面孔奇怪的紅了起來。「哦，小嬰兒快回家去吧。」他嘟囔著，退開一步，哈洛從容的走過他。

自由市的建築在鬼仔的眼鏡裡變大了。包袱不斷撞擊著他的背，他轉過空無一人的克萊恩父子店門，走向他的家。他走在同樣的街道上，老印地安帶著他越過大草原的那一晚，他在黑暗中就是從這條街走出去的。他穿過大門走上小徑。愈接近屋子，他走得愈慢，終於走到了台階，他停住了。

看著這棟屋子，鬼仔興起了一種難以形容的感覺，就跟他第一次在馬戲團的場地，看見吃人王那台拖車時的感覺完全相同。他很想走進去，又很想跑開。他真希望現在能夠預知屋裡等著他的會是什麼。

哈洛在那裡站了起碼有一分多鐘。他抬起腳吃力的踩上台階，橫過門廊。太陽光照在門把上，門把的黃銅有好幾處已經磨成了褐色。這更讓鬼仔難過的想起了父親和哥哥。他把手按在他們的手曾經接觸過的位置，轉動門把，推開了門。

「媽？」他喊。屋子似乎把他的聲音一股腦的吞沒了。「媽？我回來了。」

他把包袱隨便擱在地板上。他穿過門廳，在走道上張望，想要找尋一些改變，彷彿他已經離開了多少年似的。他來到廚房，喚著蜜糖，老狗沒在那裡迎接他。爐灶邊上的地板很乾淨，少了原本攤在地上的那一塊屬於蜜糖專用的毛毯。食物盤沒了。水碗也是空的。

「媽！」他再喊。「媽？」

很重的跑下樓的腳步聲。腳步聲愈來愈快，門嘩的打開，他的母親站在門框裡。她顯得很蒼白，似乎更老了，她並沒有走近他。

「你到哪裡去了？」她說，「你到底去哪裡了？」

「別生氣，」他說，「請妳不要生氣，媽。」

「生氣？」她說，「我應該結結實實的打你一頓呢。」

她的嘴開始顫抖；她的眼睛拚命的眨。這一刻，哈洛彷彿又看到了好些年前，在父親戰死，哥哥音信全無之前，他熟悉的那個年輕又美麗的母親。他看見了她的內心，就像他清楚看見山繆的大身體裡其實困著一個悲傷的小小人。

她仍舊是他一直熟悉的那個人。他記得戰爭剛開始的時候，她跟他父親吻別的樣子，火車往東邊開動的時候，她在月台上揮淚的樣子。他記得她把通知父親戰死的電報揉成一團握在手裡，呼天搶地捶著地板的樣子。許多記憶一下子全部湧上了心頭：她不分晝夜的哭了一年多，後來在華特．畢斯理帶著一大束鮮黃色的雛菊登門的時候，她才有了笑容；她在婚禮中跳舞；她懇求他對華特好一點。他記得她把父親的照片從壁爐上拿下來的那天，那天他說：「我恨妳。」他看見她跪下來，扯著大衛的制服，哭喊著叫他別走。當第二封電報來的時候，他看見她癱軟在地上；就在這一瞬間他記起了這許多的事。

「對不起，媽，」他說，「對不起，一切的一切。」

她走過房間，伸出手臂，她的動作比哈洛的更快，轉眼間兩人已經緊緊的擁抱在一起。她邊哭邊揉著他的背。

「你到哪裡去了啊？」她問。

「我去打棒球了，媽，」他說，「我跟大象打棒球，媽，我跟一個公主和一個很像化石的人一起打棒球。現在我回來了，媽。我回家了。」

哈洛覺得好像有什麼東西在碰他的腿。他低下頭，是蜜糖，蜜糖挨著他，她仰著腦袋，攤著舌頭。

「這隻可憐的老狗，」畢斯理太太說。她吸吸鼻子笑起來。「這隻養跳蚤的老可憐。從你走掉的那天起，她幾乎沒有從你房間出來過。吃飯睡覺全都在你房間裡，哪也不去。」

哈洛探出手想拍拍她，但母親又一把摟住了他。她的力道甚至比山繆還來得強勁。她一會兒把他推開看著他，一會兒又再緊緊的摟住他。「我們嚇壞了，」她說，「天哪，我們真的嚇壞了，我和你父親兩個人。」

「我想見他，」哈洛說，「我對克萊恩父子的店面有個想法。我想重新開業。我想——」

「待會兒再說，」她說，「現在啊，我只想好好的抱抱你。」

——完——

GroWing 20

月亮的孩子 Ghost Boy

月亮的孩子 / 伊恩.勞倫斯作 ; 余國芳譯. -- 初版. -- 臺北
市 : 春天出版國際, 2019.02
面 ; 公分. -- (GroWing ; 20)
譯自 : Ghost Boy
ISBN 978-957-741-194-5(平裝)

874.57　　108002285

ISBN 978-957-741-194-5
Printed in Taiwan

This translation published by arrangement with Random House Children's Books, a division of Penguin Random House LLC

作　者	伊恩・勞倫斯
譯　者	余國芳
總編輯	莊宜勳
主　編	鍾靈
出版者	春天出版國際文化有限公司
地　址	台北市忠孝東路四段303號4樓之一
電　話	02-2721-9302
傳　眞	02-2721-9674
E－mail	frank.spring@msa.hinet.net
網　址	http://www.bookspring.com.tw
部落格	http://blog.pixnet.net/bookspring
郵政帳號	19705538
戶　名	春天出版國際文化有限公司
法律顧問	蕭顯忠律師事務所
出版日期	二〇一九年二月初版
定　價	350元
總經銷	楨德圖書事業有限公司
地　址	台北縣新店市復興路45號3樓
電　話	02-2219-2839
傳　眞	02-8667-2510
香港總代理	一代匯集
地　址	九龍旺角塘尾道64號 龍駒企業大廈10 B&D室
電　話	852-2783-8102
傳　眞	852-2396-0050